W0302478

Einen Nobelpreis wird er wohl nicht bekommen. Arne Murberg ist von schlichterem Gemüt. Nach einem Badeunfall in der Kindheit hat er Schwierigkeiten, sich zu konzentrieren und komplexere Zusammenhänge zu erfassen. Aber Arne ist ein warmherziger, liebenswerter Mensch, der sich eine kindlich naive, offene Art bewahrt hat und voll Vertrauen auf das Leben blickt. Als sein Vater ihm auf dem Totenbett offenbart, dass seine Mutter nicht tot ist, wie Arne geglaubt hat, sondern in Berlin lebt, und ihm gleichzeitig den Auftrag gibt, sie dort aufzusuchen und ihr ein verschlossenes Kästchen zu übergeben, beginnt für ihn ein wundersames Abenteuer.
Mit äußerst rudimentären Deutschkenntnissen und einem Paar strapazierfähiger gelber Schuhe macht Arne sich auf die Reise – und gerät schon bald in Schwierigkeiten. Doch ihm zur Seite stehen zwei Menschen, die der Himmel höchstpersönlich geschickt zu haben scheint: ein etwas wirrer Professor und eine kluge junge Frau im Rollstuhl. Wird Arne seiner Mutter begegnen? Wird er sein Glück finden in Berlin?

HÅKAN NESSER, geboren 1950, ist einer der beliebtesten Schriftsteller Schwedens. Für seine Kriminalromane erhielt er zahlreiche Auszeichnungen, sie sind in über zwanzig Sprachen übersetzt und mehrmals erfolgreich verfilmt worden. Håkan Nesser lebt abwechselnd in Stockholm und auf Gotland.

Håkan Nesser

Elf Tage in Berlin

Roman

Aus dem Schwedischen
von Paul Berf

btb

Die schwedische Originalausgabe erschien 2015 unter dem Titel
»ELVA DAGAR I BERLIN« bei Albert Bonniers Förlag, Stockholm.

Sollte diese Publikation Links auf Webseiten Dritter enthalten,
so übernehmen wir für deren Inhalte keine Haftung,
da wir uns diese nicht zu eigen machen, sondern lediglich auf
deren Stand zum Zeitpunkt der Erstveröffentlichung verweisen.

MIX
Papier aus verantwortungsvollen Quellen
FSC www.fsc.org
FSC® C014496

Verlagsgruppe Random House FSC® N001967

5. Auflage
Genehmigte Taschenbuchausgabe Juli 2017
Copyright © der Originalausgabe 2015 by Håkan Nesser
Copyright © der deutschsprachigen Ausgabe 2015 by
btb Verlag in der Verlagsgruppe Random House GmbH,
Neumarkter Str. 28, 81673 München
Umschlaggestaltung: semper smile, München
Covermotiv: © Molesko Studio/Shutterstock; Yuttaphong/
Shutterstock
Druck und Einband: GGP Media GmbH, Pößneck
SL · Herstellung: sc
Printed in Germany
ISBN 978-3-442-71523-7

www.btb-verlag.de
www.facebook.com/btbverlag

Für Elke

Vorbemerkung

Gewisse Details in der Fasanenstraße, der Knobelsdorffstraße und der Kyffhäuserstraße entsprechen nicht der Wirklichkeit. Sie entspringen der freien Fantasie des Autors; wenn man es recht bedenkt, gilt dies für das gesamte hier vorliegende Buch.

duva/dufva, *-an*, *-or*, Taube *-n f.*

Wörterbuch Schwedisch–Deutsch

»Eine Botschaft habe ich nicht. Aber ich möchte für Toleranz gegenüber dem menschlichen Wahnsinn werben.«

Astrid Lindgren

Vorspiel 1

1

Nach seinem sechzigsten Geburtstag wurde Arne Murbergs Vater schwermütig, und fünf Jahre später starb er.

Dies geschah im November, und es hatte von morgens bis abends geregnet. Arne und sein Onkel Lennart waren die letzten anderthalb Tage nicht von der Seite des Sterbenden gewichen, aber in jenem einmaligen Augenblick, in dem die Grenze überschritten wurde, lag Arne auf einer abgewetzten Kunstlederpritsche im Korridor und machte ein Nickerchen. Es war gegen elf Uhr abends, Onkel Lennart rüttelte ihn an der Schulter und erklärte, es sei vorbei.

»Er starb im Schlaf, ganz still und leise, ich habe seine Hand gehalten.«

Arne rieb sich die Augen und überlegte, ob er »ausgezeichnet« oder sogar »super« sagen sollte, beschloss jedoch zu schweigen. Woher sollte er das wissen, sein Vater war zum ersten Mal gestorben, und er empfand nur eins, eine große Leere. Eventuell auch eine Art einsames und verlassenes Kitzeln, das ihm den Hals zuschnürte. Beinahe so wie damals, als Sack-Peppe versucht hatte, ihn mit einem Schal zu erwürgen.

»Der Krebs hat ihn am Ende besiegt«, fuhr Onkel Lennart fort. »Jetzt muss Torsten nicht mehr kämpfen. Für ihn ist es besser so. Und es war schön, dass er dir noch das von deiner Mutter sagen konnte.«

»Ja, ja, genau«, erwiderte Arne und setzte sich auf seiner Pritsche auf. Als er sich aufrichtete, musste er sauer aufstoßen und dachte, dass dies sicher an den drei Marzipanteilchen lag, die er vor dem Einschlafen zum Kaffee verspeist hatte.

»Möchtest du zu ihm gehen und ihn noch einmal sehen? Das gehört sich irgendwie so.«

»Ja, ja, genau«, wiederholte Arne, woraufhin sie gemeinsam in Zimmer acht gingen, in dem Torsten Murberg die letzten Wochen seines Lebens verbracht hatte.

Und die kitzelnde Leere erschien ihm noch trostloser und noch trauriger, vielleicht auch, weil der Regen sowohl auf das Fensterblech als auch auf diverse Wellblechdächer draußen in der Welt trommelte. Vater hätte nicht gewollt, dass ich hier stehe und flenne, dachte Arne, und deshalb biss er sich in die Wange und kämpfte dagegen an.

Das mit seiner Mutter kam erneut zur Sprache, als Onkel Lennart und er am Vormittag des nächsten Tages in der Teeküche saßen und Kaffee tranken. Vorher hatten sie jedoch ein Schild in die Ladentür gehängt – WEGEN EINES TRAUERFALLS IN DER FAMILIE GESCHLOSSEN. Onkel Lennart hatte den Text in Druckbuchstaben geschrieben, blaue Buchstaben auf gelbem Grund, da sie weder schwarz noch weiß gefunden hatten.

»Tja, deine Mutter«, setzte er an. »Sie war nun einmal, wie sie war und wie sie vermutlich immer noch ist. Und für jemanden wie Torsten war sie natürlich viel zu schön.«

Arne nickte und dachte, dass er das verstand. Es gab ein Bild von seiner Mutter Violetta, hinter Glas und eingerahmt und an dem ihm gebührenden Platz auf der Familienkommode in der guten Stube. Zwischen dem Reiher aus Teakholz, den er etwa ein Jahr vor seinem Unglück im Werkunterricht geschnitzt hatte, und einem anderen Foto: dem von Großvater Albin und Großmutter Helga. Sie waren lange vor Arnes Geburt gestorben, worüber er insgeheim ganz froh war, denn sie sahen so griesgrämig und hinterlistig aus, dass sie niemandem Freude bereitet haben konnten.

Auf der Porträtaufnahme sah man lediglich die obere Hälfte seiner Mutter, aber Arne hatte sich immer gesagt, dass es die schönere Hälfte war. Dunkle, lockige Haare hatte sie, die auf ihre Schultern fielen, einen breiten Mund, der lachte und eine schöne Reihe glänzend weißer Zähne freigab, sowie eine Art Funkeln in den Augen. Doch selbst Arne begriff, dass sie eine schöne Frau gewesen war. Und vielleicht noch war. Solange er zurückdenken konnte, hatte es geheißen, sie sei tot, aber nun lebte sie ganz offensichtlich. Weder Vater Torsten noch Onkel Lennart hatten gerne über sie gesprochen, und Tante Polly hatte immer nur die Augen verdreht und geseufzt, wenn doch einmal von ihr die Rede gewesen war.

Vor einer Woche war Arne dann jedoch über diese neuen – andererseits recht alten – Details informiert worden.

Zimmer acht. Auf der Bettkante, was ein bisschen unbequem gewesen war, aber sein Vater Torsten hatte ihn dort haben wollen. Er hatte Arnes Hand in seine beiden Hände genommen, was auch ziemlich ungewöhnlich gewesen war, musste man sagen, seine gebrochenen Augen auf ihn gerichtet und so unheimlich verbittert ausgesehen – fast so wie sein Vater und seine Mutter auf dem Kommodenporträt, oder wie sonst immer, wenn ihnen das Geld ausging und das Geschäft auf dem absteigenden Ast war.

»Arne, mein Sohn«, hatte er gesagt. »Mein einziger Sohn, ich bin bald nicht mehr, das hast du doch sicher verstanden, nicht?«

Arne hatte genickt, und es war ihm gelungen, ein »Ja, klar« hinunterzuschlucken, denn es gab so einiges, was man nicht sagen sollte, wenn der Tod vor der Tür stand. Was sich nicht gehörte. *Schweigen wie ein Grab*, wie Onkel Lennart ihm bei jeder passenden und unpassenden Gelegenheit riet. Reden ist Silber, Schweigen ist Gold.

»Ich möchte mit dir über etwas sprechen, ehe es zu spät ist. Du musst mir gut zuhören.«

»Ich höre«, erwiderte Arne, denn das tat er.

Onkel Lennart saß auf einem Stuhl am Fenster und blickte in den Regen hinaus. Seinem Bruder und seinem Neffen kehrte er den Rücken zu.

»Also, dann wollen wir mal«, fuhr Vater Torsten fort. »Das Leben verläuft nicht immer nach Plan, das begreift man, wenn man so weit gekommen ist wie ich. Aber man muss es zu einem guten Ende bringen, und es gibt Dinge, die man vorher noch regeln sollte.«

»Richtig«, sagte Arne.

»Verstehst du, was ›regeln‹ bedeutet?«

»Ja, klar«, antwortete Arne.

»Man wird dir mit Sicherheit nie einen Nobelpreis verleihen, mein Sohn, aber du bist ein guter Mensch, und das ist mehr, als man von Krethi und Plethi behaupten kann.«

»Krethi und Plethi?«, erkundigte sich Arne.

»Von den meisten«, verdeutlichte Vater Torsten.

Arne nickte. Sein Vater räusperte sich und spuckte Schleim in den dafür vorgesehenen Plastikbecher.

»Die Wahrheit…«, sagte er nachdenklich, während er mit gerunzelter Stirn den Inhalt des Bechers studierte, und es klang, als wäre ihm bei dem Wort nicht ganz wohl oder als riefe er sich in Erinnerung, was es bedeutete, *»die Wahrheit* über deine Mutter lautet, dass sie nicht bei diesem Segeltörn vor der dänischen Westküste gestorben ist.«

»Ach, wirklich?«, entgegnete Arne. »Wie ist sie dann gestorben?«

Sein Vater stellte den Becher ab. »Sie ist gar nicht gestorben. Sie ist mit einem Troubadour durchgebrannt. Du warst ein gutes Jahr alt. So sieht es aus, und es wird Zeit für dich, sie aufzusuchen.«

»Mit einem Troubadour?«, fragte Arne.

»Das ist eine Art Dichter, er sang Lieder und so.«

»Ich verstehe«, sagte Arne, was er jedoch nicht tat. Nicht wirklich.

»Ein hagerer, schmalzig-schöner Typ«, verdeutlichte sein Vater mit einem tiefen Seufzer. »Nicht mehr und nicht weniger. Koteletten. Er hieß Lummersten, und sie gingen nach Berlin. Egon Lummersten.«

Onkel Lennart hüstelte und murmelte etwas auf seinem Stuhl. Doch dabei blieb es, er kommentierte die Angelegenheit nicht, starrte nur weiter stur aus dem Fenster, obwohl es dort draußen nichts zu sehen gab außer einem Stück stürmischen Himmel und der Rückseite von Glahns stillgelegter Schuhfabrik.

»Berlin«, wiederholte Vater Torsten. »Das liegt in Deutschland.«

»Das ist mir bekannt«, erwiderte Arne, denn so war es.

»Früher lag die Stadt in West- und in Ostdeutschland, aber heute liegt sie einfach nur in Deutschland.«

Arne glaubte auch das zu wissen, behielt es aber für sich. Stattdessen entstand nun eine lange Pause, in der sein Vater die Augen schloss und eine ganze Reihe tiefer, leicht röchelnder Atemzüge machte. Arne fragte sich, worauf dieses Gespräch eigentlich hinauslaufen sollte. Onkel Lennart zog sein Mobiltelefon heraus und starrte eine Weile darauf. Der einhundertdreijährige Grönberg hinter seinem Wandschirm drüben an der Tür ließ einen fahren und grunzte zufrieden in seinem ewigen Schlaf. Onkel Lennart hatte Arne erklärt, dass er auf die Art mit sich selbst spreche, das Hinterteil mit dem Vorderteil, es komme vor, dass alte Menschen in Erwartung des heiligen Petrus und in Ermangelung von etwas Besserem solchen Dingen ihre Zeit widmeten.

Vater Torsten schlug die Augen wieder auf, und der Griff um die Hand seines Sohnes wurde fester.

»Fahr zu ihr«, sagte er. »Du wirst deine Mutter in Berlin aufsuchen. Dies ist der Auftrag, den ich dir gebe, mein Sohn.«

»Ja, aber, wie …?«, entgegnete Arne.

»Suche sie auf!«

»Ich habe verstanden.«

»Ich habe ihre Adresse, sie steht in meinem Notizblock in der Nachttischschublade. In dem alten roten mit dem Gummiband darum. Es ist natürlich denkbar, dass sie umgezogen ist, aber das darf dich nicht aufhalten. Der Troubadour ist jedenfalls tot, er ist betrunken von einem Balkon gefallen, das weiß ich aus sicherer Quelle.«

»So kann es gehen«, meinte Arne.

»Es gibt etwas, was du deiner Mutter übergeben wirst. Es liegt in derselben Schublade wie der Notizblock, es ist ein kleines Kästchen. Versprich mir, dass du das tust, wenn ich nicht mehr bin.«

»Ja, sicher, Papa«, erwiderte Arne. »Ich verspreche es.«

»Das Kästchen ist abgeschlossen. Du darfst es nicht öffnen. Ich habe es einer Hellseherin abgekauft, es war nicht billig.«

Mehr war zu diesem Thema nicht gesagt worden, da eine der Krankenschwestern, die mit den kurzen roten Haaren und einem kleinen Tattoo von einer Niere oder eventuell auch einem Bumerang auf dem Hals, mit einem Wagen ins Zimmer klapperte und erklärte, es sei Zeit für eine Runde Pillen.

Doch nun, an dem wackeligen kleinen Tisch in der Teeküche hinter dem Geschäft – am Tag nach dem Eintreten des Todes – wurde also mehr dazu gesagt. Der Kaffee war in Gesellschaft eines Himbeerkuchens, den Tante Polly aus dem Gefrierschrank geholt hatte und der noch nicht ganz aufgetaut war, sich aber dennoch essen ließ.

»Sie hatte keine Zeit, einen neuen zu backen«, bemerkte Onkel Lennart. »Oder keine Lust. Dafür muss man Verständnis haben, sie hatte Torsten auch sehr gern. Auf ihre Art.«

Arne überlegte, was *auf ihre Art* bedeutete, fragte aber nicht. »Es ist, wie es ist«, sagte er stattdessen. »Der Tod macht einem ganz schön zu schaffen.«

Er wartete darauf, dass Onkel Lennart weiter ausholen würde. So drückte er sich häufig aus. *Was hältst du davon, wenn wir ein wenig weiter ausholen. Um uns mehr in die Problematik zu vertiefen.*

»Wie gesagt, viel zu schön«, fuhr er jetzt fort. »Deine Mutter, deines Daseins Ursprung. Schönheit führt früher oder später immer ins Verderben, so wahr ich hier sitze.«

»Tante Polly ist ja ziemlich hässlich«, kommentierte Arne seine Worte, um zu zeigen, dass er dem Gedankengang folgen konnte.

»Nun ist es natürlich andererseits so, dass die inneren Werte zählen«, entgegnete Onkel Lennart ein wenig verstimmt und schnitt sich ein Stück von dem halbgefrorenen Himbeerkuchen ab. »Nur die zählen und sonst nichts. Aber was den letzten Wunsch deines Vaters angeht, müssen wir ein bisschen weiter ausholen. Das mit Berlin.«

»Ich werde hinfahren«, sagte Arne, denn das hatte er beschlossen, als er am Vorabend wach lag und nicht einschlafen konnte. »Ich fahre nach Berlin und suche meine Mutter auf. Für mich spielt es ehrlich gesagt keine Rolle, ob sie schön ist oder nicht.«

»Vollkommen richtig«, bestätigte Onkel Lennart mit vollem Mund. »So etwas spielt wirklich keine Rolle. Und du wirst dich dem letzten Willen deines Vaters nicht widersetzen, so bescheuert er auch sein mag. Aber bevor du dich auf den Weg machst, werden wir dich wohl ein wenig präparieren müssen.«

»Präparieren?«, sagte Arne.

»Ich würde natürlich gerne mitkommen, aber wir müssen schließlich auch an das Geschäft denken. Torsten hätte sicher nicht gewollt, dass wir den Laden grundlos schließen, und es sind harte Zeiten. Wer soll den Betrieb am Laufen halten, wenn nicht ich?«

Arne nickte. Jetzt, da sein Vater nicht mehr unter den Lebenden weilte, war es natürlich so klar wie Kloßbrühe, dass Onkel Lennart hinter der Ladentheke stehen musste. So war es schon in den letzten Monaten gewesen, ja, noch länger. Tante Polly konnte im Notfall schon einmal für eine Stunde einspringen, hatte ansonsten aber genug mit ihren Wehwehchen zu tun. Vor seinem Tod hatte Torsten Murberg seinem Sohn anvertraut, dass seine fette Schwägerin an sämtlichen in der westlichen Welt bekannten sowie ungefähr einem Dutzend unbekannten Krankheiten litt. Es gleiche einem Wunder, dass sie morgens überhaupt aus dem Bett komme.

»Jetzt müssen wir erst einmal Torsten unter die Erde bringen«, holte Onkel Lennart aus. »Und dann musst du Deutsch lernen. Zumindest rudimentär.«

»Hä?«, sagte Arne.

»Rudimentär. Das bedeutet, dass du nicht unbedingt jedes Wort verstehen musst. Nur die wichtigsten. *Scheiße* und *Krankenhaus*, um nur zwei Beispiele zu nennen.«

»*Scheiße*«, sagte Arne.

»Bravo. Mit etwas gutem Willen und einem ordentlichen Lehrbuch müsste das in ein paar Monaten zu schaffen sein. Du kannst ja nicht nach Berlin kommen und nur Schwedisch sprechen.«

»Zwai Bir. Ser sjön«, sagte Arne, um zu zeigen, dass er nun wirklich kein Dummkopf war und bereits das eine oder andere aufgeschnappt hatte.

»Allerhöchstens ein halbes Jahr«, meinte Onkel Lennart und seufzte. »Ich werde dich persönlich unterrichten. Ich habe in den Sechzigern auf der Realschule Deutsch gelernt.«

2

Arne Murberg war kurz nach Anbruch der achtziger Jahre als Folge eines Spermavolltreffers zur Welt gekommen. Torsten Murberg und Violetta Dufva lernten sich auf einer Busreise nach Italien kennen, einem Zehntagetrip, bei dem drei Dutzend Menschen in Begleitung einer halbprofessionellen Reiseleitung durch die Landschaft rund um den Comer See und den Lago Maggiore geführt wurden und in kleinen, pittoresken Pensionen in der schönen Natur der Alpen übernachteten. Es war im Monat Mai. Die letzten zwei Tage verbrachte man in Venedig, der romantischsten Stadt der Welt, und dort kam es zu besagtem Volltreffer.

Violetta Dufva hatte diese Reise überstürzt gebucht, da sie ihre eben erst gescheiterte Beziehung zu einem drogenabhängigen und gewalttätigen dänischen Rocksänger namens Truls verarbeiten musste. Sie hatte das Abenteuer gesucht, im halben Jahr dieser Beziehung jedoch bedeutend mehr davon abbekommen, als sie sich erhofft hatte, und als Torsten im Nachhinein zu verstehen versuchte, was in aller Welt sie nur in ihm gesehen hatte, konnte er keine andere Antwort finden als die düsterste von allem: Sicherheit. Der in sich gekehrte, leicht gehemmte Bauernsohn aus der Grenzregion zwischen den Landschaften Värmland und Närke war beim besten Willen kein bildschöner oder charmanter Mann, aber er würde wenigstens niemals auf die Idee kommen, die Hand gegen eine Frau zu erheben. Und so kam es nach ein paar Gläsern Wein und einer ausnehmend angenehmen Gondelfahrt, wie es kommen musste.

Hinzu kam möglicherweise, dass zweiunddreißig Mitreisende Frauen waren und die drei übrigen Männer ausnahmslos über sechzig. Violetta dagegen war achtundzwanzig und Torsten nicht viel älter.

In letzter Sekunde, als sie selbst schon gekommen war und Torsten sich auf der Schwelle zum Explosionsaugenblick befand, rief sie ihm noch zu, ihn herauszuziehen.

Was Torsten, ganz der Gentleman, der er war, auch tat, bedauerlicherweise jedoch eine Sekunde zu spät. Ein Monat später, in weiter Ferne von allen Gondeln und Alpenseen, rief sie ihn eines Abends an und erklärte ihm die Lage.

»Ich habe nicht vor, das Kind abzutreiben«, erklärte sie darüber hinaus. »Du wirst mich schon heiraten müssen.«

Womit sich Torsten, als der Gentleman, der er immer noch war, einverstanden erklärte – nachdem er sich zunächst kurz mit seinem fünf Jahre älteren Bruder und dessen Verlobter Polly beraten hatte. In den folgenden dreißig Jahren sollte die Letztgenannte häufig unterstreichen, dass die beiden einfältigen Brüder zu diesem Entschluss gekommen waren und sie von Anfang an entschieden abgeraten hatte.

Jedenfalls knüpften Torsten Murberg und Violetta Dufva schon im August desselben Jahres in der Kirche von K. das Band der Ehe, und ein halbes Jahr später wurde ohne große Komplikationen Arne Albin Hektor geboren.

Albin kam vom Großvater väterlicherseits, Hektor vom Großvater mütterlicherseits. Arne war eine gemeinsame Entscheidung (allerdings auch der Name von Violettas erstem Liebhaber, ein Umstand, den sie jedoch für sich behielt, bis es zu spät war, den Namen zu ändern).

Warum Torsten bei dieser Busreise mitgefahren war?

Er hatte sie gewonnen, weil er einen Slogan für eines der beliebtesten Katzenfutter Schwedens formuliert hatte. Man könnte durchaus behaupten, dass Arne Murberg die späte Frucht eines dänischen Rocksängers und eines Katzenfutters aus Småland war, aber soweit bekannt, hat das nie jemand behauptet.

Dass Arne Murberg seine Mutter niemals kennenlernte – und sie deshalb auch nicht vermisste –, muss als eine traurige, aber unbestreitbare Tatsache betrachtet werden. Sie stillte den Jungen nicht; wenn er in seinen ersten Lebensmonaten nachts aufwachte und Hunger hatte, war es immer sein Vater Torsten gewesen, der aufstand und den Muttermilchersatz erwärmte. Im Laufe der Zeit den Brei. Sie wohnten in dieser ersten (und eigentlich einzigen) Zeit in einer Dreizimmerwohnung über dem Kino Saga am Marktplatz in K. Violetta litt gelegentlich unter Migräne – aber auch unter dem Ton der Abendvorstellung, der durch den Fußboden zu ihr hochschallte, ein Problem, das sie schließlich löste, indem sie stattdessen hinunterging und sich in den Kinosaal setzte. Nach und nach entwickelte es sich zu einer festen Routine, dass sie sowohl in der Vorstellung um sieben als auch in der um neun saß, zu einem stark ermäßigten Preis, um nicht zu sagen gratis – sie hatte schöne, veilchenblaue Augen, und der Kartenabreißer Rundström war auch nur ein Mensch –, und während des Films *Der Liebe verfallen*, mit Meryl Streep und Robert de Niro in den Hauptrollen, begegnete sie dann dem Troubadour und Dichter Egon Lummersten, der ausgerechnet an jenem Abend vor dem Auftritt auf der Jubiläumsgala des Rotary Clubs am folgenden Tag im Stadthotel übernachtete.

Nicht zuletzt, um sich ausführlich über den Film austauschen zu können, der sie beide tief berührt hatte, begleitete Violetta Dufva ihren neuen Bekannten auf sein Zimmer in dem Hotel auf der gegenüberliegenden Seite des Platzes. Es war ihr vollkommen natürlich erschienen, schließlich waren sie beide ausgesprochen kulturinteressiert, ein Interesse, das Torsten seit seiner Heimkehr aus Italien gänzlich vermissen ließ, und dass dann eins zum anderen führte, war letztlich nicht weiter verwunderlich, denn … denn wenn einem die Sicherheit im Hals steckenbleibt wie kalt gewordener Haferschleim, muss man die Suppe auslöffeln, den Brechreiz unterdrücken und sich anschließend wieder seinem Lieblingsspiel widmen. Diesmal mit Kondom.

Oder wie auch immer man es ausdrücken will. Die außereheliche Beziehung lief jedenfalls einige Monate – lief und vertiefte sich –, und als es Vater Torsten dann endlich wie Schuppen von den Augen fiel und er ihr das machte, was man trotz allem als eine Szene bezeichnen muss, brannten sie am nächsten Morgen durch. Die Ehefrau und der Troubadour.

Unklar blieb allerdings, wohin. Auf dem Küchentisch lag ein Zettel.

Ein halbes Jahr später kam ein Brief mit einer Adresse in Berlin. Ein Gruß an den jungen Arne Albin Hektor und eine Aufforderung, ein Paket mit Violettas zurückgelassenen Kleidern an besagte Adresse zu schicken.

Dieser Aufforderung wurde allerdings niemals Folge geleistet. Bis zum kleinsten Slip hatte Torsten zu diesem Zeitpunkt bereits alles, was ihn eventuell an seine entlaufene Frau erinnern konnte, der Heilsarmee geschenkt. Mit Ausnahme des gerahmten Porträts, denn man musste ja nicht gleich das Kind mit dem Bad ausschütten.

Außerdem war er in eine ruhigere Wohnung gezogen, auch sie eine Dreizimmerwohnung, in der Frithiofs gata, hinter dem Sportplatz.

Außerdem hatte er auf Anraten seines älteren Bruders einen Tabakladen in vorteilhafter Lage an der Kreuzung Rutevägen und Floras gata erworben.

Da war der kleine Arne ein Jahr und sieben Monate alt und ahnte von all dem glücklicherweise nichts. Sein Vater Torsten war exakt dreiunddreißig. Das Leben ging weiter.

3

Fünf Häuser weiter in der Frithiofs gata wohnten Lennart und Polly Murberg in einer weiteren Dreizimmerwohnung. Das war praktisch, denn die beiden mussten keine eigenen Kinder großziehen und Arne fühlte sich in der einen Wohnung schon bald ebenso heimisch wie in der anderen. Sein Vater war Hals über Kopf zu einem Junggesellen geworden, der einen kleinen Sohn am Hals hatte, und so war es ganz selbstverständlich, dass sein einziger Bruder und dessen Gattin ihm zur Seite standen. An mindestens zwei Abenden in der Woche übernachtete der Junge bei seinen Verwandten, bei denen er ein eigenes Zimmer hinter der Küche hatte, und es löste eine gewisse Verwunderung aus, als er in der ersten Klasse der Stava-Schule seiner Lehrerin Frau Månsson gegenüber mit Nachdruck erklärte, er habe nicht zwei Eltern wie die meisten seiner Schulkameraden, sondern drei.

Ein vierter Elternteil stand allerdings niemals zur Debatte, obwohl sein Vater gelegentlich Frauen zu Besuch hatte. Dies war immer dann der Fall, wenn Arne bei Onkel Lennart und Tante Polly übernachtete, und keine der Frauen blieb länger als bis zum Frühstück, und bei keiner von ihnen lohnte es sich, sich ihren Namen zu merken.

Tante Polly arbeitete, wenn auch nur halbtags, als Konditorin in Sveas Konditorei, Onkel Lennart war städtischer Angestellter. Was Letzteres eigentlich bedeutete, fand Arne nie heraus, aber jeden Morgen um Viertel vor neun setzte sich sein Onkel auf sein schwarzes Fahrrad der Marke Fram und radelte die achthundert Meter zum Rathaus am Marktplatz. Gegen Viertel nach fünf Uhr nachmittags kehrte er zurück. Bei jedem Wind und Wetter, und auf dem Gepäckträger transportierte er eine Aktentasche, die eine Brotdose und zwei Äpfel enthielt, aber wenn er heimkehrte, hatte er jedes Mal ausnahmslos wieder einen Apfel dabei.

Für den Fall, dass man Überstunden machen muss. Diese Drohung war, wenn Arne recht sah, niemals wahr geworden bis zu dem Tag, an dem Onkel Lennart nach zweiundvierzig Jahren im Dienste der Allgemeinheit mit einer goldenen Uhr in den Ruhestand verabschiedet wurde. In den ersten fünfzehn Jahren war Arne allerdings noch nicht auf der Welt gewesen, ganz genau wusste er es also nicht.

Samstags half Onkel Lennart meistens im Tabakladen aus, und nachdem er ungefähr zu der Zeit, als Torsten Murberg schwermütig wurde, in Pension gegangen war, verbrachte er gerne täglich einige Stunden hinter der Ladentheke, umgeben von Zigaretten, Pfeifentabak, Schnupftabak, Illustrierten und Süßigkeiten. Manchmal zusammen mit seinem seit neuestem schwermütigen, jüngeren Bruder, häufiger jedoch in Gesellschaft seines Neffen, der nach seinem Unglück keiner normalen Arbeit nachgehen konnte.

Die Frage, was der eigentliche Grund für Torsten Murbergs schwindenden Lebensmut war, fand ihre Antwort, als man in seinem Magen eine Krebsgeschwulst entdeckte. Jedenfalls musste diese anfangs noch diffuse Plage in der Geschichtsschreibung die Hauptverantwortung übernehmen – will sagen in Onkel Lennarts und Tante Pollys Geschichtsschreibung, und die war maßgeblich. Es war nun einmal so sicher wie das Amen in der Kirche, dass es einem nicht gutging, wenn man mit einem schmerzenden Handball im Magen herumlief, wovon insbesondere Tante Polly ein Lied singen konnte. Es soll darüber hinaus nicht unerwähnt bleiben, dass dem Ehepaar ein Drittel des Tabakladens gehörte, so dass die beiden durchaus ein Interesse daran hatten, dafür zu sorgen, dass das Geschäft ordentlich weiterlief, auch wenn der arme Torsten sich nicht mehr so ins Zeug legen konnte wie früher.

Bis zu dem Unglück – seinem eigenen Unglück, nicht dem des Vaters – hatte Arne zahlreiche Freunde. Es gab einen Jimmy, einen Niklas, einen Krille und einen Hassan, die beiden Erstgenannten waren Klassenkameraden, die Letztgenannten Nachbarskinder aus dem Viertel. Darüber hinaus existierte noch eine heimliche Freundin, ein Mädchen namens Beata. Sie war ein Jahr älter als Arne und wohnte in einem alten Holzhaus, das genau in der Mitte zwischen seinen beiden Elternhäusern lag. Auf ihrem Hof stand ein großer Kastanienbaum, und Beata saß oft hin- und herschwingend auf einer Schaukel, die an einem der unteren Äste in diesem Baum hing, wenn Arne in der einen oder anderen Richtung auf dem Bürgersteig vorbeikam.

Beata war süß, hatte aber einen Vater, der trank, und in jenem Sommer vor dem Unglück hatte sie Brüste bekommen. Sie wollte sie im Grunde gar nicht haben, aber Arne fand sie hübsch und nahm an, dass es schön wäre, sie anzufassen, und in seinem späteren Leben kam ihm häufig der Gedanke, dass er Beata bestimmt geheiratet hätte, wenn es nicht so gekommen wäre, wie es dann kam.

Es war der 24. August, ein Samstag. Die erste Schulwoche nach den Sommerferien war abgehakt, er ging in der Stava-Schule in die sechste Klasse. Sie hatten einen neuen Lehrer bekommen, der Lindblom hieß und in den Pausen hinter den Fahrradständern Pfeife rauchte. Das Wetter war schön, ein herrlicher Spätsommertag. Arne und Hassan beschlossen, zum Mörtsjön zu radeln und zum letzten Mal in diesem Jahr schwimmen zu gehen. Auf dem Gepäckträger hatten sie Proviant, gut und gerne fünfundzwanzig Comichefte sowie eine kleine Schachtel Prince Denmark, die Arne in einem unbeobachteten Moment im Geschäft hatte mitgehen lassen. Immerhin waren sie beide zwölf, und es wurde Zeit, sich gewisse Gewohnheiten zuzulegen.

Die Fahrradtour durch die Wälder dauerte eine gute Stunde. Wesentlich schneller ging es auf dem Rückweg im Krankenwagen, obwohl Arne sich dieser Fahrt nicht bewusst war, da er angeschnallt auf einer Pritsche lag und zwischen Leben und Tod schwebte.

Es wurde ihm auch niemals bewusst, was eigentlich passiert war, seine Erinnerungen an diesen Samstag endeten für alle Zeit damit, dass Hassan und er ihre Fahrräder an einen Baum in der Nähe des kleinen Parkplatzes am Mörtsjön lehnten. Den Rest erzählte ihm später Hassan, es war keine komplizierte Geschichte.

Nachdem sie jeder eine Prince Denmark geraucht hatten – was ehrlich gesagt ziemlich ekelhaft war, wie Hassan zugab, davon sollte man lieber die Finger lassen –, hatten sie beschlossen, schwimmen zu gehen. Trotz des schönen Wetters waren nicht viele Leute am See, höchstens zehn Menschen, aber die Jungen beschlossen trotzdem, nicht von dem wackeligen Steg aus ins Wasser zu springen, wie man es normalerweise machte. Stattdessen trotteten sie durch das Unterholz am Seeufer bis zu einem Felsvorsprung, der etwa fünfzig Meter von der eigentlichen Badestelle entfernt lag. Arne meinte sich zu erinnern, dass man von der Felskante aus hineinspringen konnte, möglicherweise war Hassan der gleichen Ansicht, aber in diesem Punkt blieb er vage. Eventuell hatte er sogar davon abgeraten.

Jedenfalls sprang Arne. Oder tauchte vielmehr mit einem Kopfsprung ins Wasser ein, wie sich das gehörte, wenn man kein Mädchen oder Waschlappen war. Hassan blieb auf der Felskante stehen, schaute zu und sah seinen Freund zunächst unter der schwarzen Oberfläche verschwinden, danach in einer großen Blutwolke auf dem Wasser nach oben treiben und anschließend erneut versinken. Wieder an die Oberfläche und wieder nach unten.

Hassan reagierte geistesgegenwärtig, so geistesgegenwärtig, wie man es sich nur erhoffen konnte. Er schrie um Hilfe, rutschte auf dem Po die steile Böschung neben dem Fels hinunter, warf sich ins Wasser und schaffte es, nach einem Zeitraum, den er selbst auf ein halbes Jahr schätzte, der in Wahrheit jedoch kaum mehr als eine Minute umfasst haben dürfte, sich seinen Freund zu greifen. Dieser war blutüberströmt und bewusstlos. Hassan schleppte ihn zum Seeufer, wo bereits zwei andere Badegäste vor Ort waren, darunter zum Glück der Fahrer eines Krankenwagens. Er hatte seinen Krankenwagen zwar nicht dabei, aber ein wenig gesetzeswidrig bei sich zu Hause, gerade einmal drei Kilometer vom Mörtsjön entfernt, abgestellt.

Innerhalb von zwanzig Minuten traf das Fahrzeug ebenso am Ort des Unglücks ein wie seine Ehefrau, die zufällig Krankenschwester war, und kurz darauf war der weiterhin bewusstlose Arne Albin Hektor im Eiltempo unterwegs ins Provinzialkrankenhaus in Ö-bro. Während der Wartezeit waren gewisse lebenserhaltende Maßnahmen ergriffen worden, Mund-zu-Mund-Beatmung und Herzmassage und was noch alles. Hassan stand unter Schock und brachte kein vernünftiges Wort heraus, auch dieser Junge benötigte eindeutig medizinische Hilfe, wenngleich anderer Art, und dass er im Krankenwagen mitfahren durfte, erschien deshalb allen ganz natürlich. An diesem schönsten aller Augustsamstage herrschte ein einziges Chaos.

Als Arne Murberg sechs Wochen später in die Frithiofs gata zurückkehrte, war es schon Oktober, und er war nicht mehr derselbe. Er war nur noch ein Schatten seiner selbst, das war leicht festzustellen, und man tat gut daran, sich damit abzufinden. Seine drei Eltern vergossen abwechselnd Tränen darüber, wie die Dinge standen, allerdings nie so, dass Arne etwas davon merkte. Man ging in die Küche oder ins Badezimmer und weinte, Diskretion war Ehrensache.

Nicht dass Arne ihnen ihre Verstimmung übelgenommen hätte oder sie ihm auch nur aufgefallen wäre, aber trotzdem. Außerdem war er ja schließlich noch am Leben. Konnte beide Arme und Beine bewegen und sah im Großen und Ganzen noch so aus wie zuvor.

Es war sein Kopf, der Schaden genommen hatte. Innerlich.

»Aus ihm ist die Luft heraus«, bemerkte Onkel Lennart.

»Es ist so traurig«, meinte Tante Polly. »Er scheint gar nicht richtig da zu sein.«

Wenn Arne sie so hätte reden hören, wäre er vermutlich mit beiden Diagnosen einverstanden gewesen. Es kam ihm vor, als wäre alle Luft aus ihm gewichen und als hätte sich eine dicke Schicht aus fetter Watte zwischen ihn und den Rest der Welt gelegt. Alles spielte sich irgendwie in Zeitlupe ab oder wurde abgebremst, sobald es in seinen Schädel kam. Wenn jemand etwas sagte, erreichte ihn die Äußerung zunächst als diffuser Klangbrei, aus dem er die Wörter einzeln herausfischen musste, ehe er sie zu einer verständlichen Mitteilung zusammensetzen konnte. Er fand es schon anstrengend, sich auch nur wachzuhalten, und er schien die Bezeichnungen für eine große Zahl von Dingen vergessen zu haben, bei denen er sich ganz sicher war, dass er sie vor jenem unglückseligen Badesamstag gekannt hatte.

Zum Beispiel Korkenzieher. Wasserschlauch. Bratpfanne. Reißverschluss. Rippe. Sowie diverse andere Worte, die er nun von Neuem lernen musste. Außerdem fand er es ärgerlich, fragen zu müssen, denn dann trat immer so ein trauriger Ausdruck in seines Vaters Augen, wenn Arne sich etwa erkundigte, wie diese längliche, leicht gekrümmte Frucht eigentlich hieß, oder wie man es nannte, wenn man Schnüre oder Haare mit Hilfe einer Schere abtrennte.

Am unangenehmsten entwickelte sich seine Situation jedoch in der Schule. Arne fiel es schon schwer, selbst die einfachsten Anweisungen zu verstehen, außerdem schien er das komplette Einmaleins vergessen zu haben. Bei einem Test, den Lehrer Lindblom äußerst diskret durchführte, stellte sich heraus, dass Arne nicht mehr wusste, wie die skandinavischen Nachbarländer hießen, wer Jesus von Nazareth war, in welcher Reihenfolge die Monate aufeinander folgten – auch wenn er einige von ihnen nennen konnte. Außerdem schlief er am Ende der Schulstunden häufig ein und hatte ganz offensichtlich Probleme mit seinen Klassenkameraden, die immer mehr dazu übergingen, ihn als einen Sonderling und Irren zu betrachten. Dass er so verrückt gewesen war, einen Kopfsprung in ein unbekanntes Gewässer zu machen, verbesserte die Lage nicht unbedingt, und einige Wochen vor Weihnachten wurde deshalb beschlossen, dass Arne der sogenannten Sondergruppe zugeteilt werden sollte. Diese kleine Schar bestand aus einer Clique zu Prügeleien neigender Jünglinge zwischen zehn und fünfzehn Jahren, die angepasst an die individuellen Voraussetzungen jedes Einzelnen von einem Major außer Dienst unterrichtet wurden, der Kornblatt hieß, von allen jedoch nur der Nazi genannt wurde.

Zu den Osterferien des nächsten Jahres wurde Arne Murberg ganz aus der Schule genommen. Auf der pädagogischen Ebene waren keine Fortschritte erzielt worden, außerdem war er mehrfach von seinen sogenannten Kameraden in der Sondergruppe verprügelt worden, insbesondere von einem gewissen Percy, der ihm sogar mit einem Messer eine Wunde am Oberschenkel zugefügt hatte.

Unterricht im Elternhaus lautete die Lösung, die von da an für Arne Murberg gelten sollte, und ein gutes Jahr lang kam tatsächlich eine junge, halb ausgestiegene Lehrerin in die Frithiofs gata und paukte Rechtschreibung, Mathematik und Leseverständnis mit ihrem immer widerwilligeren Schützling. Ihr Einsatz verlief jedoch langsam im Sand, nicht zuletzt, weil Frau Myllymäki, wie die Lehrerin hieß, wegen Anorexie ins Krankenhaus eingeliefert werden musste, und da im Tabakladen jede helfende Hand willkommen war, wurde diese Laufbahn eingeschlagen. Im Alter von fünfzehn Jahren konnte Arne nachweislich sowohl den richtigen Preis für die meistverkauften Artikel kassieren, als auch den Kunden einigermaßen korrekt ihr Wechselgeld zurückgeben. Allerdings ließ man ihn aus Rücksicht auf alle Beteiligten im Laden nur selten allein. Vater Torsten leistete ihm Gesellschaft oder Onkel Lennart, Letzterer zunächst nur samstags, nach seiner Pensionierung und der goldenen Uhr jedoch auch an manchen Wochentagen. Schon bald kannten alle Kunden Arne, und da ihnen auch seine Geschichte bekannt war, grüßten sie ihn höflich und betont langsam und fragten ihn, wie es ihm gehe und ob er eine Ansicht zum herrschenden Wetter beizusteuern habe.

Arne machte es sich mit der Zeit zur Gewohnheit, sich eine solche zuzulegen. Auf dem Weg zum Laden (er flanierte immer, da er die Kunst des Fahrradfahrens verlernt hatte) gab er sich alle Mühe, sowohl dem Himmel als auch dem Wind und der Temperatur Aufmerksamkeit zu schenken. Den letztgenannten Wert las er übrigens auf dem großen Thermometer ab, das an der Wand des Nachbargeschäfts hing: EEE – Elofssons Elektrische Erben. Dazu bedurfte es nur weniger Sekunden und lieber eine korrekte Information als eine Menge persönliches Gelaber, nur weil man sich zu dick oder zu dünn angezogen hatte.

So vergingen die Jahre. Als Onkel Lennart seine Taschenuhr bekam und Vater Torsten schwermütig wurde, war Arnes dreißigster Geburtstag nicht mehr fern.

Und fünf Jahre später wurde es dann Zeit, sich Berlin zu stellen.

4

»Mein Name ist Arne«, sagte Onkel Lennart auf Schwedisch.

»Isch bin Arne«, erwiderte Arne auf Deutsch.

»In Ordnung«, erklärte Onkel Lennart. »Ich komme aus Schweden.«

»Isch bin Schweden«, sagte Arne.

»Alright, es kommt auf die wichtigen Worte an. Die kleinen dazwischen kann man vergessen.« Onkel Lennart unterdrückte ein Gähnen. »Außerdem hast du ja dein Wörterbuch. Darin kannst du alles Mögliche nachschlagen. Du erinnerst dich doch noch, wie man ein Wort nachschlägt.«

»Abber klar«, sagte Arne auf Deutsch und gähnte auch. Es war wirklich anstrengend, Deutsch zu lernen. Nach drei Monaten ziemlich intensiven Studiums hatten Onkel Lennart und er einsehen müssen, dass es Grenzen gab. Man konnte eine Tüte nicht mit beliebig vielen Süßigkeiten vollstopfen, und die Tüte, die Arne Albin Hektors Gehirn war, hatte in den letzten Wochen angedeutet, dass sie kurz vor dem Platzen stand, weil sie schon so vollgestopft war. Wenn er ein neues Wort hineinstopfte, konnte es ihm passieren, dass zwei alte dafür wegfielen, und eine solche Entwicklung nutzte weder ihm noch den Deutschen etwas. Natürlich nicht.

»Schlag mal Pappteller nach«, sagte Onkel Lennart.

Arne dachte nach. »Wenn ich es recht bedenke, glaube ich nicht, dass ich dieses Wort brauchen werde.«

»Schlag es trotzdem nach«, wies Onkel Lennart ihn an.

Arne begann in seinem dicken Wörterbuch zu blättern, und eine Minute später hatte er die Vokabel gefunden.

»*Pappteller.*«

»Hört sich richtig an. Hühnerstall?«

»*Hühnerstall*«, antwortete Arne nach weiteren zwei Minuten.

»Bravo. Schön, jetzt gönnen wir uns eine Tasse Kaffee, oder was meinst du?«

»Genua«, sagte Arne.

»Nein, das ist eine Stadt in Italien. Es heißt *genau*, du musst daran denken, dass du nicht die Buchstaben durcheinanderwerfen darfst.«

»*Genau*«, sagte Arne.

Er hatte sich natürlich auch früher schon jenseits der schwedischen Grenze aufgehalten. Er hatte Kopenhagen und Trysil besucht. Darüber hinaus Gran Canaria, zwei Mal, und eine Insel in Griechenland, an deren Namen er sich nicht mehr erinnerte. Nicht zu vergessen Finnland. Dort war er zwar nie an Land gegangen, aber auf einer riesigen und ausgesprochen eleganten Fähre hin- und wieder zurückgefahren.

Er war geflogen und gelandet und durch Passkontrollen gegangen. Er hatte auf Liegestühlen inmitten von Menschen gelegen, die Rotwelsch aus aller Herren Länder sprachen, und an Pizzaständen mit Geldscheinen bezahlt, die wie Spielgeld aussahen.

Aber nie allein. Immer in Begleitung von seinem Vater oder seinem Onkel und seiner Tante. Oder, wie zuletzt auf den Kanaren, von allen dreien.

Und niemals in Deutschland. Nicht einmal in Hamburg, wo Onkel Lennart in seiner Jugend einige Tage verbracht hatte und wohin es, wie er behauptete, die meisten Schweden irgendwann einmal verschlug. Und sei es auch nur, weil sie auf dem Weg nach Südeuropa waren und eine Pause einlegen wollten, um sich ein Bier und eine Bratwurst zu kaufen.

Bier und *Bratwurst* musste Arne nicht mehr nachschlagen. Der Bedeutung dieser Vokabeln war er sich schon sicher, und Gleiches galt für einige andere Lebensmittel, die zu kennen nicht schaden konnte: *Brot, Milch, Kaffee, Käse* und *Kartoffelsalat.* Sicherheitshalber hatte er sie in ein Vokabelheft geschrieben, zusammen mit etwa hundert anderen Vokabeln, die laut Onkel Lennart zu den alltäglichsten gehörten. *Guten Morgen*, *Verdammt* und *Auf Wiedersehen* zum Beispiel. Letzteres war allerdings lang und ging nur schwer in seinen vollgestopften Schädel.

Außer dem Vokabelheft besaß er auch Karten. Zwei Stück, einen Stadtplan von Berlin und eine Karte von ganz Deutschland, Letzteres ein Wort, das man sich nur mit Mühe merken konnte und dessen Aussprache noch komplizierter war.

Der Stadtplan von Berlin war natürlich wichtiger. Faltete man ihn auseinander, bedeckte er den halben Esstisch von Onkel und Tante, bei denen Arne seit Vater Torstens Ableben wohnte. Er bildete die ganze riesige Stadt Berlin ab, und auf ihm waren deutlich sichtbar zwei Kreuze eingezeichnet, das eine rot, das andere schwarz. Das rote

Kreuz befand sich in einer Straße, der Knobelsdorffstraße, und die Hausnummer war 38b; dort würde er seine Mutter Violetta finden. Das schwarze Kreuz befand sich in der Fasanenstraße, dort würde er während seines Aufenthalts in der Vielmillionenstadt wohnen. Im Hotel Munck, zwölf Nächte, vom sechsundzwanzigsten März bis zum siebten April. Auf der Karte war darüber hinaus eine Bleistiftlinie eingezeichnet worden, die diese beiden Kreuze miteinander verband, das war der Weg, den er zwischen dem Hotel und seiner Mutter nehmen musste. Auf dem Stadtplan sah die Strecke nicht besonders lang aus, knapp zwanzig Zentimeter, aber Onkel Lennart hatte ihm erklärt, dass es sich in Wirklichkeit um mehrere Kilometer handelte. Dreidreiviertel, wenn man genau sein wollte, und das sollte man, denn das waren alle Deutschen. *Ordnung muss sein.* Wenn er sich an keiner Kreuzung in der Richtung irrte, sollte er den Fußmarsch in etwa einer Stunde zurücklegen können.

Natürlich bestand auch die Möglichkeit, ein Taxi zu nehmen, aber Arne und Onkel Lennart waren sich einig, dass dies ein schlechterer Plan wäre. Bei Taxifahrern wusste man nie so genau, denn wenn sie merkten, dass man sich in der Stadt nicht auskannte, konnten sie einen nach Belieben durch die Gegend fahren und gehörig ausnehmen, nein, da verließ man sich doch besser auf seine eigenen Fähigkeiten und auf Schusters Rappen.

»Schusters Rappen?«, erkundigte sich Arne.

»Auf seine Beine«, antwortete Onkel Lennart. »Oder genau genommen seine Füße.«

Man hatte auch einige Pläne dahingehend skizziert, wie Arne sich verhalten sollte, falls sich herausstellte, dass

Violetta Dufva (oder wie auch immer sie heute heißen mochte; sie hatte jedenfalls niemals Wert darauf gelegt, den Namen Murberg anzunehmen, das wusste man mit Sicherheit) nicht mehr an ihrer alten Adresse wohnte. Es war natürlich nicht leicht, im Voraus zu bedenken, wie man in einer solchen Situation verfahren sollte; möglicherweise konnte man darauf hoffen, dass sie ihre neue Adresse einem Nachbarn oder dem Vermieter hinterlassen hatte, außerdem hatte Arne natürlich jederzeit die Möglichkeit, mit seinem Mobiltelefon Onkel Lennart anzurufen. Um die Lage zu bereden und neue Entscheidungen zu treffen.

Tante Polly fand alle Pläne gleich schlecht. Es sei ein schwachsinniges Unterfangen, den Jungen einsam und alleine loszuschicken, um nach einer solchen Frau zu suchen, behauptete sie. In einem derartigen Sündenpfuhl wie Berlin. Sie erinnerte sich an einen Film, den sie und Lennart in ihrer Jugend gesehen hatten und in dem alle möglichen Ausschweifungen und halbnackte Menschen in schummrigen Bars und Kabaretts und was noch alles vorgekommen waren.

»Das war vor fast einhundert Jahren«, wandte Onkel Lennart ein. »In dem Film ging es darum, wie es dort in den dreißiger Jahren war.«

»Das spielt keine Rolle. Was sagt uns denn, dass es seither besser geworden ist? Der Junge könnte unter die Räder kommen.«

»Er ist kein Junge«, betonte Onkel Lennart. »Er ist vierunddreißig Jahre alt und schwer für sein Alter.«

»Und so clever wie ein Kohlkopf«, entgegnete Tante Polly.

»Torsten hat ihm vor seinem Tod einen Auftrag gegeben. Findest du wirklich, dass er sich dem letzten Willen seines Vaters verweigern soll?«

»Ich sage nichts, dann habe ich auch nichts gesagt«, erklärte Tante Polly, wusch sich die Hände und ging anschließend dazu über, ihre Krampfadern mit einer ökologischen Salbe aus Papageienschnabelextrakt einzucremen, auf die sie bei Marys Haut- und Seelen-Oase in der Nåtlaregatan zehn Prozent Rabatt bekam.

Arne selbst sah seinem großen Auftrag unerwartet ruhig entgegen, ja umso ruhiger, je näher das Datum seiner Abreise rückte. Onkel Lennart fand, dass er etwas unruhiger sein sollte. Dass er irgendwelche Anzeichen von Nervosität und Reisefieber hätte an den Tag legen sollen, aber das war wie gesagt nicht der Fall.

Manchmal ging Arne Folgendes durch den Kopf:

Hör mal, mein bester Arne Albin Hektor Murberg. Fast dein ganzes Leben hast du hier in der Frithiofs gata und im Tabakladen verbracht. Es ist im Grunde nicht viel passiert. Die Tage sind vergangen, der eine glich dem anderen. Manchmal hat die Sonne geschienen, aber meistens ist das Wetter schlecht gewesen. Du hast noch nie ein Mädchen geküsst. Du hast neuntausend Filme im Fernsehen gesehen und fünfunddreißigeinhalb Bücher gelesen. Es könnte an der Zeit sein, mal etwas anderes zu tun. Weiß Gott.

Dieses halbgelesene Buch hieß *Das Blockhaus am Linkingfluss,* und er dachte darüber nach, ob er es in seinen Koffer packen sollte, beschloss dann aber, es daheim zu lassen. Er hatte es ein paar Tage vor dem Unglück im

Mörtsjön angefangen, aber da er es in mehr als zwanzig Jahren nicht geschafft hatte, weiterzulesen, erschien es ihm nicht sehr wahrscheinlich, dass ihm dies in Berlin gelingen würde.

Außerdem war es wichtig, dass der Koffer nicht zu schwer wurde, denn sonst musste er im Flugzeug unter Umständen eine Strafgebühr entrichten. Am Abend vor seiner Abreise übernahm es Onkel Lennart, den Koffer zu wiegen, und stellte fest, dass die Gepäckberechnungen perfekt gewesen waren. Achtzehndreiviertel Kilo, was bedeutete, dass Arne eineinviertel Kilo deutsche Souvenirs kaufen konnte, was ziemlich angemessen erschien.

Plus ein oder zweihundert Gramm für dieses Kästchen natürlich, das er seiner Mutter Violetta übergeben sollte. Das würde er schließlich nicht wieder zurückbringen. Sowohl Onkel Lennart als auch Arne selbst fragten sich, was sich wohl darin befand, ganz zu schweigen von Tante Polly, zu deren Charaktereigenschaften ein auffälliger Hang zur Neugier gehörte. Vater Torsten hatte das Kästchen heimlich und ohne das Wissen anderer aufbewahrt; gefertigt war es aus hartem, dunkelbraunem Holz, und es war abgeschlossen. Aber obwohl sie überall danach suchten, fanden sie in der gesamten Wohnung keinen passenden Schlüssel dazu. Arne dachte, dass er sich vielleicht im Besitz seiner Mutter befand, behielt diesen Gedanken jedoch für sich. Wenn man das Kästchen schüttelte, hörte man nichts, höchstens ein kaum vernehmliches Scharren. Onkel Lennart hatte vorgeschlagen, dass der Inhalt ein in Watte oder weichen Stoff eingeschlagenes Schmuckstück sein könnte, während Tante Polly eher dazu neigte, ein Papier irgendeiner Art zu vermuten. Ein Dokument, möglicherweise eine Schatzkarte oder ein Testament – mehrfach zusammengefaltet, so dass es sich in dem recht flachen Kästchen kaum bewegen konnte, das ungefähr zehn mal fünfzehn Zentimeter groß und nicht mehr als drei Zentimeter hoch war.

»Falls du die Chance bekommst, dabei zu sein, wenn es geöffnet wird, dann sorg verdammt noch mal dafür, dass du dir diese Chance nicht durch die Lappen gehen lässt«, hatte Onkel Lennart seinem Neffen mehr als einmal eingeschärft.

Er hält mich wirklich für total bescheuert, dachte Arne insgeheim. Aber das bin ich gar nicht, ich habe vielleicht nicht das beste Gedächtnis, und ich bin weiß Gott nicht der Schnellste, aber ich begreife mehr, als Onkel Lennart und Tante Polly ahnen.

Nein, viel war Onkel und Tante nicht über Arnes Innenleben bekannt, was allerdings auch für alle anderen Menschen galt.

So wussten sie zum Beispiel nicht, dass Perry Mason in seinem Schädel wohnte. Ein paar Jahre nach dem Unglück war sein Vater mit einer großen Kiste voller Videofilme nach Hause gekommen, die er auf einer Auktion in der Gegend von H-berg ersteigert hatte, und unter diesen Filmen hatte es ungefähr fünfzig Stück gegeben, in denen es um den amerikanischen Strafverteidiger ging. Arne begriff, dass er vor ziemlich langer Zeit populär gewesen sein musste, in den Sechzigern oder so, aber das machte nichts. Ihm gefiel Perry Masons Stil, und er schaute Monat für Monat und Jahr für Jahr mindestens drei Folgen in der Woche und dachte oft, wenn er nicht Rücksicht auf sein

Unglück hätte nehmen müssen, wäre er auch Strafverteidiger geworden. Er hätte eine Sekretärin gehabt, die ungefähr so aussah wie Della (oder vielleicht, trotz allem, wie Beata Axelsson), und einen Helfer, der Paul Drake ähnelte.

Im Laufe der Jahre hatte er eine Beziehung zu Perry aufgebaut. Aufgebaut und vertieft. Jederzeit konnte er den smarten Anwalt in seinem Kopf hervorholen und ihn in Fragen, die etwas knifflig waren, um Rat bitten. Dabei musste es gar nicht um rätselhafte Mordfälle gehen – um die es im Fernsehen häufig, in Arnes Leben dagegen eher selten ging –, nein, es konnte um alles Mögliche gehen: um wunde Füße, Ärger mit der Ladenkasse oder die Frage, wo er seine Schlüssel hingelegt hatte.

Was sagst du dazu, Perry, pflegte Arne dann zu denken. Wie würdest du mein Problem lösen?

Sollte man nicht vielleicht folgendermaßen vorgehen?, schlug Perry daraufhin beispielsweise vor, nachdem er einen Moment nachgedacht hatte. Anschließend sprachen sie die Sache gemeinsam durch und fanden in den meisten Fällen eine gute Lösung. In aller Ruhe und völlig reibungslos.

Aber wie gesagt: Über sein Arrangement mit Perry wie auch über eine Reihe anderer innerer Angelegenheiten verlor Arne niemals ein Wort, weder seinen drei Eltern noch irgendwem sonst gegenüber. Man wird ja wohl noch ein Recht auf seine Geheimnisse haben, dachte er. Sie denken ja ohnehin, dass ich dümmer bin als Brot.

5

In der Nacht vor seiner Abreise schlief Arne wie ein glückliches Schwein. Er träumte davon, wie er mit seiner Mutter, einer schönen Frau in einem eleganten taubenblauen (oder hieß es taubengrauen?) Kostüm, in einem Straßencafé in der lärmenden Großstadt Berlin zusammensaß und Kaffee trank und Kekse aß. Sie unterhielten sich über ihre Leben. Über alles, was passiert und nicht passiert war, und darüber, wie sie in Zukunft Kontakt halten würden. In der vor ihnen liegenden Zukunft, bis der Tod sie schied, wie es im Lied stand. Ihre Hände steckten in dünnen, weißen Handschuhen.

Auf dem Cafétisch vor ihnen lag das kleine, flache Kästchen, und plötzlich zog Violetta Dufva (denn sie hieß immer noch so) einen kleinen Schlüssel aus ihrer zierlichen Handtasche, und sieh einer an, er passte perfekt in das Schloss! Sie drehte den Schlüssel, aber als sie gerade vorsichtig den Deckel anhob und sie beide ihre Köpfe ein wenig vorreckten und eine Spur hinabbeugten, um zu sehen, was sich im Inneren des Kästchens verbarg, wachte Arne auf.

Das ist doch nun wirklich zum Mäusemelken, dachte er ärgerlich und kniff die Augen zusammen, um wenn möglich wieder einzuschlafen und zu seinem Traum zurückzukehren. Nur für ein paar Sekunden, das würde schon reichen, aber das konnte man natürlich *vergessens*.

Und *vergessens* war ein deutsches Wort, und auf einmal war er hellwach. Heute würde er nach Deutschland fliegen. Das war ein … ja, ein herrliches Gefühl. *Großartig* auf Deutsch, wenn ihn nicht alles täuschte.

Es erschien ihm zwar eigentlich unnötig, sich ausgerechnet an dieses Wort zu erinnern, aber trotzdem.

Onkel Lennart fuhr ihn zum Stockholmer Flughafen Arlanda. Sie kamen mehr als drei Stunden zu früh an, aber Onkel Lennart meinte, nur Dummköpfe und Präsidenten träfen in letzter Minute ein. Gemeinsam checkten sie den schwarzen Koffer mit dem großen, gelben A darauf ein (damit es leichter sein würde, ihn auf dem Flughafen in Berlin zu finden), kontrollierten zusammen vier Mal das Gate und die Abflugzeit auf der Boardingkarte, während sie sich eine letzte Tasse Kaffee gönnten, das Mobiltelefon ausschalteten, Pass und Portemonnaie in den richtigen Taschen platzierten und alle vorstellbaren Fallgruben der Flugreise noch einmal durchgingen.

Als alles so klar wie Kloßbrühe war, schloss Onkel Lennart ihn fest in die Arme, und danach wurde er durch die Sicherheitskontrolle geschickt und hatte damit alle Brücken hinter sich abgerissen. Bis zum Abflug waren es immer noch zwei Stunden, und das Letzte, was er von seinem hilfsbereiten Onkel hörte, war die Ermahnung, die ihm sein Onkel mit lauter Stimme hinterherrief, nämlich auf gar keinen Fall zu vergessen, noch einmal auf die Toilette zu gehen, ehe er sich in die Maschine setze.

Das weiß ich doch, dachte Arne Albin Hektor Murberg, ohne sich umzudrehen. Wofür hältst du mich?

Pinkelieren muss sein, hieß es so nicht auf Deutsch?

Vorspiel 2

1

Professor Anatolis Litvinas saß an seinem Schreibtisch und studierte seine Notizbücher.

Das grüne und das rote. Die dicken schwarzen lagen einstweilen fortgeräumt im Schrank, die Zeit war noch nicht gekommen, die Berechnungen in ihnen zu benutzen.

Noch nicht, aber bald. Sechs Wochen und ein bisschen mehr, wenn ihn nicht alles täuschte, dann musste die Gleichung gelöst sein. Aber warum sollte er sich täuschen? Bei diesem Gedanken lachte er innerlich. Beim letzten Mal, in Auerbachs Keller, hatte er zu neunundneunzig Prozent recht gehabt, diesmal würden es hundert Prozent sein. Er versuchte, die Erregung zurückzudrängen, die in seinem Körper vibrierte, aber das war leichter gesagt als getan. Wenn die Forschungsarbeit eines ganzen Lebens kurz vor dem Durchbruch steht, fällt es einem schwer, Ruhe zu bewahren, schwer, nicht unverzüglich seinen Flug in die schwindelerregenden Höhen anzutreten.

Vor dem Fenster war noch keine Sonne zu sehen, aber das erste Morgengrauen stieg allmählich über dem Waldrand auf. Es war halb sieben Uhr morgens, und er war die ganze Nacht wach gewesen. Er hatte kein Auge zugetan, aber das störte ihn nicht weiter. Professor Litvinas war daran gewöhnt, eine oder auch einmal zwei Nächte ohne Schlaf auszukommen, das hatte sich so ergeben. Die

Arbeit, die vor ihm lag, war von solcher Komplexität und von solch immenser Bedeutung, dass man derartigen Trivialitäten wie Schlaf schlichtweg keine Beachtung schenken konnte.

Mit dem Essen hätte es sich genauso verhalten können, er hätte sicher vergessen zu essen, so war es phasenweise früher gewesen – aber da allen Insassen zu festen Uhrzeiten Mahlzeiten serviert wurden, wurde auch er mit der nötigen Nahrung versorgt. Zumindest nahm er das an, alles in allem opferte er nicht mehr als eine halbe Stunde täglich für Frühstück, Mittag- und Abendessen; für mehr hatte er keine Zeit, und was er da durch den Mund in den Magen schlang, bemerkte er nur selten. Hauptsache, es war essbar.

Konzentration. Vollständige und ungestörte Konzentration, das war alles, was erforderlich war; und was die äußeren Bedingungen anging, so konnte er nicht klagen. Wirklich nicht. Er bekam kaum jemals Besuch. Er besaß weder ein Telefon noch einen Computer, die Störfaktoren hätten sein können. Weder Radio noch Fernseher. Sein Zimmer maß drei mal vier Meter. Ein Bett, ein Schreibtisch, ein Stuhl, mehr benötigte er nicht. Seine Aufzeichnungen und die alten Urkunden. Höchste Aufmerksamkeit.

Außerdem eine eigene Toilette und Dusche, was anfangs nicht so gewesen war, als er vor drei Jahren hierhergekommen war. Mit der Zeit hatte man ihm jedoch einen besseren Wohnstandard zugebilligt, was zweifellos das Verdienst von Doktor Maertens war. Wenn Professor Litvinas einen Vertrauten im Institut besaß, dann war es dieser scharfsinnige, alte Doktor, auch das ließ sich nicht bezweifeln. Sie verstanden einander, vielleicht nicht auf allen Ebenen, aber doch auf so vielen, dass sie sich inzwischen gegenseitig respektierten. Zwei brillante Köpfe mit unterschiedlichen Arbeitsgebieten.

Im Kleiderschrank gegenüber vom Badezimmer verwahrte Litvinas seine wenigen Besitztümer: außer seinen Schriften waren dies zwei Garnituren Wechselwäsche und ein Koffer. Das war alles, sein gesamtes materielles Leben. Das reichte völlig; das Paradigma des Professors fand in seinem Schädel statt, und dort war Platz genug. Die sinnlich wahrnehmbare Welt konnte warten.

Noch eine Weile. Diese besagten sechs Wochen; es hatte Jahre gedauert, den richtigen Zeitpunkt zu errechnen, den *neuen* richtigen Zeitpunkt; was die korrekte Uhrzeit betraf, war er sich immer noch unsicher, aber da der Raum, die exakte Position ermittelt worden war, sollte die noch ausstehende Präzisierung keine Komplikation bedeuten. Aller Voraussicht nach nicht.

Natürlich hätte er ausbrechen, sich irgendwo in Sicherheit bringen können, und in der ersten Zeit, im ersten halben Jahr, hatte er durchaus mit dem Gedanken gespielt. Die Alternative hatte ihm vorgeschwebt, aber schon bald hatte er begriffen, dass der Aufenthalt in den Majoren ein Geschenk war, das es zu nutzen galt. Eine Art Gnade, wenn er denn an einen solchen Begriff geglaubt hätte; Isolation war genau der Zustand, mit dem ihm unter den herrschenden Umständen am meisten gedient war. So würde es sein, bis die Zeit reif war, um zum korrekten Zeitpunkt in die Welt hinauszutreten und sich an den richtigen Ort zu begeben.

Also schon bald. Schon sehr bald.

Aus der unteren Etage drangen erste Geräusche zu ihm herauf. Litvinas' Zimmer lag in der oberen Etage, am hinteren Ende des östlichen Korridors. Sein Nachbar auf der anderen Seite der Wand war der ehemalige Vorsitzende einer extrem rechten Partei; er hatte seine Frau mit einer Heckenschere umgebracht und anschließend versucht, sie im offenen Kamin zu verbrennen. Er saß seit fünfzehn Jahren in der Anstalt und gab niemals einen Mucks von sich. Auch das war ideal, die einzigen Geräusche, die zu Litvinas drangen, kamen durch den Fußboden, aus der Küche oder aus dem Speisesaal. In seltenen Fällen ein erregter Schrei von einem der anderen Insassen, wenn eine Substanz aus der Medikamentierung keine Wirkung zeigte oder wenn irgendeine Synapse in einem verwirrten Gehirn überraschend übermäßig stimuliert worden war. Die Zahl der Insassen belief sich auf etwa fünfunddreißig, die meisten waren in irgendeiner Form Mörder, aber da man zu unterschiedlichen Zeiten aß, sah er selten mehr als zehn von ihnen, meistens dieselben zehn. Er unterhielt sich nie mit ihnen, er nahm nicht an der Gymnastik teil oder an den angeblich obligatorischen geselligen Abenden, und umgekehrt versuchte auch nie jemand, ihn in ein Gespräch zu verwickeln. Jeder befand sich offenbar in seinem eigenen Universum, und der Einzige, mit dem Litvinas sich überhaupt intellektuell austauschte, war Doktor Maertens.

Doch selbst diese Begegnungen waren spärlich gesät. Im Laufe des letzten Monats hatten sie sich zwar vier Mal getroffen, aber das war natürlich im Hinblick auf die bevorstehende Ausstellung der Entlassungspapiere geschehen.

Die Ausstellung der Entlassungspapiere am morgigen Tag.

Am heutigen, erkannte er, als er aufblickte und das blasse Morgenrot betrachtete. In knapp vier Stunden würde er in Maertens' Büro sitzen und als normaler Mensch auftreten. So normal, dass die beiden angereisten Gutachter bereit sein würden, das Dokument zu seiner Entlassung zu unterzeichnen. Dass Maertens selbst dies tun würde, stand für Litvinas außer Frage, aber so, wie die Dinge lagen, war ein einstimmiges Urteil von drei Experten erforderlich. Es reichte schon aus, dass einer von ihnen sich querstellte, um die Sache scheitern zu lassen. In diesem Fall würde er noch mindestens weitere sechs Monate in der Anstalt bleiben müssen, und dann würde es zu spät sein, viel zu spät.

Eine delikate Situation, dachte Professor Litvinas. Verflucht delikat.

Er schlug seine beiden Notizbücher zu und seufzte. Vielleicht würde es ja doch das Beste sein, sich auf dem Bett auszustrecken und etwas Ruhe zu gönnen. Es stand viel auf dem Spiel, eine falsche Formulierung konnte bereits ausreichen, eine etwas zu scharf formulierte Antwort oder ein Gähnen, um den ganzen Plan platzen zu lassen.

Sollte dies geschehen, blieb ihm zwar immer noch die Möglichkeit der Flucht, aber ob ihm diese auch gelingen würde, war natürlich die Frage. Außerdem würde man nach ihm suchen, was eine wenig wünschenswerte Vorstellung war.

In ein paar Jahren wird man in den Geschichtsbüchern in aller Welt über mich lesen können, dachte Professor Litvinas und lächelte innerlich. Aus dem einen oder anderen Grund.

Als er sein Gesicht im Badezimmerspiegel betrachtete, erkannte er, dass dieses Lächeln auch äußerlich deutlich sichtbar war, und begriff, dass er in Gegenwart anderer Menschen lieber darauf verzichten sollte. Zu lächeln.

Er stellte außerdem fest, dass sein Gesicht eingefallen war, und beschloss, wenigstens die grauschwarzen Bartstoppeln zu entfernen, ehe es Zeit für das Tribunal und die Entscheidung war. Gegen das Muttermal auf seiner Stirn konnte er nichts tun. Auf den ersten Blick sah es aus wie ein dunkelroter Schmetterling, der sich nur ganz kurz niedergelassen hatte, und er erinnerte sich, dass Herr Ossowsky im Kinderheim immer gesagt hatte, eines schönen Tages werde er davonfliegen. Aber Herr Ossowsky war seit mehr als dreißig Jahren tot, und der Schmetterling saß weiter, wo er saß, kurz über der rechten Augenbraue. Er verlieh seinem Äußeren die Andeutung eines inneren Ungleichgewichts, vor allem, wenn er unrasiert war, und ein Wahnsinn, den man bereits in der äußeren Erscheinung ablesen konnte, ließ sich selbst mit der brillantesten Konversation nicht übertünchen.

Aber ich bin nicht verrückt, dachte Litvinas und griff zu Rasierhobel und Rasierschaum. Ich bin meiner Zeit nur hundert Jahre voraus, das ist das Problem.

2

»Willkommen, Professor Litvinas. Erlauben Sie mir bitte, Ihnen meine angereisten Kollegen vorzustellen, Doktor Falludi und Direktor Klaase.«

Doktor Maertens lächelte freundlich hinter seinem großen Schreibtisch, und Litvinas gab allen dreien die Hand. *Direktor?*, dachte er. Der übergewichtige Experte in dem roten Jackett hatte also keinen Universitätsabschluss? Jeder Dahergelaufene konnte sich Direktor nennen.

Er kommentierte diesen Umstand jedoch nicht. Sie ließen sich in den drei Sesseln nieder, die vor dem Schreibtisch standen. Falludi und Klaase nebeneinander, Litvinas räumlich etwas abgesetzt, so dass das Tribunal ihm in angenehmer Entfernung begegnete. Er hatte den Eindruck, dass sein Sessel ein wenig niedriger war als die Sitzmöbel der anderen. Doktor Maertens saß zweifellos am höchsten.

Doch er kommentierte auch das nicht. Er ließ den Blick zwischen seinen drei Richtern hin und her schweifen; entspannt und natürlich, mit einer wohlproportionierten Dosis demütiger Erwartung. Er strich sich mit den Händen über seine frischrasierten Wangen und notierte sich mental, dass er die Lage vollständig unter Kontrolle hatte.

»Professor Litvinas«, begann Maertens, lehnte sich vor und stützte sich auf seine Ellbogen. »Sie wissen, warum wir uns heute hier versammelt haben. Wir werden Ihren Antrag auf Entlassung aus unserem Institut behandeln. Wie Sie wissen, ist für einen solchen Beschluss Einstimmigkeit erforderlich, und ich darf Sie deshalb bitten, alle Fragen, die wir Ihnen stellen werden, so vollständig und wahrheitsgemäß zu beantworten wie möglich ... nun ja, darüber haben wir ja schon gesprochen. Haben Sie irgendwelche Fragen zum Procedere, Herr Professor?«

»Keine einzige.« Litvinas schüttelte den Kopf. Legte das linke Bein über das rechte und lehnte sich zurück.

Doktor Falludi räusperte sich. »Sie haben jetzt drei Jahre hier in den Majoren verbracht, ist das korrekt?«

»Das ist richtig«, antwortete Litvinas.

»Und Sie wurden eingewiesen, weil Sie als psychisch unzurechnungsfähig eingestuft wurden?«

»Auch das ist richtig. In der damaligen Situation war das eine zutreffende Einschätzung.«

»Es freut mich, dass Sie das einsehen. Aber jetzt sind Sie also ... wiederhergestellt?«

»Ja.«

»In welcher Weise können sie diese Auffassung bekräftigen?«

»In welcher Weise soll ich sie Ihrer Ansicht nach bekräftigen? Ich habe die Angelegenheit mit Doktor Maertens diskutiert, und soweit ich weiß, sind wir in diesem Punkt einer Meinung.«

»Dass Sie psychisch gesund sind?«

»Ja.«

Er warf einen Blick auf Doktor Maertens, und obwohl dieser stumm blieb, war es offensichtlich, dass er Litvinas unterstützte. Direktor Klaase ergriff das Wort. Er hatte eine eigentümlich helle Stimme, fiel Litvinas auf, fast wie ein Kind. Oder ein Eunuch.

»Bei Ihnen wurde bereits 2001 die Diagnose Schizophrenie gestellt? Bis dahin hatten Sie eine Professur an der Universität von Aarlach inne. Ist das richtig?«

»Ja.

»Was sind Ihre Fächer?«

»Ich habe in Astronomie, Quantenphysik und Numerologie promoviert.«

»Numerologie? Mir war gar nicht bekannt, dass man darin promovieren kann …«

»Ich bin der Erste und bislang Einzige, der in Numerologie promoviert hat. Das Fach gehört natürlich zur mathematischen Fakultät.«

»Ich verstehe. Was ist 2001 passiert?«

»Sie beziehen sich auf meine persönliche Geschichte?«

»Ja, natürlich. Es geht hier ja schließlich um sie, oder nicht?«

»Es scheint so, ja.«

Wohldosiertes, einmütiges Lächeln. Kurze Pause. »Im September 2001 passierte Folgendes, meine Frau wurde auf der Insel Kvitøya nordöstlich von Spitzbergen von Eisbären gefressen. Ich nehme an, Sie beziehen sich auf dieses Ereignis.«

Ebenso gut hätte er sagen können, dass Valetta verschwunden war. Sie war nicht das Opfer irgendwelcher Eisbären geworden, sie war durch ein Loch in der Zeit gegangen. Aber er hatte gelernt, welche Erklärung sich bei Dilettanten am leichtesten verankern ließ. Er sah, dass Direktor Klaase zögerte, ehe er weitersprach.

»Das muss ein furchtbarer Schlag für Sie gewesen sein?«

»Ja.«

»Und im Zusammenhang mit dieser Tragödie trat Ihre psychische Erkrankung offen zu Tage.«

»Ja, kurze Zeit später.«

»Von Ihrer Gattin fehlt bis heute jede Spur …«

»Es gab niemanden, der nach ihr suchte. Die Expedition verließ die Insel am folgenden Tag.«

»Welches Ziel verfolgte die Expedition?«

»Wir waren eine Gruppe von Wissenschaftlern aus unterschiedlichen Disziplinen. Es wurde eine Reihe von Messungen vorgenommen, es gibt mindestens ein Dutzend Berichte, die Sie einsehen können, wenn Sie sich nur …«

Klaase hob eine Hand. Beschwichtigend, entschuldigend.

»Das ist uns bekannt.«

Litvinas nickte und wechselte die Beinstellung. Rechtes über linkes. Faltete die Hände im Schoß. Er hätte hinzufügen können, dass Valetta exakt in der Sekunde verschwand, in der das erste von zwei Flugzeugen in das World Trade Center in Manhattan in New York City flog, aber das war genau die Art von Information, die man, wenn man schlau war, lieber für sich behielt. Doktor Falludi übernahm das Kommando.

»Nach den Geschehnissen auf Kvitøya wurden Sie zum ersten Mal in eine Psychiatrie eingewiesen, ist das korrekt?«

»Ja, ein paar Monate später.«

»Die Wissenaarklinik bei Oostwerdingen?«

»Ja.«

»Und entlassen wurden Sie dort… lassen Sie mich nachschauen…?«

»Am 23. August 2006.«

»Also nach fünf Jahren?«

»Nicht ganz.«

Doktor Falludi zog seine runde, nicht eingefasste Brille ab, klappte sie zu und steckte sie in die Brusttasche seines Jacketts.

»Und wann war es dann das nächste Mal so weit?«

»Verzeihung?«

»Wann und aus welchem Grund wurden Sie erneut in Obhut genommen?«

Professor Litvinas spürte, dass sich sanfter Unmut in ihm regte. Bisher hatten diese beiden sogenannten Experten nur nach Dingen gefragt, die sich in den Berichten nachlesen ließen, und er war sicher, dass sie bereits wussten, welche Antworten die richtigen waren. Das Ganze erinnerte ihn an eine mündliche Prüfung in der Schule, und er hatte große Lust, ihnen zu sagen, dass sie seine Begabung beleidigten und seine Zeit verschwendeten. Einen Moment lang spielte er mit dem Gedanken zu fragen, ob das Ekzem, das er so deutlich an Falludis Hals ausmachen konnte, unterhalb des rechten Ohrs, das Symptom irgendeiner Geschlechtskrankheit war, beurteilte dies jedoch unter den derzeit herrschenden Umständen als kontraproduktiv. Stattdessen gestattete er sich ein flüchtiges, sehr flüchtiges Lächeln und setzte zu einer Erklärung an.

»Ich nahm meine Lehrtätigkeit wieder auf und arbeitete bis 2012 als Professor. Aus Anlass eines Experiments im Februar jenes Jahres erlitt ich einen Rückfall.«

»In Leipzig?«

»Ja, in Leipzig. In Auerbachs Keller, ich bin sicher, dass Ihnen das bereits hinlänglich bekannt ist.«

Falludi nickte. »Selbstverständlich. Aber was versuchten Sie eigentlich zu bewirken?«

Litvinas dachte einen Moment nach. »Das ist ein wenig kompliziert.«

»Das bezweifle ich nicht. Zwei Personen erlitten Verbrennungen, und ein Hund musste mit seinem Leben büßen … ein Pudel. Man muss sich schon fragen, welche Art von Forschung ein solches Ergebnis rechtfertigt.«

Jetzt schaltete sich Doktor Maertens ein. »Die Ereignisse in Leipzig sind ausführlich dokumentiert. Professor Litvinas und ich haben geraume Zeit darauf verwendet, das Geschehen zu diskutieren. Sowohl die Vorfälle auf Kvitøya als auch in Auerbachs Keller. Ich glaube verstanden zu haben, dass sich der Professor heute von den Theorien distanziert, die zu diesen traurigen … Irrtümern geführt haben.«

Das war zwar keine Frage, aber Litvinas nickte dennoch bestätigend. »Absolut. Die Berechnungen waren fehlerhaft. Ich stand damals unter großem Stress, es wird nicht wieder vorkommen.«

Doktor Falludi betrachtete ihn mit leicht zusammengekniffenen Augen und buschigen Augenbrauen. Litvinas begriff, dass er trotz allem kein Dummkopf war. Natürlich auch keine außergewöhnliche Begabung, aber von einem ganz anderen Kaliber als Direktor Klaase in seinem albernen roten Jackett. So war der Doktor beispielsweise intelligent genug, den Mund zu halten, wenn er etwas nicht begriff, und somit demütig seinen beschränkten geistigen Horizont zuzugeben.

»Was war das mit Faust?«, erkundigte sich Klaase.

»Dann kennen Sie die Legende?«, entgegnete Litvinas. »Sie sind ein belesener Mann.«

»Nur flüchtig«, sagte Klaase und errötete leicht. »Sie dürfen es mir gerne näher erklären.«

»Ich weiß nicht, ob uns damit wirklich gedient ist«, wandte Falludi ein. »Schließlich haben wir nicht den ganzen Tag Zeit. Vielleicht könnten Sie uns stattdessen etwas über Ihre Pläne verraten, Professor Litvinas. Womit wollen Sie sich beschäftigen, falls wir uns dazu entschließen sollten, Ihre Entlassung zu befürworten?«

Litvinas simulierte einen Moment des Nachdenkens. »Ich bin ein alter Mann«, erklärte er dann. »Wer weiß schon, wie viel Zeit einem noch bleibt? Ich habe die Absicht, mich ganz für mich dem Studium und der Forschung zu widmen. Dank des Geldes, das ich von meiner Frau geerbt habe, bin ich finanziell abgesichert, ich werde also niemandem zur Last fallen. Ich bin ein Mann mit einem bescheidenen Lebenswandel, und wenn man etwas daraus lernt, sich in einer Anstalt aufzuhalten, dann dürfte es wohl diese Form eines gesunden Lebenswandels …«

Wenn ihr wüsstet, ihr verdammten Kretins, dachte er und war kurz davor, ihnen die Zähne zu zeigen, hielt sich aber gerade noch rechtzeitig zurück. Stattdessen hustete er ablenkend und breitete die Hände aus, um seine gleichmütige Haltung der Zukunft gegenüber zu illustrieren. Doktor Maertens machte sich eine Notiz auf einem Blatt, das vor ihm auf dem Schreibtisch lag, und Falludi setzte seine Brille wieder auf. Direktor Klaase wirkte plötzlich gelangweilt. Wie ein verwöhnter Zwölfjähriger, dem die Süßigkeiten ausgegangen waren und der nun keine Lust mehr hatte, noch länger auf seinem Platz sitzen zu bleiben.

»Jedenfalls«, setzte Maertens zu einer Zusammenfassung an, »jedenfalls spricht aktuell nichts dagegen, Professor Litvinas zu entlassen. In den letzten zwölf Monaten ist es zu keinerlei Unregelmäßigkeiten gekommen, und wir haben allen Grund anzunehmen, dass der Herr Professor ein Leben in Freiheit ganz ausgezeichnet bewältigen wird. Wenn wir in diesem Sinne zu einer Entscheidung kommen, werde ich persönlich Kontakt zu ihm halten und mich zunächst einmal in der Woche, später dann einmal im Monat mit ihm in Verbindung setzen. Im ersten Jahr ist das Ganze als eine Entlassung auf Probe zu verstehen. Sollte etwas Beunruhigendes vorfallen, tragen wir dafür Sorge, dass er hierher zurückgebracht wird. Hat einer der Herren Einwände?«

Er lehnte sich zurück und ließ den Blick zwischen Klaase und Falludi hin- und herwandern. Klaase sog die Unterlippe in den Mund, möglicherweise als Ausdruck eines irgendwie gearteten, nicht durchdachten Zweifels, aber ihm fielen keine Einwände ein. Falludi zupfte an einem Ohrläppchen, dem oberhalb des Ekzems.

»Nein, ich habe keine Einwände«, sagte er. »Es wäre bestimmt interessant, einen Einblick darin zu bekommen, welchen Studien sich der Herr Professor in Zukunft widmen möchte, aber mir ist bewusst, dass uns dafür die Zeit fehlt.«

»Eine richtige Einschätzung«, stimmte Litvinas ihm zu. »Aber ich werde wahrscheinlich den einen oder anderen Forschungsbericht veröffentlichen, und wenn es Sie dann immer noch interessiert …«

Das werde ich nicht tun, dachte er. Nie im Leben. Aber ihr werdet auf andere Art von mir hören, verlasst euch darauf.

Da er keine Gedanken lesen konnte, gestattete sich

Doktor Falludi ein Lächeln. Doktor Maertens erhob sich hinter seinem Schreibtisch.

»Also schön. Dann darf ich Sie, Herr Professor, bitten, in Ihr Zimmer zurückzukehren. Ich werde mich heute Nachmittag wegen eines Gesprächs bei Ihnen melden, Sie können davon ausgehen, dass Sie morgen nach dem Frühstück entlassen werden.«

Professor Litvinas stand auf und verließ ohne jede Eile das Büro.

3

Das angekündigte Gespräch mit Doktor Maertens dauerte zehn Minuten, und als er in sein Zimmer zurückgekehrt war, legte er sich rücklings auf sein Bett und dachte zurück.

Auch ein wenig voraus, aber da die Zeit selbst und der Strom der Zeit das Rohmaterial und die Spielwiese für seine Forschung bildeten, war dieser Unterschied von untergeordneter Bedeutung. *Heute, gestern, morgen – jetzt, damals, danach*; nach den Ereignissen auf Kvitøya hatte er fast seine gesamte geistige Energie der Auseinandersetzung mit diesen alltäglichen und tückisch komplexen Elementen gewidmet. Wenn er die Augen schloss, tauchte Valetta vor ihm auf, ihre dunkle Schönheit und ewige Jugendlichkeit. Er konnte sie als kleines Mädchen mit Zöpfen in jenem Dorf in Transsilvanien sehen; das dürfte gegen Ende des achtzehnten Jahrhunderts gewesen sein, aber wahrscheinlich war sie noch älter. Ihre Seele war durch viele Gestalten gewandert, aber in den fünfzehn Jahren ihrer Ehe waren sie nie tiefer in die Vergangenheit vorgedrungen. Nicht einmal während der Séancen in London unter der Leitung Mordecai Bluums; sie waren alle drei enttäuscht gewesen und hatten auch keinen Erfolg gehabt, als es um Georg ging.

Nach ihrem Verschwinden in der Arktis hatte er nichts

mehr von ihr gehört, aber das musste nichts heißen. An dem verdammten Abend in Auerbachs Keller wäre es zu einem Durchbruch gekommen, davon war er fest überzeugt, aber wegen seiner selbstverliebten und schwerfälligen Helfer war die Sache schiefgelaufen. Weder Max noch Maurice hatten begriffen, wie wichtig absoluter Gehorsam war, und nun, mehr als drei Jahre später, an seinem letzten Abend in der Nervenheilanstalt Majoren in Maardam, wusste er, was für ihn oberste Priorität haben musste.

Den richtigen Gehilfen zu finden.

Diesmal nur einen, nicht zwei. Mehrere Personen gleichzeitig in der Hypnose zu halten sagte ihm grundsätzlich nicht zu. Auf Kvitøya war er alleine gewesen; das war der entscheidende wissenschaftliche Fehlgriff gewesen, den er in Leipzig zu korrigieren versucht hatte. Dort waren stattdessen zu viele beteiligt gewesen, und bei der Untersuchung der Personen war mangelhaft vorgegangen worden. Vor dem dritten Versuch mussten diese Lücken geschlossen werden; noch eine erfolgversprechende Chance würde ihm sicher nicht beschert werden. Jedenfalls nicht in seiner derzeitigen Existenz, da war Professor Litvinas sicher.

Und auf keinen Fall so ein verdammter Pudel.

In Anatolis Litvinas' Pass und in seiner Geburtsurkunde stand, dass er 1946 in Thessaloniki geboren wurde, aber von dieser Stadt war ihm nichts im Gedächtnis geblieben. Seine frühesten Erinnerungen stammten aus dem Elternhaus in Prag, wohin er von seinen revolutionären Eltern geschickt worden war, um eine qualifizierte Ausbildung im marxistisch-leninistischen Geist zu erhalten. Am Tag seines zwölften Geburtstages war er aus dem Heim davongelaufen, schon damals erfüllt von der Gewissheit, worin seine wahre Berufung lag. Auf verschlungenen Pfaden landete er schließlich in Jena, wo er sich als Siebzehnjähriger an der Philosophischen Fakultät der Universität einschrieb. Vier Jahre später hatte er mit einer komparatistischen Arbeit über Frege, Russell und Wittgenstein promoviert und bekam zweiundzwanzigjährig eine Stelle als Dozent in Leiden. Fünf Jahre später hatte er zwei weitere Doktorarbeiten verfasst und im Eiltempo eine Professur in numerischer Logik an der Universität von Aarlach erhalten – als Nachfolger des umstrittenen Anselm Friedrich Backenhauer, der mitten in einer Vorlesung an einem Schlaganfall gestorben war. Der möglicherweise durch ein Experiment ausgelöst worden war, aber darüber gab es geteilte Meinungen.

Während seiner Jahre auf diesem Lehrstuhl lernte Anatolis Litvinas Valetta Pates kennen. Zunächst als junge Studentin, danach als Assistentin am Institut, etwas später als Liebhaberin und ab 1980 als Ehefrau. Wieder etwas später gebar sie ihm einen Sohn, Georg, der jedoch kurz vor seinem vierten Geburtstag an Scharlach starb. Das war ein harter Schlag gewesen, und sie bekamen keine weiteren Kinder und versuchten im Grunde wohl auch gar nicht, welche zu bekommen.

Ein einziges Leben oder eine fortlaufende Existenz, das ist hier die Frage, dachte Litvinas und stellte fest, dass es dämmerte. Und die einzig logische Antwort lautete: *sowohl als auch*. Bald würde es zum Essen läuten, das Signal für sein letztes Abendessen im Majoren-Institut für geistig

Kranke männlichen Geschlechts (wie es einst hieß und bis heute in gotischen Lettern über dem Eingang geschrieben stand). Das Dasein ließ sich auf sehr viele verschiedene Weisen zusammenfassen, und die eine war so willkürlich wie die andere. Es war so viel einfacher, wenn es eine Leistung gab – eine einzige, die herausragte. Die den eigenen Namen für alle Zeit in den Geschichtsbüchern verewigte, ob deren Redakteure es nun wollten oder nicht.

So wie es bei mir der Fall sein wird, hielt er fest, unter meinem gegenwärtigen Namen. Wenn es mir gelingt, mich zu dieser Adresse in Berlin zu begeben, und wenn die Wohnung noch nicht vermietet worden ist.

Aber warum sollte sie vermietet worden sein? In den letzten achtzehn Monaten hatte keiner sie bewohnt, das hatte er überprüft. Dafür gab es gute Gründe, die Leute waren abergläubisch, sie wollten nicht in Räumen wohnen, in denen vor Kurzem jemand umgebracht worden war. Vielleicht hatte der Vermieter auch keine gesteigerte Lust zu vermieten, aber wenn ein renommierter Professor anbot, die Miete für sechs Monate im Voraus zu zahlen, noch dazu wesentlich mehr, als eigentlich verlangt wurde, sollte das Arrangement aller Voraussicht nach gelingen. Er merkte, dass seine Wangenmuskeln sich strafften, wenn er an diese glänzenden Zukunftsaussichten dachte – und begriff, dass dieses Lächeln schleichend zurückgekehrt war. Dieser Gesichtsausdruck, den er doch in Schach halten wollte. Ohne im Spiegel nachzuschauen, wusste er, dass es da eine Verwandtschaft mit einem anderen Lächeln gab. Wenn schon nicht mit einem diabolischen, so doch zumindest mit einem mephistophelischen.

Aber mein Optimismus ist wohlbegründet, dachte Professor Litvinas, und im selben Moment ertönte wie erwartet die Essensglocke.

Morgen Abend esse ich in Schöneberg.

Und ich habe genügend Zeit, einen Gehilfen zu finden.

Vorspiel 3

1

Beate Bittner wurde Heiligabend 1979 am frühen Nachmittag in dem kleinen Dorf Scharfhagen zwischen Rendsburg und Kiel geboren. Es schneite von morgens bis abends.

Sie war die Sechste und Letzte in einer Geschwisterschar, die ansonsten ausnahmslos aus Jungen bestand, von denen einer größer, stärker und lebenstauglicher war als der andere. Sie hatten Namen wie Detlef, Wilfried und Optimus, und als die kleine Beate mit ihrer Mutter Verona aus der Entbindungsstation heimkehrte, standen sie in dem grüngestrichenen Haus in der Pretzlinger Straße allesamt Spalier. Mit feucht gekämmten Haaren, festlich gekleidet und unter Aufsicht ihres Vaters Arnold, der zugleich Pfarrer in Scharfhagens presbyterianischem Ableger der *Kirche des Reinen Lebens* war. Sobald er hörte, dass die Haustür geöffnet wurde, stimmte er »Willkommen in dieser Welt, unsere kleine Blume« an, ein Kirchenlied, das ein Vorgänger Pfarrer Bittners zwischen den Kriegen komponiert hatte und das seit jenen Tagen zu den Lieblingsliedern der Gemeinde gehörte, obwohl es nie in ein offizielles Gesangbuch aufgenommen worden war. In dem geräumigen Flur des grünen Hauses wurde es nun mindestens dreistimmig zu Gehör gebracht, Mutter und Tochter brachen zweistimmig in Tränen aus, und alles war gut in der besten aller Familien.

Danach ging es bergab. Dafür gab es möglicherweise Gründe; der jüngste von Beates älteren Brüdern hieß Klaus und war schon acht, als das Mädchen zur Welt kam – es war für jeden offensichtlich, dass hier eine Lücke klaffte.

Mutter Verona würde bald fünfzig werden, und als der Hausarzt der Familie, Doktor Doktor Franziskus Oliver Siegbaum-zum-Tod-und-Frieden behauptete, dass es eventuell reichlich spät sei, wenn eine Frau in diesem Alter ein Kind zur Welt bringe, so war diese Einschätzung zumindest eine von mehreren denkbaren Erklärungen dafür, dass sich das kleine Mädchen nicht der gleichen kraftvollen Kurve wie seine Brüder folgend entwickelte.

Das Mädchen war schlichtweg kränklich. In den ersten Wochen sogar so erbärmlich, dass in der Gemeinde früh und spät Fürbitten für den Säugling gesprochen wurden. Würde die Kleine vielleicht in den Himmel zurückfliegen, noch ehe sie ihren Platz im Bittnerschen Nest gefunden hatte? War sie vielleicht nur ein Engel, der bloß ein kurzer Gast auf Erden war?

So schlimm standen die Dinge dann aber doch nicht. Die kleine Beate aß zwar schlecht und wuchs weder in die Höhe noch in die Breite, blieb aber am Leben. Klein und klapprig, aber keine große Belastung, da sie sich nie beklagte; vielleicht auch, weil ihr selbst dazu die nötige Kraft fehlte.

Anfangs hieß es oft, genau das fehle ihr: die Kraft, die eigentliche Lebenskraft. Mit der Zeit wurde allerdings offensichtlich, dass nicht nur Beates Körper seine Unzulänglichkeiten und Mängel besaß; da war auch etwas mit ihrer Seele. Eine Unruhe, eine Art Angst, eine Furchtsamkeit, die nicht die geringste Ähnlichkeit mit der robusten Psyche ihrer Brüder hatte. Sie brach häufig in Tränen aus, zwar still und anspruchslos, in keiner Weise fordernd, aber trotzdem. Nachts schlief sie unruhig und hörte erst auf, ins Bett einzunässen, als sie fünf Jahre und älter war.

Nicht dass sie ihr Bett jeden Morgen hätten neu beziehen müssen, aber trotzdem.

Aber trotzdem, aber trotzdem. Ohne wirkliche Stärke, in keiner Hinsicht. Unsere Beate ist schon ein richtiges kleines Unglück, stellte ihr Vater Arnold eines Abends fest, als sich etwas über den Küchentisch ergossen hatte, und obwohl sie bei dieser Begebenheit kaum älter als drei oder dreieinhalb Jahre alt gewesen sein mochte, setzten sich diese Worte in dem sorgenvollen Kinderkopf des Mädchens fest.

Ich bin ein Unglück, dachte sie in ihrem Zimmer ganz oben unter dem Dach manchmal vor dem Einschlafen. Ein Unglück, nichts anderes als ein Unglück.

Du musst zu Gott beten, damit er deine Beine etwas kräftiger macht, ermahnte Vater Arnold sie. Nicht nur ab und zu, sondern jeden Tag. Morgens und abends. Dein allmächtiger Vater im Himmel ist sehr beschäftigt, aber wenn du deine Gebete sorgfältig sprichst und ein braves Mädchen bist, wird er dich genauso stark und tüchtig machen wie deine Brüder.

Und sie betete. Morgens und abends, manchmal auch mitten am Tag, aber es bewirkte wenig. Der gütige Vater schien Beate Bittner nicht zu hören. Ihre schiefen Beine wurden nicht gerader, und die Krankheiten lösten einander in einem nie versiegenden Strom ab. Röteln, Masern und Windpocken. Erkältungen und Mittelohrentzündungen, die niemals abklingen wollten. In den Arm-

und Kniebeugen gediehen Ekzeme, und sie war dürrer als der Erlöser am Kreuz. Wenn sie Keuchhusten hatte, musste der Pfarrer draußen im Holzschuppen sitzen und dort seine Predigt verfassen, weil sie so böllerte.

Kurzum, ein Unglück.

Der neue Doktor, der auf Doktor Doktor Siegbaum-zum-Tod-und-Frieden folgte – der Hals über Kopf nach Berlin gezogen war, da seine Frau ihn mit einem anderen betrogen hatte –, hieß Josef Puttermanns und hatte einen roten Bart. Vater Arnold meinte, dies sei beileibe nicht das einzige Rote an ihm, was immer das bedeuten sollte, und obwohl er von Zeit zu Zeit zu Krankenbesuchen in das grüne Haus kam, war er dort nie ein willkommener Gast. Jedenfalls nicht so, wie der alte Doktor es gewesen war.

Das spielte nach gängiger Auffassung allerdings ohnehin keine Rolle. Wenn DAVIH (Der allmächtige Vater im Himmel, so die private Abkürzung des älteren Bruders Detlef, die er seiner kleinen Schwester einmal anvertraut hatte) etwas nicht in Ordnung bringen konnte, erwartete man ganz sicher nicht, dass Doktor Puttermanns die Kastanien aus dem Feuer holte. Wo das Gebet auf Granit beißt, ist auch unser weltliches Bestreben vergebliche Liebesmühe.

Es gab vieles, was Beate nicht begriff. Und vor dem, was sie nicht begriff, fürchtete sie sich oft ein wenig. Sie verstand Doktor Rotbart nicht, sie verstand auch ihren Vater Arnold nicht immer, und ehrlich gesagt verstand sie auch DAVIH nicht. Ihn, der überall herrschte, der alle Menschen auf Erden liebte, nicht zuletzt die Menschen in der Gemeinde des *Reinen Lebens* und ganz besonders die Kinder.

Lasset die Kinder zu mir kommen, hatte er gesagt, denn solcher ist das Himmelreich. Möglicherweise hatte das aber auch sein eingeborener Sohn gesagt. Der am Kreuz. INRI.

Aber vielleicht liebten ja weder DAVIH noch INRI kleine Unglücke genauso sehr, wie sie andere Kinder liebten. Kinder, die laufen und springen und einen Ball oder eine leere Blechdose so treten konnten, dass sie in hohem Bogen über die Ligusterhecke flogen und in Familie Pöltzers Swimmingpool landeten. Zum Beispiel.

Ja, vielleicht verhielt es sich so, und vielleicht hatte es wenig Sinn, abends seine rauen Hände so zu falten, dass die Finger weiß wurden.

Und daraufhin fürchtete man sich auch davor ein wenig. Vor all dem, was man nicht sehen konnte und dem man nicht recht traute, aber dennoch für wahr halten musste.

2

Es gab jedoch jemanden, vor dem sie sich nicht fürchtete, ja, vielleicht gab es sogar mehrere, aber vor keinem fürchtete sie sich weniger als vor ihrem Großvater Eugen, dem Vater ihrer Mutter.

Er war groß, ein wenig gebeugt und alt, und er war einmal mit Großmutter Beatrice verheiratet gewesen. Großvater behauptete, sie sei die beste, talentierteste und schönste Frau der Welt gewesen, aber Beate war ihr nie begegnet, weil sie lange vor Beates Geburt gestorben war. Wie auch immer, wenn Großvater Eugen sie in Scharfhagen besuchte, zogen er und Beate sich stets zurück und erzählten sich gegenseitig Geschichten oder lasen sich aus Büchern vor. Es war in erster Linie der Großvater, der las oder erzählte, er kannte alle Geschichten, die es gab, und wenn Beate sich etwas hätte wünschen können – wenn sie einen einzigen Wunsch frei gehabt hätte, nicht drei wie in den Märchen, das war gar nicht nötig –, dann hätte sie sich gewünscht, jeden Abend einschlafen zu dürfen, während der Großvater an ihrer Seite lag und erzählte. Von Abenteuern und schrecklichen Dingen, die gut ausgingen, oder vom Leben auf den sieben Weltmeeren. Er besaß eine ganz eigene Stimme, die sich fast in den Körper hineinbohrte, während man ihr lauschte. Ein bisschen heiser war sie, ein bisschen warm und ein bisschen dunkel. Nein, sie bohrte sich nicht hinein, sie *schlich* sich hinein. Behutsam und geschickt wie eine Eule, die sich im Frühjahr ein Nest baut. Wenn Beate zu DAVIH betete, versuchte sie ihm manchmal zu erklären, dass ihr Großvater nun wirklich keinen Fehler hatte, und falls es am Ende Krieg auf Erden geben und alle Menschen außer zweien umkommen sollten, dann wären Großvater und sie ein geeignetes Paar Überlebender. Ja, sehr geeignet würden sie sein.

Großvaters Fehler – der Fehler, der also eigentlich gar kein Fehler war – war zweigeteilt: Zum einen war er Künstler, zum anderen trank er Schnaps. Oder zumindest Bier und Wein, aber ihr Vater Arnold verkündete gerne, dass dies in den Augen der Gerechten auf das Gleiche hinauslief. Der Alkohol war ein Blendwerk des Teufels und stürzte den Menschen ins Verderben, und wenn es etwas gab, bei dem man im presbyterianischen Ableger *des reinen Lebens* kein Blatt vor den Mund nahm, dann bei diesem Thema.

Seinen Lebensunterhalt dadurch zu bestreiten, dass man Bilder malte, war kaum besser, was umso mehr galt, da auf den Gemälden, die Großvater pinselte und verkaufte, ziemlich häufig leichtbekleidete oder sogar nackte Frauen auftauchten – und das eine plus das andere führte dazu, dass der Kontakt zwischen der kleinen Beate Bittner und Eugen Bonifatius Natale, wie Großvaters vollständiger Name lautete, auf ein Minimum beschränkt werden musste. Außerdem wohnte er draußen am Meer, bei Krusendorf, wohin man mit dem Bus mindestens anderthalb Stunden benötigte und mit dem Auto fast genauso lange, zumindest, wenn man in einem alten, klapprigen Citroën unterwegs war, der schon vor hundert Jahren auf den Schrottplatz gehört hätte.

Es war gelb lackiert wie eine Banane und hieß Josephine Baker, Großvaters Auto, aber dieser Name war ein Geheimnis zwischen Großvater und Beate. Sie durfte es niemandem erzählen, vor allem ihrem Vater Arnold nicht, und das tat sie auch nicht. Großvater und Beate hatten noch mehr Geheimnisse, und niemals verriet sie anderen Menschen mit einem einzigen Wort etwas von ihnen.

Vor allem ihrem Vater, dem Pfarrer, nicht. Und sicherheitshalber auch DAVIH nicht.

Dein Vater ist nun einmal, wie er ist, hatte Großvater einmal zwischen zwei Erzählungen gesagt, als sie auf dem Bett lagen. Daran können weder die Menschen noch Gott etwas ändern. Ist man ein Wortverdreher in einer Bekloopptenkirche, dann ist man das eben.

Beate verstand nicht wirklich, was das heißen sollte, aber gleichzeitig verstand sie es doch. So war es oft mit Großvater; er sagte Dinge, die sich ziemlich seltsam anhörten, wenn man über sie nachdachte, aber wenn man nicht über sie nachdachte, konnten sie sozusagen auf direktem Weg in den Kopf eindringen und dort bleiben. Oder in das Herz.

Ich glaube tatsächlich, dass du ein kleines, blaues Mädchen bist, sagte er dann beispielsweise, während er sich nachdenklich mit den Fingern durch den Bart strich. Oder: Deine Mutter und dein Vater sind ein passendes Paar, eine Gabel mit einem Leckerbissen darauf. Kannst du mir sagen, wer die Gabel ist?

Vater natürlich.

Über so etwas lachten sie lange und herzlich. Ein dunkles, leicht donnerndes Großvaterlachen, ein helles, perlendes Beatelachen.

Als Beate sieben wurde, an Heiligabend wie in allen anderen Jahren auch, bekam sie von ihrem Großvater Eugen ein Bild geschenkt. Es zeigte ein gelbes Pferd, das über einen See flog. Es war ein schöner Sommertag, und an den Ufern des Sees waren lauter Menschen und Tiere: Affen, Tiger, Elefanten, Schildkröten, Giraffen – ein Kamel in hochhackigen Schuhen und ein Einhorn, das mit einem kleinen Mädchen Federball spielte, das Beate sehr ähnlich sah. Sie liebte das Gemälde von der Sekunde an, in der sie es zum ersten Mal sah, und obwohl es nicht wirklich passend erschien, bekam sie die Erlaubnis, es an die Wand über ihrem Bett zu hängen.

Das hier ist deine Großmutter, erläuterte Großvater und setzte den Zeigefinger auf eine nackte Frau, die mit einem Blumenkranz im Haar in der linken unteren Ecke des Bildes auf einer Schaukel saß. So, genau so sah sie aus, als wir uns das erste Mal begegnet sind. Kein Wunder, dass man sich verliebt hat.

Hatte sie wirklich keine Kleider an, wollte Beate wissen.

Allerdings, versicherte Großvater ihr. Und wenn sie welche anhatte, dauerte es nicht lange, bis sie keine mehr anhatte.

Beate nickte und dachte, dass sie gerne auch einmal so schön werden wollte, mit dichten roten Haaren und großen Brüsten, aber als sie mit den Händen über ihren Kopf und klapprigen Körper tastete, erkannte sie, dass es dazu wohl niemals kommen würde.

Ihr Großvater sah jedoch, was sie dachte, und sagte: Eins sollst du wissen, mein Lieblingskindchen, das Innere zählt, nicht, wie man äußerlich aussieht. Deine Großmutter war innerlich sogar noch schöner, und das bist du auch.

Und Mama, erkundigte sich Beate.

Ach ja, antwortete Großvater Eugen seufzend. Verona war als Kind genauso reizend wie du, aber ich glaube, sie hat ihr Licht irgendwo versteckt.

Ihr Licht?

Ja genau, und das ist vielleicht auch gut so. Seit sie sich mit deinem Vater einließ, hat sie brachgelegen.

Beate wusste nicht, was »brachliegen« bedeutete, aber sie fragte nicht. Das war wieder ein Beispiel für diese Dinge, die sie begriff, ohne sie zu verstehen.

Das klang zweifellos ein wenig traurig. Wenn von einer Mutter die Rede war, die sechs Kinder zur Welt gebracht hatte, obwohl sie die ganze Zeit brachgelegen hatte.

3

Das fliegende Pferd sollte drei Jahre lang über Beates Bett hängen. Dann verbrannte es.

Es war allerdings nicht nur das Bild, was verbrannte, sondern das ganze grüne Haus in der Pretzlinger Straße in Scharfhagen. Das Feuer schlug am frühen Morgen des Neujahrstages zu, und das Ganze war Beates Schuld. Obwohl sie es nicht durfte, hatte sie auf dem Schemel neben ihrem Bett eine brennende Kerze stehen lassen. Und dann hatte sie das Licht im Schlaf vermutlich umgestoßen, so dass es auf den Fußboden gefallen war, ohne auszugehen, und kurz darauf hatte die Kerze die dünnen Gardinen vor dem Fenster in Flammen aufgehen lassen.

Jedenfalls behaupteten das die Feuerwehrleute, als das Feuer ausbrach. Eine halbe Stunde, nachdem Frau Pöltzer im Nachbarhaus sie alarmiert hatte, waren sie vor Ort gewesen, aber da war es schon zu spät gewesen. Das Feuer hatte sich zu weit ausgebreitet, und das grüne Haus war nicht mehr zu retten gewesen. Es brannte bis auf die Grundmauern nieder, aber alle, die sich in ihm aufgehalten hatten, konnten sich retten. Beate musste dazu allerdings aus einem Fenster springen und in einem Sprungtuch landen. Nicht aus ihrem eigenen Zimmer, in dem das Feuer ausgebrochen war, sondern aus dem anderen Zimmer auf dem Dachboden, am anderen Giebel, wohin sie mit einer Lunge voller Rauch und dem Herzen voller Panik gekrabbelt war.

Als das Feuer ausbrach, hatten zwölf Lebewesen schlafend in dem Haus gelegen, darunter ein vier Monate alter Hans-Nepomuk und ein Dackel namens Fimbul. Am Vortag war Silvester gewesen, und aus diesem Anlass hatte sich die ganze Familie zu einem Essen versammelt. Vater und Mutter, alle Geschwister sowie zwei angeheiratete Frauen, die Rosemarie und Ilona hießen, und als Beate in dem Sprungtuch landete, standen sie allesamt weinend auf der Straße, außer Hans-Nepomuk, der in einer Babytrage hing und schlief, und Fimbul, der auf der Jagd nach einem Wildschwein im Viertel umherirrte, wobei er einer falschen Duftspur folgte, die von den Resten des brennenden Weihnachtsschinkenbratens herrührte.

Noch ehe der erste Tag des neuen Jahres graute, war das ganze Dutzend jedoch im großen Saal der *Kirche des reinen Lebens* einquartiert worden – mit heißem, süßem Tee, belegten Broten, Matratzen, Gebeten, Schokolade und Schlafsäcken, die von den barmherzigen und geschockten Gemeindemitgliedern binnen weniger Stunden herbeigetragen worden waren. Es gab reichlich Sympathie und Fürsorge für die Menschen, die soeben all ihre Habe und fast alle Hoffnung verloren hatten. Und die Wege des Herrn sind wie immer unergründlich.

Beate hätte sich gewünscht, dass auch ihr Großvater in dem Kirchensaal gewesen wäre, aber er hatte Silvester mit eigenen Freunden und Kameraden in Krusendorf gefeiert. Stattdessen wurde sie von Ilona, einer der angeheirateten Frauen, getröstet, denn ihr Vater Arnold hatte das strengste Gesicht aufgesetzt, das sie jemals gesehen hatte.

Offenbar war ihm schon bekannt, wie das Feuer ausgebrochen war, und das Gleiche galt für einen anderen Mann, der mit einem Haufen grauer und leicht übelriechender Decken kam, denn er sagte:

Nicht schlecht für ein Kind, das sich kaum bewegen kann, ein großes Haus abzufackeln und dabei um ein Haar die ganze Familie um die Ecke zu bringen.

Seine Worte waren sicher nicht für ihre Ohren bestimmt gewesen, aber wenn es eine Sache gab, oder besser gesagt zwei, die bei Beate Bittner einwandfrei funktionierten, dann waren es ihre Ohren.

Über eine Woche wohnte die Familie in Schlafsäcken in der Kirche. Die Ausnahme bildeten die Brüder Detlef und Wilfried, die ihre Frauen, ihre Babys und ihre Dackel nahmen und zu ihren nicht abgebrannten Häusern in Bremerhaven beziehungsweise Oldenburg heimfuhren. Doch die anderen blieben. Vater Arnold, Mutter Verona, drei Brüder und das kleine Unglück selbst.

Beate hatte an sich nichts dagegen, auf diese Weise in der Kirche zu wohnen. Im Gegenteil, sie fand es eigentlich ganz spannend, in der engen Küchenzeile zu kochen, sich in die Warteliste für den Badezimmerbesuch einzutragen und an den Abenden in den grünen Schlafsack zu kriechen, der nach Wald und auch ein bisschen nach Pilzen roch. Sich gemütlich hinzulegen und zu dem schwach beleuchteten Altarbild aufzuschauen, auf dem das Jesuskind in der Krippe, Maria und Josef sowie die Heiligen Drei Könige zu sehen waren. Es war zwar nicht so schön wie Großvaters fliegendes Pferd, aber immerhin.

Aber wirklich gut war das alles natürlich nicht. Weder

ihre Mutter Verona noch ihr Vater Arnold sprachen mit ihr, sie schienen sich abgesprochen zu haben, und manchmal hörte sie ihre Mutter nachts in ihrem Schlafsack weinen. Ihr Vater, der Pfarrer, war häufig dienstlich unterwegs, aber wenn er sich bei seiner Familie aufhielt, sah er stets aus, als lasteten die Sorgen der ganzen Welt auf seinen Schultern. Das konnte man gut verstehen, schließlich hatte sein kleines Unglück dafür gesorgt, dass alles, was sie besaßen und was ihnen etwas bedeutete, in Rauch und Flammen aufgegangen war, und da half es auch nicht viel, dass die lieben Mitglieder der Gemeinde tagein, tagaus mit Kleidern und Habseligkeiten anrückten. Das war zwar gut gemeint, aber eben nicht das Gleiche. Das Porzellan hatte abgestoßene Ecken, alle Schuhe waren zu groß oder zu klein, und ihre Mutter sah zwanzig Jahre älter aus, wenn sie einen dieser genoppten Mäntel anzog, die zusammen mit einer halben Tonne anderer Bekleidungsstücke in einem düsteren Berg auf einem Tisch in der Kirchenvorhalle lagen. Auch Beate vermisste einige ihrer Sachen, aber vor allem Großvaters Gemälde, und als er sie endlich drei oder vier Tage später besuchen kam, setzte sie sich auf seinen Schoß und fragte ihn schüchtern, ob er etwas dagegen einzuwenden habe, ihr zu ihrem nächsten Geburtstag ein neues Bild zu malen. Am liebsten ein identisches oder wenigstens ein ähnliches und genauso großes.

Du brauchst doch nicht ein ganzes Jahr auf ein Ölgemälde zu warten, mein Blaumeischen, erwiderte ihr Großvater und versprach, die Arbeit an einem neuen Werk gleichen Kalibers aufzunehmen, sobald er in sein Atelier daheim in Krusendorf zurückgekehrt war.

Ein paar Tage nach dem Ende der Schulferien bezog Familie Bittner für die Übergangszeit eine Wohnung. Ihr altes Haus sollte an derselben Stelle wiederaufgebaut werden, so war es entschieden worden, aber da bis zu seiner Fertigstellung mindestens ein Jahr verstreichen würde, benötigte man vorübergehend eine Wohnung.

Es handelte sich um eine Dreizimmerwohnung in der Rödeberger Allee am Kanal, und obwohl keiner der Bittners besonders dick war oder viel Raum einnahm, war sie doch sehr klein. Mutter und Vater belegten natürlich ein Zimmer als Schlafzimmer. Optimus und Klaus teilten sich ein zweites, und Günther, der älteste noch zu Hause lebende Sohn, der eventuell bald ausziehen würde, musste fürs Erste auf der Couch im Wohnzimmer nächtigen. Sie hatte mehr als hundert Jahre auf dem Buckel und war ein Geschenk der treusorgenden Seele der Gemeinde, der ehemaligen Postangestellten Adele Klinsmann, die außer für ihre große Frömmigkeit noch als Beschützerin aller Katzen bekannt war. Deshalb verströmte die Couch ihr ganz eigenes Odeur, aber Vater Arnold erklärte Günther und allen anderen, dass an etwas Katzenpisse noch kein gottesfürchtiger Mensch gestorben sei. In Situationen wie dieser sei es im Übrigen immer eine gute Faustregel, sich in Erinnerung zu rufen, wie es Hiob ergangen war.

Blieb die Frage, wo das kleine Unglück schlafen sollte, aber noch ehe dies überhaupt zu einer Frage werden konnte, tauchte Großvater Eugen auf und erklärte, Beate solle umgehend zu ihm nach Krusendorf ziehen. Nicht für immer, natürlich, nur so lange, bis das neue Haus bezugsfertig wäre. Er könne auf seine alten Tage weiß Gott etwas nette Gesellschaft gebrauchen, und soweit er es beurteilen könne, hätten Beate und er sich immer gut verstanden. Doch das sei natürlich letztlich etwas, was das Mädchen selbst entscheiden müsse.

Die Entscheidung fiel Beate nicht besonders schwer, und am Ende ließen sich auch Mutter Verona und Vater Arnold auf diese Regelung ein. Eine bessere Lösung für die beengten Lebensumstände gab es nicht, und eine Woche später zog Beate zu Großvater Eugen in das alte, geduckte Holzhaus draußen am Meer. Gleichzeitig kam sie in der alten Volksschule des Schwedenecks in eine neue Klasse. Dieser Backsteinbau mit Moos und Raben auf dem Dach lag nicht mehr als zweihundert Meter vom Haus ihres Großvaters entfernt und brauchte dringend neue Kinder, weil die ganze Gegend dünnbesiedelt war. Die Existenz der Schule war in den letzten dreißig Jahren immer wieder bedroht gewesen, aber seit sie zum ersten Mal ihre Pforten geöffnet hatte, waren annähernd zwei Jahrhunderte vergangen.

4

Beates Bett bei ihrem Großvater war groß und blaulackiert und stand in einer Ecke des weiträumigen Wohnzimmers, in dem darüber hinaus ein Flügel, eine große Anzahl Sessel und Tische, ein Schaukelstuhl, eine Palme, ein ausgestopfter Papagei, ein halber Flugzeugflügel aus laminiertem Eichenholz sowie etwa fünfundzwanzig Ölgemälde in unterschiedlichen Formaten Platz fanden. Drei von vier Nächten verbrachte Beate in Gesellschaft von Geraldine Patel, einem zotteligen Hund der Sorte Promenadenmischung, den ihr Großvater eines Tages mehrere Jahre zuvor halbtot in seinem Garten gefunden und seither in seine Obhut genommen hatte. Geraldine Patel war trotz des Namens ein Rüde, und wo er die vierte Nacht verbrachte, wusste keiner. Großvater erklärte, das gehöre zu den Dingen, die man auch nicht wissen müsse. Er tauche immer pünktlich zum Frühstück wieder auf, und alle hätten das Recht, ihre kleinen Geheimnisse zu haben, auch Hunde.

Woher weißt du, dass er Geraldine Patel heißt, erkundigte sich Beate.

Er hat es mir an einem der ersten Abende erzählt, antwortete ihr Großvater. Seither hat er leider nicht mehr gesprochen.

Schade, meinte Beate.

Finde ich auch, erwiderte ihr Großvater. Das ist mittlerweile gut und gerne fünf Jahre her, aber ich habe es ganz deutlich gehört. *Ach übrigens, mein Name ist Geraldine Patel,* hat er gesagt. Er lag dahinten vor dem Kaminfeuer, ich saß hier im Schaukelstuhl und hatte gerade ein Glas Cognac getrunken, um eine Erkältung in die Flucht zu schlagen. Er hob kurz den Kopf, als er es sagte, gähnte anschließend und schlief wieder ein. Genau so war es.

Ist ja ein Ding, sagte Beate Bittner.

Es war wirklich eine Freude, nachts einen Hund in seinem Bett zu haben. Beate dachte, wenn sie eines Tages alt genug sein würde, in einer eigenen Wohnung zu leben, dann würde ein Hund das Erste sein, was sie sich anschaffte.

Einen warmen Hund der Sorte Promenadenmischung.

Auch vieles andere bei Großvater in Krusendorf erfüllte sie mit Freude. Zum Beispiel in der Küche zu stehen. Daheim in Scharfhagen hatte sich Beate nie in irgendeiner Form an der Zubereitung des Essens beteiligt; alles in dieser Richtung hatte ihre Mutter Verona übernommen, vom kleinsten hartgekochten Ei bis zu den größten Eintöpfen mit vierundsechzig verschiedenen Zutaten und einer Prise Gottessegen. Großvater Eugens Haushalt war da von einem ganz anderen Schlag; man aß Wurst mit Beilage, Bratwurst, Currywurst oder Bockwurst. Die Beilage bestand aus Kartoffelsalat, Weißkohl oder Makkaroni. Hinzu kamen natürlich Senf und Ketchup, vielleicht auch ein paar kleine, eingelegte Gurken und eventuell ein Salat aus Zwiebeln und Tomaten. Samstags machte man Pfannkuchen. Dazu gab es Schlagsahne und Marmelade, Himbeeren oder Brombeeren.

Und man war immer zusammen, Großvater Eugen behauptete, er habe es satt, alleine zu kochen, wie er es fünfzehn Jahre lang, seit dem Tod der Großmutter, getan hatte. Wenn man schon ein neues Frauenzimmer im Haus habe, obgleich ein ziemlich kleines, sei es natürlich völlig sinnlos, Dinge nur in seiner eigenen, pupsenden Gesellschaft zu tun.

Unter der Woche ging man in der Küche ans Werk, sobald Beate aus der Schule gekommen war, und während man am Herd stand und arbeitete, erzählte man Geschichten. Beate berichtete in der Regel zunächst, was in der Schule vorgefallen war, wie verrückt die verrückte Lehrerin, Frau Knacknagel, gewesen war, was die Zwillinge Grünbaum angestellt hatten, der eine oder der andere oder beide, wie viele Zahlen sie im Rechenbuch abgearbeitet hatte und wie Deutschlands neue Landkarte aussah. Großvater kommentierte und äußerte seine Meinung und erzählte dann häufig eine Geschichte aus seinem eigenen Leben. Über Orte, an die Großmutter und er gereist waren, über Bilder, die er gemalt und zu Fantasiepreisen oder viel zu billig verkauft hatte, und darüber, wie eigenartig Künstler sein konnten, wenn sie etwas zu viel Wein intus hatten. Vor allem über die Landschaft der Provence in Frankreich sprach er gerne, denn dort hatten Großmutter und er einen Großteil ihrer Jugend verbracht.

Ach ja, die Provence, sagte er des Öfteren seufzend, und sein Blick wurde wehmütig. Beate begriff, dass dies ein magisches Land sein musste, und dachte, dass sie irgendwann in ihrem Leben dorthin reisen und es sich anschauen würde.

Dann aßen sie, und anschließend machte Beate ihre

Hausaufgaben, während Großvater ein Mittagsschläfchen hielt oder malte. Nach dem abendlichen Tee zwängten sie sich alle drei, Großvater, Beate und Geraldine Patel, in das blaue Bett, und Großvater las aus einem Buch vor.

Jeden Abend. Wenn Beate später zurückdachte, fiel ihr nur ein einziges Mal im Laufe der vierhundertzehn Nächte ein, die sie mit Großvater Eugen zusammenlebte, bei dem sie das Vorlesen versäumt hatten.

Ein einziges.

Auch die Schule war gut, besser als die in Scharfhagen, fand Beate, selbst wenn sie dort nie eine wirklich enge Freundin fand. Dieser Rolle am nächsten kamen noch die Schwestern Trussner, die in einem flachen, modernen Haus auf halber Strecke zwischen Großvaters Haus und dem Schulgebäude wohnten. Beate war im selben Alter wie Frida, das jüngere Mädchen, mochte aber eigentlich lieber Ute, die ein gutes Jahr älter war als sie. Vielleicht lag es daran, dass auch Ute ein wenig kränklich war. Mit einem ihrer Beine stimmte etwas nicht, wenn sie ging, schlenkerte es ein bisschen, wie es ihm gerade passte, und so war sie wie Beate vom Sportunterricht befreit. Nun ja, ganz befreit war keine der beiden, aber statt auf demselben Niveau teilzunehmen wie die anderen Kinder, durften sie sich meistens etwas weniger anstrengenden Aktivitäten widmen. Zum Beispiel zum Meer und zurück zu spazieren, um herauszufinden, ob das Wasser saukalt oder nur kalt war – in ihrem Tempo benötigten sie dafür etwa eine Schulstunde. Oder sie spielten Murmeln. Oder sie saßen einfach in der Schulbücherei und lasen. Zwei Jahrgänge bildeten zusammen eine Klasse, und Sport hatte man immer gemeinsam.

Wenn ich reich werde, fahre ich nach Amerika und kaufe mir ein neues Bein, vertraute Ute Beate häufig an. Ich habe da einen Onkel, er wohnt in einer Stadt, die Baltimore heißt. Danach werde ich Tänzerin oder Zirkusartistin.

Beate konnte sich des Eindrucks nicht erwehren, dass Ute ein wenig einfältig war. Aber sie sagte das niemals laut, weder zu Ute noch zu einem anderen Menschen. Wir, die wir ein bisschen gebrechlich sind, müssen zusammenhalten. Wir, die wir nie eine Hochsprunglatte überspringen und nie vor einem Räuber davonlaufen können werden, der uns in einer dunklen Gasse stoppt, um uns das Portemonnaie zu stehlen. Wir, die Schwachen.

Denn Beate Bittner wurde immer gebrechlicher, das war die bittere Wahrheit. Zwei Mal fuhren Großvater und sie zu einem Arzt in Kiel, der sie mit allen zur Verfügung stehenden Mitteln auf den Kopf stellte. Röntgen hier und Röntgen da, beugen und strecken und drücken, Blutproben und Stuhlproben und Urinproben und weiß der Himmel was noch. Nach dem zweiten Besuch in seiner Praxis erklärte ihr Großvater, das müsse jetzt reichen. Die ärztliche Kunst trete offenbar immer noch im neunzehnten Jahrhundert auf der Stelle, nun gelte es, sich auf die Vorsehung, frische Luft und weiß der Teufel was noch alles zu verlassen. Im Übrigen müsse ja auch nicht jeder Mensch einen Marathon laufen oder eine Kuh umschubsen können.

Eigentlich sollte Beate in den Sommerferien zu ihrer Familie in Scharfhagen zurückkehren, aber da diese weiterhin in der Dreizimmerwohnung lebte und Günther es noch nicht geschafft hatte, zu Hause auszuziehen (und weil das neue Haus bislang nicht mehr als eine fünfzig Zentimeter hohe Betonplatte war, die trister aussah als ein Eishockeyspielfeld im Juli), wurde beschlossen, dass Großvater und Beata sich alleine des Sommers annehmen sollten. Wie gesagt, frische Luft, selbst Pfarrer Bittner sah ein, dass die Nähe zum Meer dem Mädchen guttun würde.

Hervorragend und einverstanden, sagte Großvater. Kinder, die sich ähneln, sind die besten Spielkameraden. Ich kann uns ein Boot besorgen.

Das Boot erwähnte er dem Pfarrer gegenüber allerdings nicht.

Es wurde Beates schönster und Großvaters letzter Sommer. Letzteres wussten sie natürlich nicht, als sie in der Eckernförder Bucht segelten, als sie in der Gegend von Langholtz zelteten und Lagerfeuer anzündeten oder nachts vor der Aschauer Lagune schwoiten. Es war zwar kein sonderlich großes Boot, das Großvater sich geliehen hatte, aber es war leicht zu manövrieren und gerade richtig für zwei Personen und einen Hund der Sorte Promenadenmischung. Großvater war in seiner Jugend viel gesegelt, und sie fuhren nie so weit auf die Ostsee hinaus, dass sie die Küste nicht mehr sehen konnten. Sie gingen an Land, wo es sich gerade ergab, besorgten sich wenn nötig frischen Proviant und nahmen die Tage, wie sie kamen.

Diese Worte wiederholte Großvater gern. Wenn man lernt, die Tage zu nehmen, wie sie kommen, hat man das Wichtigste im Leben gelernt.

Er hatte natürlich auch einige Leinwände und seinen Malkasten dabei. Das Meer kann man tausend Mal malen, ohne es wirklich zu verstehen, betonte er Beate gegenüber, wenn sie hinter ihm saß und ihm über die Schulter guckte.

Ganz zu schweigen vom Uferroggen und vom Himmel.

Ganz zu schweigen von einem aus nordwestlicher Richtung heraufziehenden Gewitter.

Aber er malte nicht nur das Meer. Er malte auch das neue fliegende Pferd für Beate, das er aus irgendeinem Grund erst jetzt in Angriff nahm. Pferd Nummer zwei war rot und flog nicht über einen See, sondern über einen Platz in einer Stadt, aber dieser Platz war voller Menschen und Tiere und Absonderlichkeiten, und sie fanden beide, dass dieses Bild mindestens genauso gut war wie sein Vorgänger, der sich in Rauch aufgelöst hatte.

Während Großvater malte, lag Beate manchmal in einer Senke in den Dünen und las. Meistens begleitet von dem Hund Geraldine Patel, der allmählich in die Jahre kam und immer mehr Gefallen daran fand, stillzuliegen und Kopfkissen zu sein. Und an einem der letzten Tage dieses Sommers begann Beate dann ein Buch zu lesen, das sie sich in Eckernförde aus der Stadtbücherei geliehen hatte und zu dem sie in den kommenden Jahren, vor allem nach Großvaters Tod, mindestens einmal im Monat zurückkehren würde.

Es hieß *Die Brüder Löwenherz,* und geschrieben hatte es die schwedische Schriftstellerin Astrid Lindgren.

5

Das erste Anzeichen kam im Dezember. Sie waren in Gettorf einkaufen gewesen und hatten gerade die Tüten mit den Würsten und übrigen Lebensmitteln in Josephine Baker eingeladen, als Großvater Eugen ohnmächtig wurde. Er sank auf dem Parkplatz einfach neben dem Auto zu Boden, und Beate und Geraldine Patel standen hilflos daneben. Es dauerte nur ein paar Sekunden, bis Großvater wieder zu sich kam, aber sie begriffen alle, dass es ernster war, als er zugeben wollte.

Oh verdammt, hoppla, sagte er, presste eine Hand aufs Herz und versuchte zu lachen, aber Beate fand, dass es sich eher anhörte wie das Krächzen einer Krähe, und es dauerte gut und gerne fünf Minuten, bis er wieder aufstehen konnte. Als sie nach Hause kamen, musste er sich hinlegen, aber bevor er einschlief, verbat er ihr strengstens, einen Arzt zu rufen. Beate musste das Essen alleine zubereiten und zu sich nehmen, denn ihr Großvater wachte erst um zehn Uhr am nächsten Vormittag wieder auf.

Das war mit anderen Worten der Abend, an dem das Vorlesen versäumt wurde. An dem Abend nach dem ersten Warnsignal.

Dem einzigen Warnsignal.

Ich bin immerhin schon über achtzig, erklärte er am nächsten Morgen. Da darf man auch mal nicht ganz fit sein. Wer auf den Richtigen wartet, soll unter Gold sitzen.

Den letzten Satz verstand Beate nicht. Aber sie hatte fast die ganze Nacht wachgelegen und zu DAVIH und INRI gebetet, dass Großvater nicht sterben dürfe. Geraldine Patel hatte ausnahmsweise nicht bei Beate, sondern bei Großvater geschlafen, schon das allein musste doch etwas bedeuten. Hunde verstehen mehr, als die Menschen ahnen.

Weihnachten und Neujahr verstrichen jedoch ohne neue Schwächeanfälle. Genau wie der Januar, der Februar und der halbe März. Die Berichte aus Scharfhagen deuteten darauf hin, dass das neue Haus wohl erst im Juni bezugsfertig sein würde; seine Fertigstellung hatte sich um ein halbes Jahr verzögert, aber so etwas kam vor. Beate wusste jedenfalls, dass dieses zweite Schulhalbjahr das letzte sein würde, das sie bei ihrem Großvater verbrachte, das letzte Halbjahr in der Schule in Schwedeneck, und je weiter es fortschritt, man schrieb das Jahr 1991, desto trauriger fand sie das. Außerdem verschlechterte sich ihr Gesundheitszustand genau wie der ihres Großvaters. Großvater hatte einen trockenen Husten und Schmerzen in der Brust, und Beates Beine trugen sie immer schlechter. Manchmal kam es ihr so vor, als wäre sie auch über achtzig. Es war beinahe, dass sie sich wünschte, es verhielte sich tatsächlich so. Dass sie ihre Großmutter wäre statt sie selbst und ein langes Leben mit Großvater zusammengelebt hätte, nicht nur ein gutes Jahr. In der Provence und an anderen Orten in der Welt. Es war ein eigenartiger Gedanke, und sie erzählte ihm nichts davon.

Und dann, am 17. März, endete es. Als Beate aus der

Schule kam, lag Großvater Eugen, die Arme an den Körper angelegt, der Länge nach auf dem Küchenfußboden. Sein Kopf lag zur Seite gedreht, und ein Auge, das aufwärts gewandte, starrte leer auf die Wand. Geraldine Patel lag an seiner Seite und wimmerte leise, und Beate begriff sofort, dass dort der Tod lag. Der Tod und ein warmer Hund vom Typ Promenadenmischung.

Sie war elf Jahre und drei Monate alt, und als sie neben ihrem Großvater und dem Hund zu Boden sank, hatte sie das Gefühl, nie wieder aufstehen zu können. Oder aufstehen zu wollen. Wozu sollte es gut sein?

Wozu sollte irgendetwas gut sein?

Doch das Leben schleppte sich weiter. Irgendwie. Großvater wurde beerdigt, und Beate blieb trotz allem in Krusendorf, bis Mitte Juni das Schuljahr endete.

Man löste die Situation so, weil Günther inzwischen eine Freundin hatte und auf der Suche nach einer eigenen Wohnung war. Und bis er eine fand, konnte er genauso gut für ein paar Monate in Großvaters Haus ziehen. Es ging natürlich nicht, eine kränkelnde Elfjährige einsam und alleine – wenn auch mit Hund – wohnen zu lassen, das begriff nun wirklich jeder. Außerdem musste ihre Mutter darauf warten, dass ihre Schwester Magda, Beates Tante, aus Australien heimkehrte, so dass man einen Makler einschalten und das alte, baufällige Haus verkaufen konnte.

Beate verstand sich nicht besonders gut mit Günther, das hatte sie nie getan, aber sie mochte seine Freundin, die Maja hieß und aus Ystad in Schweden stammte. Von Maja lernte sie eine ganze Reihe schwedischer Wörter, und es kam auch vor, dass die beiden gemeinsam *Die Brüder*

Löwenherz lasen – laut und in beiden Sprachen. Es war ihr Lieblingsbuch, und da Günther häufig abends und nachts arbeiten musste – in einer Anwaltskanzlei in Kiel, obwohl er beim besten Willen keine besondere Ausbildung genossen hatte –, blieb Beate und Maja viel Zeit füreinander.

Ihren Großvater vermisste sie jedoch sehr. Mindestens drei Mal in der Woche ging Beate mit Geraldine Patel zu seinem Grab. Es lag auf dem Friedhof am Dorfrand, und manchmal war es schwierig, den Hund von dort fortzubekommen. Wenn sie hingingen, legte er sich jedes Mal mit geschlossenen Augen bäuchlings mitten auf das Grab, und es fiel einem nicht schwer, sich vorzustellen, dass er tatsächlich Kontakt zu seinem geliebten, aber toten Herrchen aufnahm.

Wir können jetzt noch nicht nach Nangijala fahren, flüsterte Beate ihm ins Ohr, wenn es Zeit wurde, heimzugehen. Aber bald, das verspreche ich dir. Großvater braucht nur noch etwas Zeit, um im Himmel deine Hundehütte fertigzubauen.

Das akzeptierte Geraldine Patel in der Regel widerwillig, und wenn Beate in seine müden, klugen Augen blickte, begriff sie, dass er sehr wohl wusste, wer und was Krümel, Jonathan und das Kirschtal waren. Und dass er gerade deshalb keine Lust hatte, länger in Krusendorf zu bleiben, als es unbedingt sein musste.

Zur Mittsommerzeit war das neue Haus in Scharfhagen fertig, und Beate verließ Krusendorf zusammen mit Günther und Maja. Zwei Tage zuvor war Geraldine Patel verschwunden; eigentlich war verabredet worden, dass sich ein Nachbar um den Hund kümmern solle, aber sosehr man auch suchte, das Tier blieb unauffindbar. Selbst auf dem Friedhof gab es keine Spur von ihm, aber Beate wusste natürlich, was sie wusste. Geraldine hatte sich mit seinem Herrchen vereint. Sie wusste auch, dass es keinen Sinn haben würde, zu versuchen, dies den anderen zu erklären. Maja hätte es eventuell noch verstanden, aber sicherheitshalber unterließ sie es auch, mit ihr über das weitere Schicksal des Hundes zu sprechen. Man muss nicht alles zwischen Himmel und Erde in Worte fassen.

Obwohl es Sommer war, als Beate heimkehrte, hatte sie große Probleme mit ihren Beinen. Sie waren schwächer denn je, und nachts hatte sie Schmerzen in ihnen, zumindest im rechten. Außerdem hatte sich auch der restliche Körper seit Großvaters Tod immer klappriger angefühlt, und so wurde schon bald beschlossen, dass ein erneuter Besuch im Krankenhaus erforderlich war. Sie selbst hatte den Glauben an die ärztliche Kunst verloren, zumindest daran, dass die Medizin eine Verbesserung ihres Zustands würde herbeiführen können, aber sie ließ sich nichts anmerken. Anfang August, an einem der heißesten Tage des Jahres, fuhr sie mit ihrer Mutter zu einem neuen Krankenhaus in Hamburg, blieb dort drei Tage und wurde drei neuen Spezialisten vorgestellt.

Ihre Mutter blieb bei ihr, und als die beiden im Zug zurück nach Scharfhagen saßen, hatten sie immerhin einen Bericht dabei, in dem eine Diagnose gestellt wurde.

Strümpell-Lorrain-Syndrom.

Des Weiteren enthielt er eine recht traurige Prognose. Beates Zustand würde sich nicht verbessern, da es kein Heilmittel gegen Strümpell-Lorrain gab. Man starb nicht daran, aber die Muskeln in den Beinen würden immer schlechter und die schiefen Füße immer schiefer werden. Auch wenn sie es zu verbergen suchte, standen in Mutter Veronas Augen Tränen. Beate sah es ganz deutlich, wollte ihre Mutter aber nicht dadurch bekümmern, dass sie etwas sagte. Es war schon traurig, die Mutter eines solch erbärmlichen Kindes zu sein, das verstand ja nun wirklich jeder.

Wir werden beten müssen, dass ein Wunder geschieht, verkündete ihr Vater am selben Abend. Vergesst nicht, dass Jesus Tote zum Leben erweckte und Lahme wieder gehen ließ. Du musst sorgfältig deine Gebete sprechen und ganz auf den allmächtigen Vater vertrauen.

Beate gab in dieser Hinsicht ihr Bestes, beschrieb sowohl DAVIH als auch INRI die Lage und bat um ihre Hilfe, was allerdings eher schlecht als recht funktionierte. Größere Teile des ersten Schulhalbjahres lag sie daheim in ihrem Bett und las. Dagegen hatte sie wenig einzuwenden, Büchernachschub kam einmal in der Woche aus der Stadtbücherei und aus der Schule, und obwohl es andere gab, die sie bemitleideten, bemitleidete sie sich niemals selbst. Es existierte eine Welt in den Büchern, in die man leicht eintreten konnte, und häufig vergingen Stunden und ganze Nachmittage, ohne dass sie den Strom der Zeit bemerkte.

Sie las über Tom Sawyer und Huckleberry Finn.

Über die schwarzen Brüder.

Über Onkel Tom und Anne auf Green Gables.

Und über die Brüder Löwenherz, ja, diese Geschichte konnte sie inzwischen fast auswendig. Es kam sogar vor, dass sie das Buch auf Schwedisch zu lesen versuchte, weil sie Majas Exemplar geschenkt bekommen hatte, als sich ihre Wege trennten.

Über ihrem Bett hing inzwischen Großvaters fliegendes Pferd Nummer zwei. Das rote. Mir geht es wirklich nicht schlecht, dachte Beate Bittner. Überhaupt nicht schlecht. Und ich habe ehrlich gesagt auch keine Angst mehr.

An einem Tag Anfang Dezember hielt vor dem Haus in der Pretzlinger Straße ein weißer Transporter. Von ihrem leicht erhöhten Bettplatz aus konnte Beate einen dicken Mann mit einer qualmenden Pfeife im Mund sehen, der einen Rollstuhl heraushob, und wie er zusammen mit ihrer Mutter und ihrem jüngsten Bruder Klaus eine Weile daran herumwerkelte, um ihn fahrbereit zu machen.

Es zeigte sich, dass der Stuhl *Hary* hieß, und in den nächsten acht Jahren sollte sie den größeren Teil ihrer wachen Zeit in ihm verbringen.

Der erste Tag

1

Die Dame, die während der gesamten Flugreise auf dem Platz zu seiner Linken gesessen und ein Kreuzworträtsel gelöst hatte, wandte sich ihm zu und sagte etwas, was wahrscheinlich Deutsch sein sollte.

»Genau«, erwiderte Arne, ebenfalls auf Deutsch, und öffnete den Sicherheitsgurt, da er sah, dass die Dame dies soeben getan hatte, und er annahm, dass sie ihn dazu aufgefordert hatte.

Man war jedenfalls gelandet, und das Flugzeug bewegte sich nicht mehr. Die Leute standen auf und wühlten in den Gepäckfächern über ihren Sitzen, es herrschte rege Betriebsamkeit. Eine alte Frau ließ eine vollgestopfte Plastiktüte auf den Kopf einer etwas jüngeren Dame fallen, ein Mann mit Vollbart und runder Brille rief jemandem, der sich weiter hinten in der Maschine befand, etwas zu, was sich anhörte wie »Schnaps, Schnaps, Schnaps!«; und eine Handvoll auf die Sitzreihen verteilter Babys hatte angefangen zu schreien. Arne tastete die Taschen seines Jacketts ab, um sicherzugehen, dass alles an seinem Platz war. Dann stand er auf und schaffte es, sich in den Gang zu zwängen und seinen kleinen Rucksack herauszuziehen, den gelbschwarzen mit einem Aufkleber vom Tivoli in Kopenhagen, den Tante Polly vergeblich versucht hatte abzurubbeln.

Ich gehe einfach allen anderen hinterher, schärfte Arne sich innerlich ein, während er schwitzend zwischen der Dame stand, die eine Tüte auf den Kopf bekommen hatte, und einem glatzköpfigen Mann, der nach Knoblauch roch und fürchterlich niedergeschlagen aussah. Als Erstes kommt die Passkontrolle, obwohl sie die auch abgeschafft haben könnten, danach muss ich auf die Schilder achten, damit ich die Stelle finde, an der mein Koffer auf einem Band im Kreis fährt. Es besteht kein Grund zur Eile. Wenn ich den Koffer gefunden habe, nehme ich einen grünen Ausgang, ich habe nämlich keine zoll… wie heißt das? Zollpflichtigen Waren, glaube ich. *Zollpflichtig*? Anschließend werde ich mich nach einem Taxischild umschauen und in die Warteschlange stellen. Den Koffer und den Rucksack gut festhalten. Nicht vergessen, beide die ganze Zeit im Auge zu behalten. Es besteht kein Grund zur Eile, aber das habe ich ja schon gesagt, hoppla, jetzt muss ich mich wohl in Bewegung setzen … raus aus der Maschine, jetzt ist man in Berlin. Wer hätte das gedacht.

Ungefähr eine halbe Stunde später, also gegen 17.30 Uhr schwedischer und deutscher Zeit, saß er auf der Rückbank eines cremefarbenen Taxis, das sich vom Flughafen Tegel kommend in den Verkehr einfädelte. Der Taxifahrer, ein schweigsamer Mann mit dunklen Haaren und dunkler Haut, hatte wortlos seinen Zettel mit dem Namen des Hotels und der Adresse entgegengenommen und kaute nun eine Art Kerne oder Samen aus einer Papiertüte, die zwischen Fahrer- und Beifahrersitz stand. Im Wagen hing ein Geruch, der Arne vage bekannt vorkam, der Duft von etwas, was mit dem Meer zu tun hatte, aber er kam nicht darauf, was es war. Außerdem versuchte er sich an den Namen des Hotels zu erinnern, in dem er wohnen sollte, und am Ende tauchte er auf: *Hotel Munck.* Gleichzeitig spürte er jedoch, wie ihn schleichend eine große Müdigkeit überkam, und er nahm an, dass sie daher rührte, wie anstrengend dieser ganze Tag für sein armes, hinkendes Gehirn gewesen war, so dass er beschloss, während der Fahrt in die Berliner Innenstadt ein kleines Nickerchen zu machen. Onkel Lennart hatte ihm gesagt, die Taxifahrt werde mindestens eine halbe Stunde dauern, warum sollte er also nicht die Gelegenheit nutzen?

Er wachte auf, als der Taxifahrer die rückwärtige Tür öffnete und ihm bedeutete auszusteigen. Der Mann sagte etwas mit Zahlen darin, und Arne begriff sofort, dass es darum ging, wie viel die Fahrt gekostet hatte, und hielt ihm, wie Onkel Lennart ihn angewiesen hatte, einen Fünfzigeuroschein hin. Der Fahrer nahm ihn entgegen und schüttelte den Kopf. Dann hielt er alle fünf Finger einer Hand hoch und sagte etwas.

Arne zog erneut das Portemonnaie heraus und fand nach einigem Suchen einen Zehneuroschein. Der Fahrer nahm auch diesen an und sah auf einmal wesentlich zufriedener aus. Er steckte beide Geldscheine ein, öffnete den Kofferraum und stellte Arnes Gepäck auf den Bürgersteig.

»Auf Wieder…«, sagte Arne. »Danke.«

Der Fahrer erwiderte etwas in seinem unverständlichen Berliner Slang und stieg in den Wagen.

Das Taxi verschwand. Arne schaute sich um. Es war eine schmale, gerade Straße, zu beiden Seiten gesäumt von diversen Häusern und Bäumen. Das Hotelfoyer war schwach erleuchtet, und in einem goldfarbenen Bogen im Türglas stand tatsächlich *Hotel Munck*. Er war zweifellos am richtigen Ort, und genau wie Onkel Lennart es ihm eingeschärft hatte, beschloss er, unverzüglich einzuchecken.

Das hieß so. *Einchecken*. Arne fand, dass das Wort modern und elegant klang, und die beiden jungen Damen, die hinter einem hohen, polierten Tresen standen und ihn erwarteten, sahen ebenfalls modern und elegant aus. Er stellte seinen Koffer ab und wandte sich an die beiden.

»Guten Abend. Isch bin Arne Murberg … Schweden.«

Die eine der beiden, sie war blond und trug eine Brille mit kleinen, runden Gläsern und blauen Bügeln, sagte etwas, was er nicht verstand, aber er nahm an, dass sie ihn herzlich willkommen hieß.

»Murberg?«

Ihre Aussprache des Namens war schlecht, aber er verstand trotzdem, was sie sagte.

»Jawohl.«

Sie drückte ein paar Tasten und blickte auf einen Computerbildschirm. Dann nickte sie und schob ihm ein Formular und einen Stift zu.

»Spreche nicht so gut deutsch«, sagte Arne.

»Passport«, erwiderte die Dame.

Arne zog seinen Pass aus der Tasche. Sie nahm ihn entgegen, blätterte einige Sekunden darin und gab ihn Arne zurück.

Das läuft ja wie geschmiert, dachte Arne und gestattete sich ein kurzes Lachen, als er den Pass versehentlich auf den Boden fallen ließ.

»Scheiße …«

Die Blondine lachte auch, und als er sich wieder aufgerichtet hatte, lenkte sie seine Aufmerksamkeit auf das Formular. Sie sagte etwas, was er als »Adresse« verstand, und nach einigen Sekunden des Zeigens und undeutlicher Instruktionen begriff er, dass er seine Adresse in eine Zeile schreiben sollte, die sie mit einem Kreuzchen markiert hatte. Plötzlich fiel ihm auch wieder ein, dass Onkel Lennart über dieses Detail gesprochen hatte. Er nickte und lächelte wieder, und die beiden Damen erwiderten sein Lächeln. Er kritzelte Frithiofs gata und K. mit Postleitzahl und allem Drum und Dran in die Zeile und schob das Formular zurück.

»Ihre Unterschrift bitte.«

»Va?«

Sie zeigte auf eine neue Zeile.

»Ihre Unterschrift. Ihr Name ... Name.«

»Namn?«

»Genau.«

»Genau«, widerholte Arne und schrieb mit fahrigen, aber dennoch lesbaren Buchstaben seinen Namen.

Damit schien alles erledigt zu sein. Er erhielt eine Plastikkarte in einer kleinen Papiertasche, die Damen zeigten mit jeweils einer Hand auf einen Aufzug, der sich links in einem kurzen Flur befand, und verdeutlichten ihm, indem sie beide drei Finger hochhielten, dass sein Zimmer in der dritten Etage lag. Arne nickte zufrieden und steckte die Plastikkarte in die Brusttasche. Wie Aufzüge funktionierten, war ihm halbwegs bekannt. Eine der Damen, die braunhaarige ohne Brille, kam dennoch hinter dem Tresen hervor und begleitete ihn. Sie öffnete die Aufzugtür für ihn und sagte mit lauter und deutlicher Stimme:

»Drei, eins, zwei. Verstehen Sie? Three, one, two!«

Sie zeigte auf seine Brusttasche, und Arne holte das kleine Papierkuvert wieder heraus, auf dem tatsächlich die Ziffern 3, 1 und 2 standen.

Zimmer 312, so klar wie Kloßbrühe.

»Gut!«

Das könne man bei jeder passenden Gelegenheit einwerfen, hatte Onkel Lennart gesagt. Die Dame drückte auf einen Knopf mit einer Drei darauf und lächelte ihn erneut an, dann schloss sich die Aufzugtür.

In der dritten Etage blieb er eine ganze Weile vor Zimmer dreihundertzwölf stehen, bis er begriff, wie die Plastikkarte funktionierte, aber als er sie ein paarmal durch den schmalen Schlitz auf der Tür gezogen hatte, klickte es geheimnisvoll, und er konnte sein Hotelzimmer in Besitz nehmen.

Kein Problem, dachte Arne Murberg. Überhaupt kein Problem. Die Menschen in dieser Stadt waren freundlich. Freundlich und hilfsbereit. *Isch bin ein Berliner.*

2

Er verbrachte eine knappe Stunde damit, auszupacken und sich einzurichten. Das Zimmer war in allen Belangen zu seiner Zufriedenheit. Es gab einen Fernsehapparat an der Wand, einen Schreibtisch mit Stuhl, ein übertrieben breites Bett mit einer gelben Tagesdecke und Nachttischen an beiden Seiten. Des Weiteren einen Kleiderschrank, einen Kühlschrank mit kleinen Flaschen und Schokolade, einen kleinen Safe, dessen Funktionsweise er nicht begriff, den er jedoch am nächsten Tag eingehender untersuchen würde, sowie ein luxuriöses Badezimmer mit einer Dusche und einer Badewanne. Kleinen Fläschchen mit Seife und Shampoo und jeder Menge Handtüchern.

Vorzüglich, dachte Arne, und nachdem er alles aus dem Koffer in den Schrank geräumt hatte, setzte er sich an den kleinen Schreibtisch und formulierte eine SMS an Onkel Lennart. Das dauerte eine ganze Weile, obwohl sie es des Öfteren geübt hatten, aber am Ende gelang es ihm, die Mitteilung abzuschicken. Zumindest glaubte er das, und wenn es so war, würde demnächst sicher eine Antwort als Bestätigung kommen.

bin gelandet habe ins hotelzimmer eingecheckt ist superschön gehe jetzt raus und etwas essen kein problem arne

Es war halb acht, als er wieder auf der Straße stand. Er hatte zwar bemerkt, dass es in dem Hotel einen Speisesaal gab, aber er dachte, dass es an der Zeit sein könnte, etwas mehr von Berlin zu entdecken, und beschloss deshalb, sich ein nettes Restaurant zu suchen. Seit seiner letzten Mahlzeit waren einige Stunden vergangen, ein trockenes Sandwich und ein paar Nüsse im Flugzeug, es wurde also höchste Zeit, dass er etwas in den Magen bekam.

Die Dunkelheit hatte sich auf die Stadt herabgesenkt, aber es war nicht sonderlich kalt. Ziemlich menschenleer war die Straße allerdings, und Arne überlegte, wo wohl die fünf Millionen Menschen steckten, die laut Onkel Lennart hier lebten. Er nahm an, dass sie zu Hause hockten und fernsahen, wahrscheinlich irgendein Fußballspiel, seinen Informationen nach waren die Deutschen noch verrückter auf Fußball als die Schweden. Oder hatten sie vielleicht schon in einem der achtzehntausend Restaurants Platz genommen, Onkel Lennart hatte auch diese Zahl genannt. Oder waren es einhundertachtzehntausend gewesen?

Das spielte keine Rolle, Hauptsache, er fand eine dieser vielen Gaststätten. Er dachte eine Weile darüber nach, welche Richtung er einschlagen sollte. Der Stadtplan lag in seinem Zimmer, so dass es am sichersten sein würde, keine weiten Wege zu gehen. Den Zettel mit dem Hotelnamen und der Adresse hatte er allerdings noch in der Tasche, falls er sich verlaufen sollte. Portemonnaie und Pass lagen auch, wo sie hingehörten, wohingegen sich das Mobiltelefon im Hotelzimmer befand und an der Steckdose hing.

Alles im Griff, dachte Arne. Ich habe alles im Griff. Er hob den Blick und schaute sich um.

Fasanenstraße. An der Straßenecke hing ein Schild an der Hausfassade und bestätigte, dass die Straße so hieß, wie sie heißen sollte. Obwohl sie hinten falsch geschrieben war, es sah aus wie ein *f* und eine 3. Kein Grund, sich aufzuregen, er entschied sich für die Richtung, in der die Straße heller erleuchtet zu sein schien. Wenn ich der Fasanenstraße auf dieser Seite geradeaus folge, bis ich zu einem Restaurant komme, überlegte er, kann ich nach dem Essen denselben Weg zurück nehmen. Ich meine, in *diese* Richtung. Es wird bestimmt nicht lange dauern, dann kenne ich die Stadt wie meine eigene Westentasche.

Er spürte, dass er mittlerweile sehr hungrig war, und hoffte, dass auf der Speisekarte Fleischbällchen mit Kartoffelpüree stehen würden.

Das war nicht der Fall. Soweit er dies beurteilen konnte jedenfalls nicht. Das Restaurant hieß Martinus, er hatte zwei oder eventuell auch drei Stichstraßen überquert, um dorthin zu gelangen, und woraus die einzelnen Gerichte auf der Karte eigentlich bestanden, blieb ein wenig unklar. Aber es gab viel Platz in dem Lokal, er saß alleine an einem dunklen Holztisch an einer Wand voller kleiner, gerahmter Fotos von allen möglichen fröhlichen Menschen, und vor ihm brannte eine Kerze. Er konnte sich nicht wirklich erinnern, wann er zum letzten Mal in einem Restaurant gesessen hatte, schätzte aber, dass es auf dieser Kanarischen Insel gewesen war.

Jetzt hatte ihn ein junges Mädchen zu seinem Platz geführt und ihm die Speisekarte gereicht. Er blätterte vorsichtig darin, es handelte sich um bis zu sieben Seiten, aber er erkannte schon bald, dass es auf den letzten drei darum ging, was man zum Essen trinken sollte. Außerdem standen auf einer Seite nur Nachspeisen. Er kehrte zu den Hauptgerichten zurück, und dann tauchte plötzlich eins darunter auf, das er kannte. *Wiener Schnitzel.* Im selben Moment war das Mädchen wieder bei ihm, und er dachte, dass sie aussah wie eine Japanerin oder Chinesin, und wenn sie Schwedisch gesprochen hätte, hätte er sie vielleicht gefragt, wie um Himmels willen sie in Berlin gelandet war.

Sie sagte etwas, was er nicht verstand. Der Einfachheit halber erwiderte er »ja, ja«. Sie verschwand durch die Tür, durch die sie auch gekommen war und die seiner Vermutung nach in die Küche führte.

Hervorragend, dachte Arne Murberg. Ein ordentliches Wiener Schnitzel ist genau das Richtige, wenn man so weit gereist ist wie ich.

Die Japanerin (er beschloss, dass sie aus Tokio stammte, da er wusste, dass die japanische Hauptstadt so hieß) kehrte mit einem Glas Rotwein zurück, das sie vor ihm auf den Tisch stellte. Sie lächelte ihn kurz an und sagte etwas. Es hätte genauso gut Japanisch sein können, denn er verstand kein Wort. Da sie jedoch stehen blieb, nahm er an, dass sie darauf wartete, dass er bestellte. Er legte den Finger auf Wiener Schnitzel und hielt die Speisekarte so hoch, dass sie es selbst lesen konnte. Sie lächelte, nickte und verließ ihn wieder.

Eine nette junge Dame, dachte Arne. Wirklich nett.

Er betrachtete das Weinglas. Es war groß, bauchig und ungefähr halbvoll. Er fragte sich, ob er es bestellt hatte, als er »ja, ja« gesagt hatte, oder ob man den Wein als eine Art Essensgetränk zu allen Gerichten bekam. Er meinte sich erinnern zu können, dass es auf dieser Finnlandfähre damals so gewesen war. So oder so erkannte er jedenfalls, dass dieses Glas ein kleines Problem darstellte. *Möglicherweise.* Er war nicht gewöhnt, Alkohol zu trinken, und die wenigen Male, die er welchen konsumiert hatte, war ihm das nicht so gut bekommen. Sowohl sein Vater als auch sein Onkel hatten gesagt, das sei nichts für ihn; sie selbst gönnten sich gelegentlich ein Gläschen, Tante Polly im Übrigen auch, aber da war etwas mit Arnes Blut, was zur Folge hatte, dass er sich von alkoholischen Getränken lieber fernhalten sollte. Vielleicht hing es auch mit dem Unglück zusammen, er wusste es nicht.

Nun ja, dachte er. Ein Gläschen Wein kann ja wohl nicht schaden.

Auch wenn es ziemlich groß war. Während er darauf wartete, dass sein Schnitzel aus der Küche kam, nahm er einen Schluck. Das schmeckte gar nicht mal so schlecht. In Deutschland haben sie natürlich auch anderen Wein, dachte er, einen Wein, der besser zu meinem Blut passt. Davon hat Onkel Lennart keine Ahnung. Er denkt … er denkt, dass er alles weiß, aber das tut er gar nicht.

Das konnte einem ehrlich gesagt manchmal ein bisschen auf die Nerven gehen, was sein Onkel angeblich über alles Mögliche wusste. Es war schön, einmal sein eigener Herr zu sein, stellte Arne fest. Wenn man in seinem eigenen Rhythmus denken darf, regelt sich das meiste. Früher oder später, so ist das, genau so.

Er trank noch einen Schluck Wein und lehnte sich zufrieden zurück.

Eine Stunde später hatte er sich nicht nur sein Wiener Schnitzel, sondern auch einen Nachtisch einverleibt, der aus einem großen Stück Torte und einem halben Liter Saftsauce darüber bestand. Zusätzlich zu dem Rotwein hatte er ein Glas süßen Weißwein getrunken und war gesättigt, müde und glücklich und zufrieden mit seinem Leben. Mittlerweile waren alle Tische in dem recht engen Lokal besetzt, und die Japanerin hatte Gesellschaft von einer gewöhnlichen Deutschen bekommen, und beide rannten wie die Irren zwischen den einzelnen Tischen herum, um allen Bestellungen und Wünschen gerecht zu werden. Arne war glänzend gelaunt, und die Leute um ihn herum lachten und hatten Spaß, und es kam ihm so vor, als wäre er am Nabel der Welt gelandet. Trotzdem beschloss er, dass es an der Zeit war, die Rechnung zu bezahlen und ins Hotel zurückzukehren. Es war schon fast halb zehn, und im Normalfall ging er nur selten nach zehn ins Bett.

Nicht, dass dieser Abend normal gewesen wäre, aber trotzdem.

Das Bezahlen zog sich etwas in die Länge, weil er versuchte, die Plastikkarte auszuprobieren, mit der ihn Onkel Lennart ausgestattet hatte. Das funktionierte nicht, obwohl sowohl er selbst als auch die Japanerin versuchten, die PIN – 1981, Arnes Geburtsjahr – in die Maschine einzugeben. Schließlich bezahlte er mit richtigem Geld und dachte, dass es genauso war wie daheim im Tabakladen; auch dort hatten sie einen solchen Apparat, aber sein Vater und sein Onkel sorgten stets dafür, dass er kaputt war, und das wussten die Leute. Es kam niemals vor, dass jemand auch nur versuchte, eine dieser verdammten Karten zu benutzen.

Als er zu guter Letzt gezahlt hatte, stand Arne auf, um seinen Tisch zu verlassen, woraufhin etwas Überraschendes passierte. Kaum hatte er die Beine gestreckt, als sich in seinem Kopf auch schon alles drehte, und ehe er sich versah, lag er der Länge nach auf dem Fußboden.

So etwas Blödes aber auch, dachte Arne Murberg. Was ist denn jetzt passiert?

Die deutsche Kellnerin und ein Mann in einem karierten Hemd eilten ihm zur Hilfe. Sie stellten ihn auf die Beine, stützten ihn und begannen ihm eine Reihe unverständlicher Fragen zu stellen. Er merkte, dass der Raum ein wenig schwankte, aber nach einigen Sekunden stabilisierte er sich.

»Sind Sie okay?«

Das verstand er.

»Alles Ordnung«, antwortete er. »Schlafen.«

Er wusste selbst nicht, ob er meinte, dass er eingeschlafen war oder dass er schlafen musste, aber zumindest das karierte Hemd schien die Situation zu erfassen und geleitete ihn behutsam zum Ausgang.

»Schlafen«, wiederholte Arne. »Auf Wiederschnitzel.«

Er fühlte sich schon wieder besser, und das karierte Hemd lachte und hielt ihm die Tür auf, und im nächsten Moment stand er auf dem Bürgersteig, wo ihn augenblicklich ein frischer Wind traf und dafür sorgte, dass er einen klaren Kopf bekam.

»Okay?«, wiederholte das karierte Hemd fragend.

»Okay, isch bin Schweden«, antwortete Arne, und das karierte Hemd kehrte in das Restaurant zurück.

Aber vielleicht konnte er ja doch nicht so klar denken, denn es wollte ihm beim besten Willen nicht gelingen, sich zu erinnern, aus welcher Richtung er gekommen war. Rechts oder links, das war hier die Frage; er wusste immerhin, wenn er einmal die Richtung hatte, musste er nur geradeaus gehen und eine Reihe von Straßen überqueren, bis früher oder später das Hotel Munck auftauchen würde … *Fasanenstraße*, ja, genau, schräg gegenüber vom Restaurant hing ein Schild an der Fassade. Auch hier war das Wort hinten falsch geschrieben. Wenigstens war er durch dieselbe Tür ins Freie gelangt, durch die er das Restaurant zuvor betreten hatte.

Er musste eine ganze Weile nachdenken, bis er die Lösung für sein Problem fand. Vielleicht hätte er Perry Masons Rat suchen sollen, aber er hatte nicht das Gefühl, dass dies nötig war; man sollte Perry auch nicht unnötig stören, manchmal musste er sich um wichtigere Dinge kümmern. Mord und Entführungen und so weiter.

Aber wenn er sich für eine Richtung entschied, welche auch immer, und ein paar Stichstraßen überquerte, vier oder fünf vielleicht, um ganz sicher zu sein – und wenn das Hotel dann noch nicht aufgetaucht war –, tja, dann würde er einfach kehrtmachen und in die andere Richtung zurückgehen. Die Alternative lautete, jemanden im Martinus zu bitten, ihm ein Taxi zu rufen, aber das schien ihm keine gute Lösung zu sein, zum einen, weil er nicht wusste, wie man eine solche Frage formulierte, zum anderen, weil er in dem Lokal hingefallen war. Da benutzte er doch lieber diese Rappen, oder wie sie hießen, von denen Onkel Lennart gesprochen hatte.

Will sagen seine Beine, um nicht zu sagen seine Füße.

Gebt mir nur ein bisschen Zeit, und ich überwinde alle Hindernisse, dachte Arne Murberg und ging los.

3

Als er die dritte Stichstraße hinter sich gelassen hatte, ahnte er, dass er den falschen Weg genommen hatte, und nach der vierten war er sich sicher. Es waren nur wenige Menschen unterwegs, aber selbst wenn es mehr gewesen wären, hätte er es wahrscheinlich vermieden, jemanden um Hilfe zu bitten. Es war nicht gesagt, dass die Leute das Hotel Munck kannten, außerdem wusste er nicht, wie er danach fragen sollte. Das war ein wiederholt auftretendes Problem, aber einfach fragend den Namen zu nennen wirkte einfältig, und Arne hatte keine Lust, einfältiger zu wirken als nötig. Er beschloss, noch ein wenig weiterzugehen, ehe er kehrtmachte, aber inzwischen war ein weiteres Dilemma aufgetaucht, ein Dilemma, das wesentlich akuter war als die Frage, wo das Hotel lag.

Er musste pinkeln.

Zu blöd, dass ich das nicht im Restaurant getan habe, dachte Arne. Da gab es bestimmt eine Toilette, die gibt es in allen Restaurants.

Doch nun war es eben, wie es war. Er dachte an den Wein, den er sich hinter die Binde gekippt hatte, zwei Gläser, und zusätzlich zwei Gläser Wasser, vielleicht auch mehr, kein Wunder also, dass ihm fast die Blase platzte.

Also *pinkelieren*. Aber wo? Es den ganzen Weg bis zum Munck zurück zu schaffen erschien ihm ausgeschlossen, aber als ihm das klar wurde, erreichte er gerade einen kleinen Park.

Das war vertretbar. Man pinkelte nicht an eine Hauswand, aber ein Baum oder ein Strauch in einem Park war etwas anderes. Er nahm Kurs auf ein kleines Gebüsch zu seiner Linken, nahm noch wahr, dass der Park *Fasanenpalast* oder so ähnlich hieß, und musste an eine Geschichte denken, die ihm sein Vater einmal über einen Pfarrer erzählt hatte, der mitten in seiner Predigt in der Kirche dringend hatten pinkeln müssen. Aber so sehr Arne sich auch den Kopf zerbrach, er konnte sich einfach nicht mehr erinnern, was daran so lustig gewesen war. Ob der Pfarrer in seiner Not gezwungen gewesen war, heimlich in der Kanzel zu pinkeln, oder ob er das Problem auf eine andere Art gelöst hatte.

Als er es gerade erst in den Schutz des Gebüschs geschafft hatte, war es auch schon so weit. Es war wirklich in letzter Sekunde gewesen, und er dachte, dass er wohl nie zuvor in seinem Leben eine so volle Blase gehabt hatte. Der Strahl wollte gar kein Ende nehmen, und als ihm jemand auf die Schulter klopfte, war er noch längst nicht versiegt.

Arne zuckte zusammen und hätte fast seine Schuhe und die Hose bespritzt. Die Person, die hinter ihm stand, sagte etwas. Die Stimme klang barsch und bestimmt. Arne spürte, dass ihm wieder schwummerig wurde – zum zweiten Mal an diesem Abend, innerhalb von weniger als einer Stunde, das war doch nun wirklich …

Aber er schaffte es, er blieb auf den Beinen, und es gelang ihm, zu Ende zu pinkeln und das Glied in der Hose zu verstauen. Danach drehte er sich um und starrte zu einem Gesicht hoch, das aussah, als wäre es aus Asphalt gemacht. Aus hellgrauem Asphalt. Es befand sich gut und gerne zehn Zentimeter über seinem eigenen und saß am oberen Ende eines uniformierten Körpers, der sicher einiges über hundert Kilo wog.

Der Mund in dem Asphalt öffnete sich erneut und sagte noch etwas. Arne verstand kein Wort, beschloss jedoch, mit offenen Karten zu spielen.

»Isch suche meine Mutter«, sagte er. »Hier in Berlin«, fügte er hinzu.

Ein neuer, wenngleich etwas kleinerer Riese tauchte hinter dem ersten auf. Er trug eine ähnliche Uniform, schien aber weniger gefährlich zu sein, denn er lachte.

»Ihre Mutter?«, sagte er.

»Genau«, antwortete Arne. »Mutter. Guten Abend.«

Jetzt lachte auch das Asphaltgesicht, und Arne wurde schlagartig klar, dass die beiden Polizisten waren. Hinter ihnen befand sich ein blausilberner Streifenwagen auf der Straße, die Beamten mussten sich angeschlichen haben, als er plätschernd hinter dem Gebüsch stand.

»Schweden«, sagte Arne und versuchte sich ebenfalls an einem kurzen Lachen. »Isch bin Schweden. Guten Abend.«

Das Letzte hatte er zwar schon gesagt, aber man war bestimmt lieber ein bisschen zu höflich als nicht höflich genug. Die Polizisten sahen sich an und wechselten ein paar Worte. Arne begriff, dass sie diskutierten, ob sie ihn verhaften sollten oder nicht. Wahrscheinlich war es verboten, in Parkanlagen zu pinkeln, zumindest für Ausländer, und er überlegte, dass dies nun wirklich ausgesprochen ärgerlich wäre. Er war in seinem ganzen Leben noch nicht verhaftet worden, und sollte ihm das jetzt schon an seinem ersten Abend in Berlin passieren … nun ja, er hatte jedenfalls nicht die Absicht, Onkel Lennart und Tante Polly etwas davon zu erzählen.

Der kleinere Riese sagte etwas und zeigte zum Wagen. Arne verstand nicht.

»Wo wohnen Sie?«

»Va?«, sagte Arne.

»Hotel? Wohnen Sie vielleicht in einem Hotel?«

Er schnappte das Wort »Hotel« auf, zog den Zettel aus der Innentasche und reichte ihn dem kleineren Riesen. »Hotel Munck«, sagte dieser und nickte.

»In der Fasanenstraße?«

»Genau.«

Das läuft ja richtig gut, dachte Arne. Hier steht man und plaudert auf Deutsch, als wäre es die einfachste Sache auf der Welt.

Der größere Polizist hielt die hintere Autotür auf und sagte etwas, was bedeuten musste, dass er einsteigen solle. Arne kam seiner Aufforderung nach, und der Großpolizist setzte sich neben ihn. Sein Kollege nahm hinter dem Steuer Platz, und sie fuhren los.

Das werde ich nie vergessen, dachte Arne. In einem Streifenwagen durch Berlin, das ist ja wie in einem Film. Er schob eine Hand in die Tasche und ertastete eine Schachtel Halspastillen, die er im Flughafen Arlanda gekauft und völlig vergessen hatte. Er tippte den Deckel hoch und hielt die Schachtel dem Großpolizisten hin. Dieser schüttelte den Kopf.

»Nein, danke.«

»Kein Problem«, erwiderte Arne und nahm selbst vier Pastillen heraus.

Sie wendeten auf der Fasanenstraße, fuhren am Restaurant Martinus vorbei und hielten eine Minute später vor dem Foyer des Hotel Munck. Der Großpolizist gab Arne mit einer Geste zu verstehen, dass er aussteigen solle. Anschließend sagte er etwas, was schätzungsweise bedeutete, dass es verboten war, in Parkanlagen zu pinkeln, man aber beschlossen habe, dieses Mal ein Auge zuzudrücken.

»Danke schön«, sagte Arne. »Das will isch remember.«

Auf dem Bürgersteig stehend winkte er den Polizisten zum Abschied zu. Er sah den Streifenwagen zu neuen Einsätzen in neuen Parks davonfahren und dachte, dass er wohl doch eine SMS an Onkel Lennart schreiben sollte, um ihm von seinem ersten Abend auf deutschem Boden zu berichten. In aller Kürze natürlich.

Oder vielleicht auch nicht. Er ärgerte sich immer noch ein wenig darüber, dass sein Onkel immer alles bestimmen wollte; das schien doch gar nicht nötig zu sein, und auf einmal spürte er große Dankbarkeit in sich aufwallen. Dankbarkeit dafür, dass die Leute so freundlich zu ihm waren. Die Polizisten. Das Personal im Restaurant. Die Damen im Hotel. Hilfsbereite Menschen waren nun wirklich kein Nachteil, wenn er schon ganz alleine – *Allein in Berlin* – gekommen war, um in dieser pulsierenden Stadt seinen wichtigen Auftrag zu erfüllen.

Violetta Dufva … in seinen Augen war das schon immer ein sehr schöner Name gewesen. Genauso schön wie ihr Gesicht auf dem alten Foto; er hatte drei Kopien davon in einem Umschlag im Rucksack, und am nächsten Tag würde es natürlich Zeit sein, ernsthaft seine Aufgabe in Angriff zu nehmen. Während er auf den Aufzug wartete, konnte er beinahe spüren, wie sein Vater ihn vom Himmel aus im Auge behielt und ihm viel Glück wünschte.

Vergiss nicht, ihr das Kästchen zu geben, schien er zu sagen.

Natürlich vergesse ich das nicht, erwiderte Arne. Du kannst dich auf mich verlassen.

Der Aufzug kam nicht, er verstand nicht, warum. Gleich dahinter gab es jedoch eine Treppe. Man kann bestimmt auch zu Fuß gehen, dachte Arne, und damit hatte er vollkommen recht. Achtundvierzig Treppenstufen später befand er sich in der dritten Etage, und nur wenige Sekunden später betrat er Zimmer 312 ohne die geringsten Probleme mit seiner Plastikkarte. Nach einer hastigen Abendtoilette torkelte er zum Abschluss seines ersten Tags in Berlin völlig erschöpft ins Bett.

Erschöpft, aber auch zufrieden und zuversichtlich. Eine neue SMS an Onkel Lennart kam nicht in Frage.

Der zweite Tag

1

Er wurde davon wach, dass jemand an sein Fenster klopfte, und wusste im ersten Moment nicht, wo er war. Sekunden später wurde es ihm jedoch bewusst; und er schob sich in eine halb sitzende Position. Das Klopfen ging weiter; und er sah, dass es ein Vogel war, der draußen auf dem Fensterblech saß und mit dem Schnabel gegen das Glas pickte. Eine große und wohlgenährte Taube, wenn ihn nicht alles täuschte, aber Vögel waren nicht unbedingt seine Stärke. Während das Tier pickte, schien es ihn mit einem Auge zu betrachten. Arne gähnte, erwiderte den Blick des Vogels und grübelte darüber nach, ob es einen Unterschied zwischen deutschen und schwedischen Vögeln gab. Unterschieden sie sich in irgendeiner Form? Verhielten sie sich in Berlin anders als zu Hause in K.? Er konnte sich nicht erinnern, je zuvor eine Taube gesehen zu haben, die so an ein Fenster klopfte. Wenn es denn wirklich eine Taube war, aber sobald er sich den Schlaf aus den Augen gerieben hatte, war er sich seiner Sache ziemlich sicher. Grau wie Haferbrei, fett und träge sah sie aus; er fragte sich, ob sie es wirklich geschafft hatte, herzufliegen, oder ob sie auf einer Art Feuerleiter hochgeklettert war.

Plötzlich fiel ihm ein, dass er vor vielen, vielen Jahren einmal einen komplizierten Film gesehen hatte, in dem eine andere Art von Vogel an allen möglichen Stellen umherflatterte und in Wahrheit eine Frau darstellte oder vielleicht auch ein Mädchen, die bei einem Unfall umgekommen war, im Grab jedoch keine Ruhe fand … oder wie war das noch gewesen?

Er ließ die Vogelfragen auf sich beruhen und stand auf. Es gab so viele Fragen, und manchmal war es einfach das Beste, sich von ihnen fernzuhalten. Es war kurz nach acht, und er hatte Hunger. Er war hungrig und ausgeruht, das war ein gutes Gefühl, aber vor allem war er … erwartungsvoll? Ja, so hieß das: *erwartungsvoll*. Es hatte einen ganz ähnlichen Effekt wie Kohlensäure in einem Erfrischungsgetränk, ein angenehmes Kribbeln im Körper, von unten und nach oben steigend, und er begriff, dass sein Auftrag der Grund dafür war. Heute würde er ihn in Angriff nehmen, er war wirklich nicht daran gewöhnt, derart wichtige Dinge zu erledigen, aber andererseits hatte er auch das Gefühl, dass bisher niemand seine volle Kapazität in Anspruch genommen hatte.

Meine volle Kapazität?, dachte er, als er aus der Dusche stieg und sich mit einem der großen gelben Handtücher abtrocknete. Was für Worte auf einmal in meinem Hirn Platz finden. Das liegt natürlich daran, dass ich nie wirklich die Chance dazu bekommen habe. Ich bin zwar langsam, aber nicht so dumm, wie die Leute glauben. Ganz und gar nicht.

Das Frühstück war eine Sensation. Er benötigte fast eine Stunde, um es zu sich zu nehmen – Speck, Rührei, Würstchen, Joghurt, Waffeln, Kaffee und Tee, drei verschiedene Säfte sowie eine Handvoll kleiner Muffins, die nach allen möglichen Beerenarten schmeckten. Als er fertig war, konnte er kaum vom Tisch aufstehen, und in seinem Zimmer musste er sich eine ganze Weile flach aufs Bett legen, um das Ganze zu verdauen.

Die Taube hatte das Fensterblech verlassen, wie ihm auffiel, als er sich an den Schreibtisch gesetzt und den Stadtplan vor sich ausgebreitet hatte. Vielleicht war sie ja einfach heruntergefallen, das erschien ihm zumindest nicht abwegig. Er dachte, dass er sie vermisste und gleichzeitig auch wieder nicht. Von seinem Fenster aus konnte er nur wenig von der Stadt sehen, im Grunde nur ein Stück Himmel und ein größeres graubraunes Gebäude auf der anderen Straßenseite, bei dem es sich wahrscheinlich um irgendein Bürogebäude handelte, denn er sah dort Menschen, die ähnlich über Schreibtische gebeugt saßen wie er selbst in seinem Zimmer im Hotel Munck. Berliner und Berlinerinnen; wenn einer oder eine von ihnen aufgeblickt hätte, wäre es Arne möglich gewesen, ihnen zuzuwinken, aber niemand hatte Zeit aufzuschauen. Sie müssen sich bestimmt mit wichtigen Dingen beschäftigen, dachte Arne, genau wie er selbst. Und sicher war keiner von ihnen seine Mutter, denn das wäre wirklich ein verflixt seltsamer Zufall. Er senkte den Blick, richtete ihn auf den Stadtplan und konzentrierte sich.

Das Straßengewirr war riesig, aber die beiden Kreuze trugen dazu bei, es dennoch verständlich zu machen. Zumindest fast verständlich. Er folgte mit dem Zeigefinger der dünnen Bleistiftlinie zwischen den beiden Markierungen und überlegte, dass er genau so würde vorgehen müssen. Den Stadtplan mitnehmen, langsam Straße für Straße den ganzen Weg abmarschieren und an jeder Kreuzung mit einem Finger kontrollieren, dass er nicht auf Abwege geraten war. Die Straßenschilder lesen und sich die Richtung merken, Onkel Lennart hatte ihm gesagt, dass er gut und gerne eine Stunde brauchen würde, wenn er nicht zu schnell und nicht zu langsam ging. Oder hatte er zwei gesagt? Arne erinnerte sich nicht mehr, aber das machte nichts. Er überlegte sich, dass er auf halber Strecke eine Pause einlegen und in einem Café eine Tasse Kaffee würde trinken können, es schien ihm ein guter Plan zu sein, sich seinen Fußmarsch so einzuteilen. In zwei Halbzeiten sozusagen.

Er sah wieder aus dem Fenster, stand auf und betrachtete die Straße, die unten vorbeiführte. Er nahm an, dass es die Fasanenstraße war, ja, natürlich war sie das; er drehte die Karte auf dem Schreibtisch so, dass die Straße auf dem Stadtplan und die Straße in der Wirklichkeit parallel zueinander verliefen. Wenn ihn nicht alles täuschte, musste er vor dem Hoteleingang nach rechts gehen, im Unterschied zum gestrigen Abend also in die entgegengesetzte Richtung.

Oder nicht? Die Denkarbeit ließ die Kohlensäure in seinem Kopf stärker sprudeln, und er dachte, dass dies nicht weiter verwunderlich war. Es war keine einfache Mission, auf die ihn sein Vater geschickt hatte, aber nun kam es darauf an, Ruhe zu bewahren und … was hatte Onkel Lennart gesagt? *Systematisch* zu sein?

Ja, genau. Ruhig und systematisch. Er hatte viele Tage zur Verfügung, es gab keinen Grund zur Eile, so würde er es heute zum Beispiel langsam angehen lassen und erst morgen oder übermorgen versuchen, den Weg zur Knobelsdorffstraße zu finden. Vorher konnte er sich ein bisschen mit den Vierteln und der näheren Umgebung rund um das Hotel vertraut machen, war das vielleicht ein noch besserer Plan?

Andererseits könnte das auch vergeudete Zeit sein. Es war schließlich durchaus möglich, dass seine Mutter umgezogen war, und dann würde er weitermachen und ein neues Kreuz auf der Karte einzeichnen und eine neue Bleistiftlinie zeichnen müssen. Vielleicht sogar mehrere Kreuze und mehrere Linien? Nein, es wäre nicht richtig, den ersten ganzen Tag in Berlin zu vergeuden. *Erst die Arbeit, dann das Vergnügen*, das hatte er einmal jemanden sagen hören, vielleicht hatte er es sogar irgendwo gelesen.

Entschlossen faltete er den Stadtplan zusammen, steckte ihn in die Außentasche seiner Jacke und nahm die Treppen zur Hotellobby hinunter. Portemonnaie und Mobiltelefon in den Innentaschen, der Rucksack gefüllt mit Notizblock, Wörterbuch (Deutsch-Schwedisch und Schwedisch-Deutsch in einem Band), zwei Stiften und dem Apfel, den er aus dem Frühstücksraum mitgenommen hatte. Das Kästchen für seine Mutter blieb dagegen im Hotelzimmer, es musste warten, bis er ihre Witterung aufgenommen hatte. Alles hatte seine Zeit, und alles war bisher unter Kontrolle.

Am Anfang klappte es ganz hervorragend. Erstaunlich einfach, fand Arne. Er bewegte sich langsam und zielstrebig die Bürgersteige entlang, blieb an jeder Straßenecke stehen und kontrollierte seinen Weg mit Hilfe des Stadtplans; ein bisschen lästig war lediglich, ihn ständig auseinander- und wieder zusammenfalten zu müssen, vor allem, wenn Windstöße kamen und die Leute an den Kreuzungen so dichtgedrängt standen und darauf warteten, dass die Ampel auf Grün umschlug. Aber da er es nicht eilig hatte, machte ihm das im Grunde keinen Kummer. Die Fasanenstraße unter der Eisenbahntrasse hindurch bis zur Kantstraße. Dann ein langes, langes Stück nach links. Bis zur Leibnizstraße; dort nach rechts und bis zur Schillerstraße hinauf. Dann nach links.

Als er so weit gekommen und schon eine ganze Weile auf der Schillerstraße gegangen war, beschloss Arne, eine Pause einzulegen. Soweit er es anhand der Karte beurteilen konnte, hatte er mehr als die halbe Strecke zurückgelegt, wofür er fast eine Stunde benötigt hatte, und sein Kopf wurde allmählich müde. Seine Beine und sein Körper nicht, aber er war es einfach nicht gewohnt, sich über eine so lange Zeit hinweg konzentrieren zu müssen. Außerdem war das mächtige Frühstück halbwegs verdaut, eine Tasse Kaffee und etwas Schmackhaftes dazu waren jetzt sicher nicht verkehrt.

Das Café hieß Rick's Café Americain, ein langer und komplizierter Name für ein so kleines Lokal, fand Arne. Es gab nur drei Tische in dem düsteren Gastraum, aber alle drei waren frei, und Arne setzte sich in die Ecke an der Tür. Eine Frau mit krausen Haaren kam zu ihm und sprach höflich Deutsch mit ihm, und kurz darauf hatten sie vereinbart, dass er eine große Tasse Kaffee mit Milch und ein Stück Apfelkuchen mit Sahne benötigte. Letzteres nannte sich offenbar *Strudel*, und er meinte sich erinnern zu können, dass Onkel Lennart des Öfteren von dieser typisch deutschen Spezialität gesprochen hatte.

Mitten im ersten Bissen ertönte in seiner Innentasche ein Piepen. Zum Kuckuck, dachte Arne, hat man denn nie mal seine Ruhe. Er zog das Mobiltelefon heraus und hatte bald darauf eine Nachricht von Onkel Lennart geöffnet.

Viel Glück bei deiner Aufgabe heute. Am Nachmittag wird es in Berlin wohl regnen, denk daran. Tante Polly grüßt.

Er schnaubte und drückte die Nachricht weg. Was wussten die im fernen K. denn schon vom Wetter in Berlin? Schwachsinn, dachte Arne, aber das war recht typisch für Onkel Lennart und Tante Polly. Sie wollten sich immer einmischen und wussten alles besser. Tatsache war doch, dass dieser ganze Auftrag eine Sache zwischen seinem Vater und ihm war. Er und kein anderer sollte Violetta Dufva, seine verschwundene Mutter, finden. Und er sollte es selbst tun, das war der ausdrückliche Wunsch auf der Bettkante in Zimmer acht im Krankenhaus gewesen. Eine Vereinbarung zwischen Vater und Sohn. Das war ja nun wirklich nicht schwer zu verstehen.

Oder?, dachte Arne und presste ein großes Stück Strudel in seinen Mund. Es schmeckte ein bisschen anders als das, was Tante Polly so backte, aber es war gut. Die Deutschen können backen, stellte er wohlwollend fest, da soll niemand kommen und etwas anderes behaupten.

Als er sowohl das Stück Strudel als auch den Kaffee zu sich genommen hatte, nicht zu vergessen die Schlagsahne, versuchte er den Stadtplan auszubreiten und sich einen Überblick über die weitere Wanderung durch Berlin zu verschaffen, aber sein Tisch war dafür viel zu klein. Egal, er wusste auch so, wie er zu gehen hatte: noch etwa zweihundert Meter die Schillerstraße hinunter und dann in die Kaiser-Friedrich-Straße. Er fragte sich, wer all diese Menschen waren, die den Straßen, auf denen er ging, ihre Namen gegeben hatten. Kant und Leibniz und Schiller, das waren doch sicher alles Nachnamen, oder? Wahrscheinlich Sportstars oder irgendwelche Nobelpreisträger, überlegte Arne, aber sicher konnte man sich da natürlich nicht sein. Die Deutschen hatten ihre eigenen Sitten, das war ihm schon aufgefallen.

Er nickte der Dame hinter der Theke freundlich zu. Bezahlt hatte er schon, so dass er keine weitere Unterhaltung zu führen brauchte. Er verließ Rick's Café Americain, und als er auf dem Bürgersteig stand, stellte er fest, dass es mittlerweile nieselte.

Mistwetter in Berlin, dachte Arne Murberg. Mal so, mal so.

2

Die Knobelsdorffstraße erwies sich als eine hübsche Straße mit vier- bis fünfstöckigen Wohnhäusern auf beiden Seiten. Hausnummer 38b lag zwischen zwei Querstraßen, die eine hieß Danckelmannstraße, die andere Sophie-Charlotten-Straße. Beide Namen so lang wie Aale und am Ende auf diese seltsame Art geschrieben; Arne ahnte inzwischen, dass dies wohl doch nicht so falsch war, wie er geglaubt hatte, vielleicht war es ja eher so, dass die Deutschen auch eine Reihe eigener Buchstaben benutzten. Wie die Chinesen und Russen und wer noch alles.

Aber wie die Straßen hießen, war ihm ja schon bekannt gewesen, da er den Stadtplan so genau studiert hatte, sowohl daheim in K. unter Onkel Lennarts Anleitung als auch hier in Berlin. Arne drückte gegen die Tür zu Hausnummer 38b und stellte fest, dass sie abgeschlossen war. Daraufhin zögerte er eine Sekunde, überquerte anschließend die Straße und stellte sich vor einem kleinen Blumengeschäft auf den Bürgersteig. Er überlegte kurz, ob er hineingehen sollte und einen Strauß kaufen – oder vielleicht auch eine Topfpflanze –, damit er nicht mit leeren Händen dastand, wenn er seiner Mutter nun nach so vielen Jahren Auge in Auge gegenüberstand.

Dann dachte er jedoch, dass er heute wohl besser nicht gleich an ihrer Tür klingelte. Heute galt es lediglich, alles zu *sond*… er wusste nicht mehr, wie das Wort genau hieß, aber es bedeutete so viel wie *die Lage checken*, und er hatte nicht die Absicht, heute mehr zu tun als das. An diesem Tag ging es zunächst einmal darum, zu untersuchen, ob Violetta Dufva überhaupt noch in dem Haus wohnte, in das sie vor mehr als dreißig Jahren gezogen war. Und wenn sie das nicht mehr tat, herauszufinden, wohin sie gezogen war.

Wie? Wie sollte er vorgehen?

Onkel Lennart und er hatten darüber gesprochen. Natürlich. Über alles hatte er mit Onkel Lennart gesprochen, alles immer wieder durchgekaut, was aber noch lange nicht hieß, dass damit alles paletti war. Als er nun in dem gleichmäßig herabrieselnden Regen stand und einen deutschen Pudel dabei beobachtete, wie er an einem Papierkorb das Bein hob, konnte er sich plötzlich an absolut nichts mehr von all dem erinnern, was sie geplant hatten. Alle Vorbereitungen waren wie weggeblasen, und stattdessen übermannte ihn eine gewisse Mutlosigkeit. Die Kohlensäure war ausgesprudelt, er war klatschnass, und wenn er es recht bedachte, fühlte er sich ehrlich gesagt einsam und ziemlich niedergeschlagen.

Nein, im Regen auf einem Bürgersteig in Berlin zu stehen und nicht zu wissen, was man tun sollte, war wirklich kein Vergnügen. Mittlerweile fror er auch, solange er in Bewegung geblieben war, hatte er damit kein Problem gehabt, aber nun merkte er, dass seine Zähne klapperten.

Was soll ich tun, Perry?, dachte er. Kennst du dich vielleicht mit Berlin aus?

Perry tauchte vor seinem inneren Auge auf und wirkte bekümmert. Dann stützte er das Kinn auf die Hand und betrachtete Arne: *Du bist ja wohl kaum den weiten Weg hierher marschiert, nur um herumzustehen, zu glotzen und nass zu werden*?, meinte er. Aber er sagte es wie immer leicht scherzhaft und in einem kameradschaftlichen Ton.

Und im selben Moment entdeckte Arne, dass jemand durch die Tür von Hausnummer 38b trat. Genau aus *dieser Tür*. Er eilte über die Straße, die zum Glück nicht sehr befahren war, kam aber zu spät. Die grüne Holztür war schon wieder ins Schloss gefallen. Er ruckelte ein paarmal an der Klinke, aber es war zwecklos. Und der Mann, der das Haus verlassen hatte, war bereits um die Ecke verschwunden. Direkt neben der Haustür gab es allerdings ein kleines, vorspringendes Dach über einem Schaufenster, und wenn man sich darunter stellte, entkam man wenigstens dem Regen.

Gesagt, getan, immerhin etwas. Arne Murberg hielt Wache. Wenn der nächste Mensch durch die Tür trat, würde er die Gelegenheit nutzen, um sich ins Haus zu schieben. Er fror allerdings immer noch und merkte, dass er fast ein bisschen Angst hatte. Wovor, fragte er sich. Daheim in K. hatte Arne niemals Angst, aber Berlin war natürlich auch etwas völlig anderes als K. Hatte Tante Polly womöglich recht gehabt, als sie ihn vor dieser Stadt gewarnt hatte? Ein Sündenpfuhl, hatte sie behauptet, was immer das bedeuten mochte. Jedenfalls nichts Gutes. Er war sich auch nicht sicher, was er tun sollte, falls es ihm tatsächlich gelang, in das Haus zu kommen, und um sich selbst zumindest die Chance zu geben, sich das alles zu ersparen, warf er einen Blick auf seine Armbanduhr (die er zwei oder drei Jahre zuvor ausgerechnet von Tante Polly zu Weihnachten bekommen hatte) und beschloss, zehn

Minuten zu warten. Exakt zehn Minuten, keine Sekunde länger. Wenn die Tür sich in diesen Minuten nicht geöffnet hatte, würde er auf dem Absatz kehrtmachen und zum Hotel Munck zurückkehren und dabei denselben Weg nehmen, den er auch gekommen war, nur in umgekehrter Richtung.

Aber kaum hatte er diesen Gedanken formuliert und begonnen, auf die langsame Wanderung des Sekundenzeigers um das Zifferblatt zu starren, als ihm auch schon die Worte seines Vaters auf dem Sterbebett in den Sinn kamen.

Du wirst deine Mutter in Berlin aufsuchen. Das ist der Auftrag, den ich dir gebe, mein Sohn.

Und danach diese anderen:

Man muss es zu einem guten Ende bringen, und es gibt Dinge, die man vorher noch regeln sollte. Verstehst du, was regeln bedeutet?

Es war ihm, als hörte er die Stimme in seinem Kopf oder vielleicht irgendwo von oben, aus dem regenschweren Himmel über Berlin. *Himmel über Berlin*, das klang vertraut. Und die Stimme seines Vaters klang noch vertrauter. Arne erkannte, dass er ihn nicht im Stich lassen durfte; sein toter Vater behielt ihn im Auge, wie auch immer das funktionieren mochte. Er durfte nicht nachlässig und faul werden und an sich denken, obwohl er einsam und nass war und fror wie ein junger Hund und keine Ahnung hatte, wie in aller Welt er das … *zu einem guten Ende bringen sollte.*

Er musste es jedenfalls versuchen, so viel begriff er. Er musste sein Bestes geben, denn sonst würde sein Vater zurückkommen und tagein, tagaus in seinem Kopf meckern, so war das. Er konnte sich nicht erinnern, je zuvor einen

Auftrag erhalten zu haben, zumindest keinen, der so wichtig war, jetzt kam es also darauf an. Jetzt oder nie.

Ja, ich höre dich, Papa, murmelte Arne, ohne die Uhr aus den Augen zu lassen. Ich bin schon dabei. Geh jetzt und leg dich hin und sei tot, du kannst dich auf mich verlassen.

Acht Minuten und fünfunddreißig Sekunden waren vergangen, als die Tür sich erneut öffnete. In der Zwischenzeit hatte Arne entdeckt, dass es an der Wand neben der Haustür eine Reihe von Namen mit Klingelknöpfen gab. Dort standen jedoch nirgendwo die Namen Dufva oder Lummersten – wie jener Sänger hieß, mit dem seine Mutter durchgebrannt war. Allerdings war der mittlerweile tot, genauso tot wie sein Vater, so dass es wenig wahrscheinlich erschien, dass er noch im Haus war.

Vielleicht, dachte Arne, vielleicht könnte man ja einfach auf einen Knopf drücken, irgendeinen, und vielleicht würde man dann dadurch hereingelassen, dass ein anderer Mensch auf einen anderen Knopf in seiner Wohnung drückte. Aber er traute sich nicht, es auszuprobieren. Wer wusste schon genau, wofür man in diesem Land verhaftet werden konnte.

Aber nun trat also wieder jemand durch die Tür. Genauer gesagt eine Dame. Genauer gesagt eine Dame, die Arnes hastiger Schätzung nach hundert Jahre alt zu sein schien. Mindestens.

Sie schob einen Rollator vor sich her und hatte eine Plastiktüte auf dem Kopf, von der er annahm, dass sie als Schutz gegen den Regen gedacht war, der nicht nachgelassen hatte. Im Korb des Rollators lag ein Fußball, der neu zu sein schien. Wenn er daheim in Schweden gewesen wäre, hätte Arne die Dame mit Sicherheit darauf hingewiesen, dass dies kein Wetter war, um Fußball spielen zu gehen, erst recht nicht, wenn man hundert Jahre alt war, aber da ihm keine einzige deutsche Vokabel einfiel, um diesen gut gemeinten Rat in Worte zu fassen, ließ er es bleiben. Stattdessen zwängte er sich an ihr vorbei und bekam einen Fuß in den Türspalt, kurz bevor die Tür ins Schloss fiel. Sie drehte den Kopf, musterte ihn misstrauisch und sagte etwas Unverständliches.

»Es regnen«, sagte Arne und schob sich ins Haus. »Danke bitte.«

Er gelangte in ein Treppenhaus, in dem es nach Waschmittel roch. Es sah sauber und hübsch aus, und gleich rechts hing eine weitere Tafel, auf der verzeichnet war, wer alles in dem Haus wohnte. Wahrscheinlich dieselben Namen wie an der Wand draußen, aber Arne begann trotzdem, sie von oben nach unten zu studieren, was ihm allerdings nicht weiterhalf; auch auf dieser Tafel tauchten weder Dufva noch Lummersten auf.

Das hatte er gerade festgestellt, als ein junges Paar aus dem Aufzug kam, der sich einige Meter weiter im Treppenhaus befand. Arne beschloss, sein Glück zu versuchen. Leider fiel ihm momentan nicht ein, was »Entschuldigen Sie bitte« auf Deutsch hieß, so dass er die Hand hochreckte, um zu signalisieren, dass er die beiden etwas fragen wollte. Sie blieben stehen und sahen einander leicht verwirrt an, und der junge Mann sagte etwas, was Arne so deutete, dass er erfahren wollte, worum es ging. Das erschien Arne angesichts der Situation angemessen, so dass er seinen Rucksack abstreifte und den Notizblock heraussuchte.

»Moment, danke«, kam ihm in den Sinn, und die junge

Frau nickte und lächelte ihn zudem flüchtig an, das erschien ihm vielversprechend. Sie hatte dunkle, mit einem gelbroten Band hochgebundene Haare. Arne fand sie schön; der Mann sah unscheinbarer aus, ungefähr so wie ein ganz normaler Kunde in einem Tabakladen.

Er schlug die letzte Seite auf, wo Onkel Lennart für Situationen wie diese eine Mitteilung formuliert hatte. Er richtete sich auf, machte ein ernstes Gesicht und hielt dem Paar den Notizblock vor die Augen.

ICH SUCHE MEINE MUTTER. IHRE NAME IST VIOLETTA DUFVA ODER VIELLEICHT VIOLETTA LUMMERSTEN. SIE WOHNTE HIER IN DIE ACHTZIGEN, VIELLEICHT SPÄTER. KÖNNEN SIE MIR HILFEN?

Die Achtzigen bedeutete in den achtziger Jahren, hatte Onkel Lennart behauptet. Die junge Frau hob beide Augenbrauen und betrachtete Arne mit einem Gesichtsausdruck, den er nicht deuten konnte. Es zuckte ein wenig in ihrem Mundwinkel. Anschließend betrachtete sie ihren Mann, der ebenfalls leicht verwirrt zu sein schien.

»Sprechen Sie Deutsch?«, fragte er.

»Nur ein biss«, antwortete Arne. »Isch bin Schweden.«

»Mhm?«, sagte der Mann. »And you are looking for your mother?«

Das war Englisch, das erkannte Arne sofort, also nickte er. Ja, natürlich, er war auf der Suche nach seiner Mutter, darum drehte sich doch alles.

Die Frau lachte und zuckte mit den Schultern. Sie zeigte auf die Mitteilung, die Arne immer noch ausgestreckt hielt, und sagte etwas, was sich für ihn wie *Die Achtzigen* anhörte.

»Ja, ja«, erwiderte er. »Hon kom hit 1982 … ungefär.«

Das sagte er auf Schwedisch. Wenn es etwas gab, was besonders schwierig war in der deutschen Sprache, dann waren es die Jahreszahlen.

Der Mann breitete die Hände aus. »Keine Ahnung. Sorry.«

»Wir sind … we have only lived here for two years«, ergänzte die Frau und hielt zwei Finger hoch.

Arne begriff, dass keiner von ihnen alt genug war, um vor dreißig Jahren in diesem Haus gewohnt zu haben, und vermutete, die zwei Finger bedeuteten, dass sie erst seit zwei Jahren an dieser Adresse wohnten. Er war froh über diese Schlussfolgerung, spürte aber gleichzeitig, dass ihn der Mut verließ. Selbst wenn seine Mutter tatsächlich ein paar Jahre hier mit ihrem Trouba… Troubadisten? … verbracht hatte, war sie wahrscheinlich schon vor sehr, sehr langer Zeit fortgezogen. Oder nicht? Er versuchte sich ins Gedächtnis zu rufen, welche Anweisungen Onkel Lennart ihm für eine Situation wie diese gegeben hatte, aber sein Gehirn kam ihm genauso blank und in etwa genauso groß vor wie eine Billardkugel.

»You look very wet«, sagte der Mann.

»Isch bin … very müde«, sagte Arne, aber im selben Moment ging die Haustür wieder auf. Die hundertjährige Dame kehrte zurück. Sie muss wirklich nur ganz kurz etwas erledigt haben, dachte Arne. Es waren höchstens fünf Minuten vergangen, seit sie sich auf den Weg gemacht hatte. Die Miene des jungen Mannes erhellte sich, er schien eine Idee zu haben.

»Frau Hönchen!«, platzte er heraus. »Vielleicht können Sie uns helfen?«

Arne sagte nichts. Die alte Dame zog die Plastiktüte vom Kopf und stierte das Trio im Treppenhaus an. Der Fußball im Rollatorkorb war verschwunden, und Arne fragte sich, wohin er wohl gekommen war. Vielleicht hatte sie ihn zum Aufpumpen in einem nahegelegenen Sportgeschäft abgegeben, so machte man es zu Hause in K. Jedenfalls hatte man das früher so gemacht, er wusste nicht so recht, woher er dieses Wissen nahm, aber das spielte im Moment auch keine Rolle. Der Ball war weg, und es war völlig egal, wo er sich jetzt befand.

»Guten Tag«, sagte er. »Isch bin Arne und ...«

Ihm fiel keine gute Fortsetzung ein, aber die junge Frau griff resolut nach seinem Notizblock, den er noch immer in der Hand hielt, und zeigte der Hundertjährigen die Mitteilung in Druckbuchstaben. Diese hörte auf zu stieren, verengte stattdessen ihre Augen und zog schließlich eine Brille aus der Manteltasche. Arne und das junge Paar warteten geduldig, während sie diese aufsetzte und las.

»Ach, die Dufva?«, platzte sie schließlich heraus.

Sie setzte ihre Brille ab und stieß einen gekrümmten Zeigefinger gegen Arnes Brust. Anschließend brachte sie einen langen und komplizierten deutschen Wortschwall heraus, der mit einem glucksenden Lachen endete. Sie wartete auf seine Reaktion, darauf, dass er etwas sagen würde.

»Nix verstanden«, sagte Arne.

»Sie hat hier gewohnt ... Ihre Mutter, ja? Im dritten Stock.«

Und dann folgte etwas, was wie eine Jahreszahl klang.

Arne wusste nicht, was er denken sollte, aber nun schaltete sich die junge Frau wieder ein. Sie zog einen Stift heraus und griff Arne unter den Arm. Zeigte auf seinen Notizblock.

»Ihre Mutter …?«

»Ja?«

»Violetta Dufva?«

Sie sprach den Nachnamen seltsam aus, aber vielleicht hieß der Vogel auf Deutsch ja auch anders. Arne nickte.

»Sie hat hier … in diesem Haus … gewohnt …«

»She has lived here«, warf der Mann ein. Wieder auf Englisch, und daraufhin begann Arne tatsächlich langsam zu verstehen. Vor allem, wenn er ihre freundlich nickenden Gesichter betrachtete. Seine Mutter hatte wirklich in diesem Haus gewohnt. Aber das hatte er doch eigentlich schon gewusst, oder nicht?

Die hundertjährige Dame sagte etwas, und die bedeutend jüngere Dame erwiderte etwas und wandte sich erneut Arne zu.

»Bis …« Und dann folgte wieder diese Jahreszahl, aber nun schrieb die junge Frau sie in seinen Notizblock und unterstrich sie sicherheitshalber.

<u>2005</u>

»Dann pschutt«, sagte die Hundertjährige. Jedenfalls klang es so. »Putz weg!«

Jetzt begannen alle drei irgendetwas zu diskutieren. Arne lehnte sich müde an die Wand und starrte auf die Jahreszahl. Er rechnete hastig im Kopf und kam zu dem Schluss, dass dies ungefähr zehn Jahre her war. Hieß das, seine Mutter hatte bis 2005 hier gewohnt und war dann ausgezogen?

Und wenn ja, wohin? Er verstand keine Silbe von dem, worüber die drei Deutschen sprachen, aber er hatte zumindest den Eindruck, als würden sie sich für sein Problem interessieren. Nach einigen Minuten Unterhaltung wandte sich der junge Mann an Arne.

»Bitte warten Sie hier.«

»Warten?«, fragte Arne.

»Wait«, sagte der Mann. »Bleiben.«

Er machte eine beruhigende Geste mit der Hand, und Arne verstand, dass sich irgendetwas tat. Er sollte warten.

Also blieb er an die Wand gelehnt stehen. Dasselbe tat jetzt auch der junge Mann, obwohl er sich im Grunde nicht an die Wand zu lehnen brauchte. Wenn man es recht bedachte, sah er ziemlich durchtrainiert aus. Fast so wie irgendein Sportler. Arne überlegte, ob er Stabhochspringer sein könnte, denn der Mann erinnerte ihn an einen Athleten, den er im Fernsehen gesehen hatte – auch wenn er nicht hätte schwören können, dass er einen deutschen Stabhochspringer gesehen hatte. Obwohl die meisten Stabhochspringer sich bestimmt ziemlich ähnlich sahen, unabhängig davon, aus welchem Land sie stammten … durchtrainiert, drahtig und so. Und warum stehe ich jetzt hier und grübele über Stabhochspringer nach, fragte er sich anschließend. Deshalb bin ich ja wohl kaum hergekommen?

Er seufzte und versuchte sich etwas einfallen zu lassen, was er sagen konnte. Die junge Frau und die alte Dame waren zu dem Aufzug gegangen und darin verschwunden.

»Schweden?«, sagte der junge Mann und lächelte Arne freundlich an.

»Genau. Schweden«, antwortete Arne.

»Zlatan Ibrahimovic«, sagte der Mann.

»Sehr schön«, erwiderte Arne.

Danach blieben sie stumm. Es vergingen einige Minuten. Arne musste auf die Toilette und hatte Hunger, aber es blieb ihm nichts anderes übrig, als gegen beide Gefühle anzukämpfen. Er hatte jedenfalls nicht die Absicht, noch einmal den Fehler zu begehen, in einem Park zu pinkeln, aber wenn er hier wegkam, würde er vielleicht eine Gaststätte finden, in der es auch eine Toilette gab. Der Gedanke weckte seine Lebensgeister und ließ ein wenig Kohlensäure sprudeln, und er dachte gerade fieberhaft darüber nach, mit einem Satz auf Deutsch herauszuplatzen, um das Schweigen zu brechen, als die junge Frau wieder aus dem Aufzug trat.

Sie schien guter Dinge zu sein. In der Hand hielt sie einen Zettel, den sie Arne überreichte, der daraufhin die Stirn runzelte und las. Oder vielmehr zu lesen versuchte, denn es war noch eine von diesen Straßen mit viel zu vielen Buchstaben:

Kyffhäuserstraße 52
Tel. 030 131 2828

Und dann begriff er binnen weniger Sekunden alles. Das war jetzt ja wirklich geglückt. Die hundertjährige Dame hatte ihr ganzes Leben in dem Haus gewohnt und war über alles im Bilde. So wusste sie zum Beispiel, dass Violetta Dufva bis 2005 hier gewohnt hatte, und als sie auszog, hatte sie der Dame ihre neue Adresse und ihre Telefonnummer hinterlassen. Weil sie Nachbarn gewesen waren.

So machte man das. Für den Fall, dass Pakete oder Verwandte kamen, die nicht wussten, wohin man umgezogen war. Selbstverständlich, dachte Arne. Die Sache ist klar, jetzt weiß ich, wo meine Mutter wohnt. Kyff… straße 52!

»Sehr gut!«, sagte er und steckte den Zettel ganz hinten in das Notizbuch. »Isch verstehen. Danke, danke!«

Der junge Mann und die junge Frau lächelten ihn an, und anschließend verließen sie alle drei das Haus. Das Leben fühlte sich leicht an. Wie für einen Schmetterling an einem Sommertag. Früher, bevor er schwermütig wurde und bevor er starb, hatte sein Vater das immer gesagt.

Mein Sohn, das Leben soll sein wie ein Sommertag für einen Schmetterling.

Wenn Arne sich recht erinnerte, hatte er außerdem erklärt, dies sei etwas, was er gelesen habe, ein Satz aus einem Buch, der ihm im Gedächtnis geblieben sei. Arne dachte, dass es bestimmt in einem der zwanzig, dreißig Taschenbücher im Regal an seinem Bett stand.

Und genau in diesem Moment hörte es in der Knobelsdorffstraße im Herzen Berlins auf zu regnen.

3

Drei Stunden später war er wieder in seinem Zimmer im Hotel Munck. Unterwegs hatte er in einem Lokal namens Ristorante Italiano Halt gemacht und eine große Pizza mit Sauce béarnaise und Fleischstücken gegessen. Sein Tisch war wackelig und ein wenig klebrig gewesen, aber das machte nichts. Es hatte dort eine Toilette gegeben, die er benutzen konnte, und zu seiner Pizza hatte er einen halben Liter Coca-Cola getrunken. Das Hungerproblem war damit vorerst aus dem Weg geräumt. Das Festmahl hatte achtzehn Euro gekostet, er hatte zwei dazugelegt und mit einem Zwanziger bezahlt. Er wusste, dass man das so machte, auch ohne dass Onkel Lennart ihn darauf hinweisen musste.

Außerdem hatte er den Weg zum Hotel gefunden, ohne sich ein einziges Mal zu verlaufen. Man findet sich in Berlin schon ganz gut zurecht, hatte er gedacht, als er die Hotellobby betrat und der jungen Frau an der Rezeption freundlich zunickte, als würden sie sich schon seit einer Ewigkeit kennen.

»Guten Abend, Herr Murberg«, hatte sie gesagt und ihm zugelächelt. Er hätte ihr Chef oder Cousin oder Freund aus Kindertagen sein können und nicht nur ein Hotelgast.

»Guten Abend«, hatte Herr Murberg erwidert.

Die Sprache werde ich mit der Zeit auch noch lernen, wenn ich die Ohren offenhalte, dachte er.

Allerdings waren inzwischen zwei neue Probleme aufgetaucht, mit denen er sich auseinandersetzen musste. Aber so war das im Leben, das wusste Arne Murberg. Es herrschte niemals Ruhe und Frieden, ständig tauchten Schwierigkeiten auf, die behoben werden mussten, große und kleine, einfache und kompliziertere. Vor allem, wenn man sich an fremde Orte in weiter Ferne begab.

Erstens hatten Regen und Wind seinem Stadtplan von Berlin übel mitgespielt, so dass er sich allmählich in seine Bestandteile auflöste. Als er ihn auf dem Bett auseinandergefaltet und vorsichtig eine Zeitlang Heißluft auf ihn gepustet hatte – mit Hilfe des Föhns, den jemand in einer der Schubladen im Kleiderschrank vergessen hatte –, glaubte er jedoch, dass er ihn weiter würde benutzen können. Vielleicht konnte er ja irgendwo eine Rolle Klebeband kaufen und die abgewetztesten Stellen flicken. *Tiergarten*, zum Beispiel, dort war ein großes Loch entstanden.

Das zweite Problem war, dass er sein Mobiltelefon nicht mehr finden konnte. Er hatte es aus dem Rucksack holen wollen, um die Telefonnummer zu wählen, die man ihm zusätzlich zur Adresse seiner Mutter notiert hatte, und vielleicht auch, um nachzusehen, ob eine neue Nachricht von Laberkönig Onkel Lennart gekommen war.

Aber sosehr er auch wühlte und suchte, da war kein Mobiltelefon. Auch in keiner seiner Jackentaschen und erst recht nicht in der Hose. Das ist jetzt wirklich ärgerlich, dachte Arne und begann in Gedanken, den Tag Revue passieren zu lassen, um zu ermitteln, wo er das Telefon verloren haben könnte. Er hatte es beim Pizzaessen nicht herausgeholt und genauso wenig in der Knobelsdorffstraße, da war er sich ganz sicher. Dagegen war es nicht auszuschließen, dass er es herausgezogen hatte, als er auf dem Hinweg einen Kaffee getrunken hatte. In dem Café, wie auch immer es hieß, mit der Dame mit den krausen Haaren, an dem Tisch in der Ecke neben der Tür … hatte er dort nicht eine Nachricht von Onkel Lennart bekommen?

Stimmt, dachte Arne. So war es. Da muss ich es vergessen haben.

Wenn es nicht von alleine aus dem Rucksack gefallen war, aber dann würden seine Chancen, es zurückzubekommen, ziemlich schlecht stehen.

Standen sie vielleicht nicht ebenso schlecht, wenn der Apparat im Café liegengeblieben war? Er mühte sich eine Weile, um auf den Namen zu kommen. Irgendetwas mit Amerika, meinte er sich zu erinnern, aber weiter kam er nicht. Aber er hatte ohnehin keine Lust, den ganzen, weiten Weg zurückzulaufen und danach zu fragen. Beim besten Willen nicht. Brauche ich dieses ermüdende Ding überhaupt, fragte er sich. Schließlich kommt damit bloß eine Menge unnötiger SMS von Onkel Lennart und Tante Polly. Über das Wetter in Berlin und allen möglichen Unsinn. Nein, das Mobiltelefon kann mir gestohlen bleiben, zum Henker mit ihm. Also wirklich.

Außerdem stand auf dem Nachttisch ein altmodischer Apparat, ein richtiges Telefon mit Schnur und Hörer und allem. Wenn er telefonieren musste, konnte er ebenso gut das benutzen. Selbstverständlich.

Zufrieden mit diesem Entschluss ging er ins Badezimmer und ließ sich ein Bad ein. Es wurde Zeit, sich ordentlich aufzuwärmen. Und danach saubere Kleider anzuziehen.

Mit dem Telefon auf dem Nachttisch stimmte etwas nicht. Er versuchte die Nummer zu wählen, die er bekommen hatte, aber schon nach drei oder vier Ziffern tutete es im Hörer gereizt. Er probierte die ein oder andere neue Zahl, aber das funktionierte auch nicht.

Dann eben nicht, entschied Arne. Vielleicht konnte er den jungen Frauen an der Rezeption erklären, dass sie den Apparat in seinem Zimmer austauschen mussten, oder sie bitten, ihm zu helfen, von unten aus anzurufen. Gleichzeitig dachte er, dass kein Grund zur Eile bestand; schließlich war er gerade erst dabei, sich an Berlin zu gewöhnen, wahrscheinlich war es eine gute Idee, die Begegnung mit seiner Mutter um ein paar Tage zu verschieben.

Er zog sich an und beschloss, auszugehen und etwas zu essen. *Bratwurst mit Kartoffelsalat*, das sollte doch eigentlich ein klassisches deutsches Rezept sein. Er konnte es recht gut aussprechen, obwohl es lang und kompliziert war, aber er hatte es noch nicht gekostet. Es war ein ziemlich großer Unterschied, ein Gericht zu essen oder nur seinen Namen auszusprechen, dachte Arne. *Ein himmelweiter*, wie Tante Polly immer sagte. Jedenfalls war es halb sieben, und sein Magen knurrte bereits wieder.

Ehe er sich auf den Weg machte, saß er eine Weile am Tisch und zählte seine Reisekasse. Er legte die Geldscheine in säuberlichen Bündeln zusammen und die Münzen in Stapeln. Das Ganze sah hübsch aus, und nachdem er alles drei Mal zusammengezählt hatte, kam er zu der Erkenntnis, dass er gegenwärtig fünfhundertachtunddreißig Euro und siebzig Cent besaß. Wenn er seinen Onkel Lennart richtig verstanden hatte, waren das mehr als viertausend schwedische Kronen, so dass er diese unzuverlässige Plastikkarte noch viele Tage nicht würde benutzen müssen. Das war ein gutes Gefühl, denn sie waren zwar viele Male durchgegangen, wie sie funktionierte, und er hatte sie daheim in K. an einem Automaten getestet, aber er war alles andere als überzeugt, dass es in einem Land wie Deutschland genauso einfach sein würde. In dem Restaurant gestern Abend war die Sache jedenfalls gründlich schiefgegangen.

Dies war jedoch ein Problem, das er in die Zukunft verschieben und hoffentlich auch mit Perry Mason besprechen konnte, wenn es akut wurde. Bisher hatte er Perrys Dienste in Berlin nicht besonders häufig in Anspruch genommen, nur zwei kurze Beratungen, aber er ging davon aus, dass der brillante Anwalt ihm früher oder später massiv zur Hilfe würde eilen müssen.

Aber genug damit. Jetzt wurde es höchste Zeit, etwas zu essen. Da er nicht vorhatte, einen längeren Spaziergang zu unternehmen, ließ er Stadtplan, Wörterbuch und Rucksack im Zimmer und begab sich lediglich ausgerüstet mit seinem prall gefüllten Portemonnaie und seinem klugen Verstand auf die Suche nach einer Bratwurst.

Sein Plan funktionierte genauso schlecht wie das Telefon. Er klapperte drei oder vier Häuserblocks ab und studierte die Karten vor fünf oder sechs Restaurants, es gab wirklich viele, aber keines von ihnen besaß den guten Geschmack, ein so typisch deutsches Gericht wie Bratwurst mit Kartoffelsalat auf die Speisekarte zu setzen. Dagegen diverse türkische Spezialitäten, wie es aussah – sowie chinesische und libanesische, was immer das sein mochte, aber nirgendwo eine einfache, aber prächtige Wurst mit Kartoffelsalat. Arne begriff nicht, welchen Grund dieses Versäumnis haben konnte, aber da es mittlerweile wieder regnete, beschloss er, seine Taktik radikal zu ändern. Er kam gerade an einer Art Kiosk vorbei, oder einem kleinen Laden, und da man darin alles Mögliche zu kriegen schien, trat er ein. Schließlich kann ich genauso gut auf meinem Zimmer essen, dachte er, dabei vielleicht sogar auf dem Bett liegen und fernsehen.

Der Mann im Laden sprach schlecht Deutsch, aber zwanzig Minuten später besaß Arne eine Tüte voller Lebensmittel, die ihn den Abend und die Nacht über oberhalb der Hungerschwelle halten sollten.

Drei Tüten Chips in unterschiedlichen Geschmacksrichtungen, zwei Packungen kalte Würste, eine Rolle Schokoladenkekse, zwei Beutel Bonbons, eine große Dose gemischte Nüsse sowie zwei Liter Coca-Cola. Der mürrische Verkäufer tippte alle Waren in seine Kasse ein, packte sie in eine Plastiktüte und erklärte, das mache … tja, wer weiß? Das Deutsch des Mannes war wirklich hundsmiserabel; Arne hielt ihm einen Fünfzigeuroschein hin und bekam einige kleine Scheine und Münzen zurück.

»Gute Nacht, kleiner Mann«, sagte er auf Schwedisch und trat in den Regen hinaus, der stärker geworden war. Er blieb auf dem Bürgersteig stehen, für einige Sekunden unsicher, welche Richtung er einschlagen sollte, erkannte dann aber schräg gegenüber, auf der anderen Straßenseite, ein Möbelgeschäft wieder und wusste daraufhin, dass er im Grunde nur um die nächste Straßenecke biegen musste, um wieder beim Hotel Munck zu landen.

Kein Problem, dachte er auf Deutsch und ging so schnell er konnte, um diesem typischen, böswilligen Berliner Niederschlag zu entkommen.

Der dritte Tag

1

»Currywurst?«, fragte der Mann mit dem roten Schnäuzer. Ansonsten hatte er schwarze Haare, aber sein Schnäuzer war so rot wie ein Feuerwehrwagen.

»Genau«, antwortete Arne.

»Mit Brot?«

»Jawohl.«

Er stand vor einer Wurstbude im Tiergarten, dem großen Park mitten in Berlin. Den ganzen Vormittag war ihm ein wenig schlecht gewesen, nicht einmal das Hotelfrühstück hatte ihm geschmeckt, und er hegte den Verdacht, dass mit diesen Landjägern etwas nicht gestimmt hatte, die er am Vorabend verspachtelt hatte. Oder mit den Keksen oder den Chips. Aber jetzt war es schon zwei Uhr, und er war wieder in einer recht guten körperlichen Verfassung. Der Regen hatte ausnahmsweise durch Abwesenheit geglänzt; er war von dem, was Bahnhof Zoo hieß, in den Park spaziert, hatte zwei Wasserläufe überquert und war auf gut Glück einer Reihe verschlungener Pfade gefolgt. Es war ruhig und still in der Grünanlage, was Arne nach all den Ereignissen und Aktivitäten der ersten Tage sehr gelegen kam.

Er würde sich diesen Tag freinehmen, hatte er beschlossen. Onkel Lennart hatte ihn ermahnt, sich auch einige Sehenswürdigkeiten anzusehen, wenn er schon einmal in

Berlin war, es wäre eine Schande, das nicht zu tun. Das Brandenburger Tor. Unter den Linden. Potsdamer Platz. Die Friedrichstraße. Die Museumsinsel. Er hatte eine Liste in seinem Notizblock. Der Notizblock lag im Rucksack. Der Rucksack hing auf dem Rücken.

Und Tiergarten. Das war ein Park, in dem alles Mögliche passieren konnte und in dem sich die Deutschen nackt sonnten. Obwohl Arne an diesem Tag keine nackten Deutschen gesehen hatte; der Himmel war zwar teilweise blau, die Sonne kam und ging, aber es waren sicher kaum mehr als zehn Grad. Bei solchen klimatischen Bedingungen lag man ja wohl kaum frierend auf seinen Decken und Badehandtüchern, oder? Arne nahm an, dass die Temperatur ausschlaggebend war, aber man konnte natürlich nie wissen.

Er bekam seinen Pappteller mit Wurststücken in einer rötlichen, sämigen Sauce. Ein rundes Brötchen.

»Etwas zu trinken?«

»Nein«, antwortete Arne und bezahlte mit einem Fünfeuroschein. Bekam eineinhalb Euro zurück. Das war billig. *Currywurst*, das würde er sich merken. *Berliner Currywurst* sogar.

Das hieß, wenn sie gut schmeckte, aber schon nach dem ersten Bissen erkannte er, dass sie das tat. Sie schmeckte richtig gut. Der Kiosk mit dem freundlichen Verkäufer hieß *Imbiss*, vielleicht war das ja sein Name. *Helmut Imbiss*, warum nicht? Arne beschloss, ihn im Gedächtnis zu behalten.

Also ein freier Tag. Die Pflicht musste bis morgen warten, immerhin verwahrte er Telefonnummer und Adresse an einem sicheren Ort. Außerdem hatte er ein neues Kreuzchen in seinen Stadtplan eingetragen, und seine

Mutter würde er in den nächsten Tagen schon noch zu fassen bekommen, davon war er überzeugt. Violetta Dufva … wieder hatte er dieses Bild vor Augen, in dem er mit ihr in einem Café saß, sie trug ihr taubengraues Kostüm (das hieß nicht taubenblau, entschied er, Tauben waren doch verflixt noch mal nicht blau?), und sie tranken Kaffee und aßen Kekse. Sie lächelte ihn an und erzählte ihm von ihrem Leben in Berlin, er trug mit netten und treffenden Anekdoten aus K. zum Gespräch bei, und zwischen ihnen, auf dem Tisch, stand das mysteriöse, flache Kästchen.

Er setzte sich auf eine Bank, verspeiste den Rest Wurst und Brot und spürte, dass er vom vielen Herumlaufen müde Beine und Füße bekommen hatte. Nie zuvor in seinem Leben war Arne Murberg so viel zu Fuß gegangen wie in diesen ersten Tagen in Berlin. Er wusste, dass seine Kondition nicht gerade Weltklasse war; in K. legte er selten längere Strecken als die zwischen Tabakladen und Frithiofs gata zurück, und nun hatte er Häuserblock auf Häuserblock hinter sich gelassen, Kilometer auf Kilometer zurückgelegt, in dieser riesigen Stadt, auf der Suche nach seiner Mutter, bei einem Auftrag, den er nicht vermasseln durfte. Es kam ihm fast so vor, als spielte er die Hauptrolle in einem Film, als ob … als ob das alles hier nicht wirklich wirklich war, die Menschen, die durch den Park schlenderten, der ferne Lärm der Stadt, die beiden Jogger in roten Trainingsanzügen, die an ihm vorbeiliefen, die Dame mit dem Hund, bestimmt ein Schäferhund, diese eifrig redenden und gestikulierenden Männer, die aussahen wie Chinesen, oder waren sie vielleicht Japaner, genau wie die Kellnerin in dem Restaurant, in dem er am ersten Abend gesessen hatte und …?

Er merkte, dass er kurz vor dem Einschlafen war, und warf den *Pappteller* (die deutsche Vokabel fiel ihm plötzlich ein) in den Mülleimer, der neben der Bank stand, und da im selben Moment die Sonne hinter der dünnen Wolkendecke hervorkam, beschloss er, ein kleines Nickerchen zu machen. Zehn Minuten oder eine Viertelstunde, das hatte er sich verdient. Er legte den Rucksack als Kopfkissen auf die Bank, stellte die Schuhe unter ihr ab und streckte sich aus. Wie schön, dachte er, wie unheimlich schön, auf einer Parkbank in Berlin zu liegen, mit den Zehen zu wackeln und seine Mahlzeit zu verdauen, *Currywurst mit Brot*, und mit der Sonne im Gesicht, ja, weiß Gott …

Er wachte ruckartig auf. Jemand hatte seinen Namen gerufen.

Jedenfalls hatte es sich so angehört. Eine Frauenstimme, wenn ihn nicht alles täuschte. Er setzte sich auf und schaute sich um. Es waren immer noch überall Menschen an diesem Eingang zum Park – einem von vielen Eingängen –, aber er konnte niemanden entdecken, der so aussah, als wollte er etwas von ihm. Niemanden, der ihm zuwinkte oder sich ihm näherte. Ich muss es geträumt haben, dachte Arne, aber gleichzeitig wollte dieser Ruf ihm keine Ruhe lassen. Eine etwas ältere Frau war es jedenfalls gewesen, und daraufhin wurde ihm schlagartig klar, dass es seine Mutter gewesen sein musste.

Ja, genau. Seine Mutter Violetta war in einem Traum zu ihm gekommen, während er hier lag und auf einer Bank in dieser Stadt, in der sie lebte, ein Nickerchen machte – und in der sie im Großen und Ganzen so lange gewohnt hatte, wie Arne Murberg, ihr Sohn, existierte. Es gab Dinge, die man nicht begreifen konnte, nicht einmal normale Menschen konnten das, die nie einen Kopfsprung in einen See gemacht hatten, und nicht einmal Perry Mason, und das hier war so etwas. Vielleicht hatte seine Mutter ja all die Jahre auf ihn gewartet und gewusst, dass er eines Tages auftauchen würde, während sie selbst aus verschiedensten Gründen keine Möglichkeit gehabt hatte, sich mit ihm in Verbindung zu setzen … ja, wenn Arne es genauer bedachte, mit der nun richtig wärmenden, deutschen Sonne im Gesicht, konnte er nichts erkennen, was einer solchen Geschichte, einem solchen Zusammenhang widersprach. *Das Schicksal*, hielt er zufrieden, aber auch ein wenig traurig fest, es ist das gemeinsame Schicksal von meiner Mutter und mir, nicht mehr und nicht weniger. Man soll füreinander leben.

Er beugte sich nach unten, um seine Schuhe anzuziehen, und von einer Sekunde auf die nächste veränderte sich die Lage.

Sie waren weg. Seine grauschwarzen Schuhe von Ecco standen nicht mehr unter der Bank. Das war doch …

Er stand nur in Strümpfen auf, bückte sich und sah gründlich nach. Rechts und links, sogar in den Mülleimer blickte er, nur um sicherzugehen, aber seine Schuhe waren nirgendwo zu sehen. Er wusste genau, wo er sie hingestellt hatte, exakt mitten unter die Bank, aber mitten unter der Bank gab es in diesem Moment nur … nichts.

Er setzte sich wieder hin.

Jemand musste sie gestohlen haben, während er schlief. Ein deutscher Dieb hatte sich angeschlichen und sich seine beiden Schuhe geschnappt, als er dort lag, seine Currywurst verdaute und von seiner Mutter Violetta träumte. So hatte es sich offensichtlich abgespielt. Das war jetzt wirklich bedauerlich. Er starrte auf seine beiden Füße in den blauen Strümpfen, die zweifellos traurig aussahen, was ja auch kein Wunder war. Sie hatten sich hier in Berlin abrackern müssen wie nie zuvor, waren die Straßen auf und ab marschiert, als wollten sie rund um den ganzen Erdball wandern, und nun … nun hatte jemand ihren einzigen Trost, ihre einzige Freude geklaut: die Schuhe. Verflixt.

Ohne Schuhe in Berlin, dachte Arne. Er erinnerte sich, dass er einmal den Anfang eines Films mit dem Titel *Ohne Schlüpfer in Tirol* gesehen hatte, aber das hier war etwas völlig anderes. Der Film hatte ihn ermüdet, und müde fühlte er sich auch jetzt. Müde und traurig. Bisher hatten die Deutschen einen guten Eindruck auf ihn gemacht, sie hatten sich als ein ziemlich nettes und hilfsbereites Volk erwiesen, aber das hier führte jetzt wirklich zu einem Punktabzug. Nur noch zwei von fünf möglichen, dachte Arne. Wenn es hoch kam.

Er lehnte sich zurück und schloss die Augen. Perry Mason, dachte er. Was sagst du dazu?

Es dauerte eine Weile, aber am Ende tauchte Perry in seinem Kopf auf. *Probleme*?, erkundigte er sich. Probleme, gestand Arne. Sie haben meine Schuhe gestohlen. *Aha*?, sagte Perry. Was soll ich jetzt tun?, fragte Arne. *Du musst dir ein neues Paar Schuhe kaufen*, antwortete Perry. Da bin ich ganz deiner Meinung, sagte Arne. Und wo? *In einem Schuhgeschäft vielleicht*?, schlug Perry vor. Okay, sagte Arne, und wie komme ich dahin? *Möchtest du auf Strümpfen laufen*?, wollte Perry wissen. Nein, danke, sagte Arne, lieber nicht, dann meinst du also, ich soll …? *… ein Taxi nehmen*, beendete Perry den Satz.

Das war das Beste an diesen Gesprächen mit Perry Mason, fand Arne. Perry half ihm irgendwie so, dass er alleine auf die beste Lösung kam. Oder zumindest fast alleine. Das erinnerte ziemlich genau daran, wie der Strafverteidiger vorging, wenn er Leute vernahm, die bei den Gerichtsverhandlungen im Zeugenstand saßen, sie hatten die Antworten in sich, ohne es selbst zu wissen.

Bis Perry sie aus ihnen herausholte.

Hervorragend, dachte Arne. Danke für die Hilfe, Perry. Ich nehme natürlich ein Taxi zu einem Schuhgeschäft. Dahinten steht schließlich zum Kuckuck eine ganze Reihe von Taxis.

Der Taxifahrer hatte einen Blick auf seine Füße geworfen, als er hinten eingestiegen war, aber nichts gesagt. Arne hatte keine Ahnung, was Schuhgeschäft auf Deutsch heißen mochte, aber nachdem er die Lage eine Weile auf Schwedisch erklärt und in seinem Wörterbuch geblättert hatte, ohne das richtige Wort zu finden, schien die Botschaft trotzdem angekommen zu sein. Sie reihten sich in den dichten Verkehr ein, und dieser mürrische Fahrer fuhr eindeutig ein bisschen ruppig, vielleicht war er ja auf irgendeine Art mit dem Verkäufer vom Laden am Vorabend verwandt, die beiden sahen sich tatsächlich ein wenig ähnlich, die gleiche fleischige Nase und die gleichen säuerlichen Mundwinkel – und nach weniger als fünf Minuten Fahrt hielten sie vor einem Gebäude, das ein Kaufhaus sein musste. Allem Anschein nach ein riesiges; es schien zehn Stockwerke hoch zu sein und war so massiv, dass es einen ganzen Häuserblock einnahm. Masse gab es auch vor dem Eingang. Eine Menschenmasse. Zehntausend oder so, schätzte Arne.

»KaDeWe«, erklärte der Taxifahrer.

Arne wusste nicht, was das bedeutete, aber das Taxameter zeigte 8,70 Euro an, so dass Arne ihm einen Zehneuroschein reichte.

»Stimmt so«, sagte er auf Schwedisch.

Der Fahrer schien auch das ohne Übersetzung zu verstehen. Arne dankte ihm, stieg aus und begann sich in das Kaufhaus zu drängen.

2

Wenn auf dem Bürgersteig vor dem Gebäude zehntausend waren, hielten sich hinter den Türen zwanzigtausend auf. Alle trugen Schuhe an den Füßen, und Arne hoffte, dass es nicht verboten war, auf Strümpfen zu laufen. Er hatte keine Lust, wieder verhaftet zu werden, beim besten Willen nicht, und versuchte deshalb sicherheitshalber, seine Füße zu verbergen, so gut es ging. Das war ein wenig kompliziert, aber da alle vollauf damit beschäftigt zu sein schienen, was sie selbst in diesem Gewirr aus glitzernden Waren kaufen wollten, und weil es so viele waren, ging er davon aus, dass es schon gutgehen würde. Die Leute liefen nicht herum und starrten nach unten, und dafür war Arne dankbar. Die Deutschen waren ein aufrechtes Volk, das nach vorn und nach oben blickte. Zumindest, wenn sie Einkäufe erledigten, und das schien an diesem Nachmittag wirklich jeder zu tun. Jeder einzelne Berliner aus ganz Berlin.

Nun stellte sich die Frage, wie er die Schuhabteilung finden sollte. Im Erdgeschoss schien sie jedenfalls nicht zu sein; hier roch es intensiv nach allem Möglichen, schönen Düften, Parfüms und Deodorants und Damenseifen, aber mit der Zeit gelang es ihm, den Weg zu mehreren Rolltreppen zu finden. Ein wenig ziellos fuhr er einige Male auf und ab und hielt dabei nach etwas Schuhartigem

Ausschau, womit er allerdings wenig erfolgreich war. Er gab schnell auf und versuchte stattdessen eine große Tafel im Erdgeschoss zu lesen, die, wenn er recht sah, ungefähr dort hing, wo er hereingekommen war, und schließlich fand er darauf das deutsche Wort *Schuhe*… und war sich ziemlich sicher, dass sich dahinter verbarg, wonach er suchte. Es stand eine 3 dahinter, was bedeuten dürfte, dass sich die Treter dort befanden. Er kehrte zur Rolltreppe zurück, fuhr ohne größere Probleme zu der Ebene hoch, in der er die dritte Etage vermutete, und trat zwischen die Auslagen. So langsam wurde er erneut von Müdigkeit übermannt; etwas mutlos und abgekämpft fühlte er sich auch, denn es war wirklich kein Vergnügen, auf Strümpfen durch dieses elegante Kaufhaus zu trotten. Aber er dachte, dass er es schaffen und diese verflixte Abteilung finden musste, in der es ganz sicher eine große Auswahl geben würde, sogar in seiner Größe (45), und…

…und das war der Moment, in dem er sie sah.

Er hatte gerade einen kolossalen Stapel oranger Gießkannen umrundet, als über einem langgestreckten Verkaufstisch, auf dem Stapel von Handtüchern in verschiedenen Farben lagen, ein Frauengesicht auftauchte.

Das war sie.

Sie. Die Frau, die dort stand, war seine Mutter. Arne spürte, wie seine Beine plötzlich nachgaben. Alle Geräusche um ihn herum verwandelten sich in einen schreienden Brei, der seine armen Ohren attackierte wie ein… na ja, wie ein betrunkener Krankenwagen oder etwas in der Art. Es flimmerte vor seinen Augen, gelbe Flecken tanzten an den Rändern seines Blickfelds, und um nicht umzukippen, packte er eine kleine Frau am Arm, die direkt neben ihm einen altmodischen, goldfarbenen Wecker in den Händen drehte.

Seine Mutter. Das war seine Mutter, Violetta Dufva, die dahinten stand. Sie befand sich gerade einmal sieben oder acht Meter von ihm entfernt, und woher er wusste, dass sie es war, erschien ihm als etwas Unfassbares, was keiner Erklärung bedurfte. Er *wusste* es einfach.

Sekunden später stabilisierte sich die Lage. Seine Beine fühlten sich normal an, Augen und Ohren funktionierten wieder wie immer, und er ließ die Weckerfrau los, die ihre obere Zahnreihe entblößt hatte und ihn misstrauisch beäugte, jedoch ohne etwas zu sagen. Arne beachtete sie nicht weiter, seine ganze Aufmerksamkeit galt seiner Mutter am Handtuchstand. Immerhin war es das erste Mal, dass er sie leibhaftig sah (wenn man von seinen ersten zwölf bis fünfzehn Monaten, oder wie viele es gewesen waren, absah), genau wie auf dem Foto hatte sie dunkle Haare, ein schönes, leicht sanftes Gesicht mit wachen Augen, sie trug einen dünnen, grünen Mantel, der aufgeknöpft war, und ein gelbes Halstuch mit einer Art Punktemuster in Rot und Schwarz. Waren das Pilze? Oder vielleicht Finger?

All das registrierte Arne, während er regungslos neben dem Stapel aus Gießkannen stand. Obwohl er das Gleichgewicht wiedergewonnen hatte und seine Sinne normal zu funktionieren schienen, war es ein seltsames Gefühl. Sehr seltsam, dachte er, wie kann ich hier in einem Kaufhaus in Berlin stehen und meine Mutter ansehen? Wie ist das möglich? Wieso kann ich mir so hundertprozentig sicher sein, dass sie es ist, schließlich müssen zwischen dem Foto und dieser Frau mit dem gelben Halstuch mehr als dreißig Jahre liegen. Wie ist es nur möglich, dass ich sie erkenne?

Wie gesagt, es war nicht zu begreifen. Aber Arne war an Unbegreifliches gewöhnt, so dass er sich längst nicht so wunderte wie ein normaler Mensch.

Was?, dachte er. *Ein normaler Mensch*? Was meine ich damit? Soll ich etwa kein …?

Auf einmal setzte sie sich in Bewegung. Offenbar hatte sie beschlossen, doch keine Handtücher zu kaufen, denn sie kehrte sowohl den bunten Stapeln als auch Arne den Rücken zu. Rückte ihre Tasche zurecht, die an einem Riemen über ihrer Schulter hing, und ging schnellen Schrittes um einen Tisch mit Servietten herum. Vielleicht waren es auch Taschentücher, das konnte er nicht erkennen, und es spielte natürlich auch keine Rolle. Weitaus schwerer wog die Tatsache, dass er sich nicht bewegen konnte. Er stand in seinen blauen Strümpfen wie angewurzelt auf der Stelle und sah, wie seine Mutter im Menschenmeer des Kaufhauses verschwand.

Großer Gott, dachte Arne. Was ist denn nur los mit mir? Bin ich jetzt auch noch gelähmt? Habe ich eine Art Schock erlitten? Hier stehe ich wie ein kaputter Kühlschrank in Socken, statt meiner Mutter hinterherzulaufen. Jetzt, da ich sie holterdiepolter und ohne Vorwarnung gefunden habe. So ein Mist aber auch.

Er schloss die Augen und ballte die Hände zu Fäusten, und das half. Er fand zu seinem gewöhnlichen, energischen Ich zurück, und seine Füße funktionierten wieder, aber es waren einige Sekunden verstrichen, und sie war aus seinem Blickfeld verschwunden. Eilig bewegte er sich in die Richtung, die sie eingeschlagen hatte. Verwegen bahnte er sich einen Weg durch eine Ansammlung älterer Damen, die Eierbecher verglichen, umrundete eine Traube kleiner Geschwister, die in einem Haufen auf dem Boden lagen, und hätte beinahe einen jungen Mann umgerannt, der gerade sich selbst und seine Verlobte mit neuen roten Hüten auf den Köpfen fotografierte.

Doch seine Mutter war verschwunden. Minutenlang irrte Arne zwischen diversen Menschen und Waren umher und spähte eifrig in alle Richtungen, bis sie ihm endlich auf einer Rolltreppe ins Auge fiel, die in die nächstobere Etage führte. Es gelang ihm, zum Fußende der Treppe zu gelangen, aber leider war es dort unmöglich, sich an den Leuten vorbeizuzwängen, die so dichtgedrängt standen, wie Sardinen in ihrer Büchse lagen, und als Arne endlich zur nächsten Etage hinaufkam, war sie wieder verschwunden. Er wusste nicht, ob sie noch weiter hochgefahren war, dieses gigantische Kaufhaus schien hunderte Stockwerke zu haben, aber da er sich entscheiden musste, beschloss er, zunächst die Abteilungen auf dieser Etage zu durchpflügen, und dann … tja, was dann, wusste er auch nicht. Vielleicht konnte er nach unten fahren und stattdessen die Ausgänge überwachen, aber es gab natürlich nicht nur einen Ausgang. Es waren bestimmt vier oder fünf oder achtzehn.

Von Neuem wirbelte er im Menschenmeer umher, hielt Ausschau nach einem gelben Halstuch oder einem grünen Mantel und sah alle möglichen Arten von Tüchern und Mänteln, aber nirgendwo die richtigen, am Körper seiner Mutter, Violetta Dufva. Weiter und weiter tastete er sich inmitten all dieser einkaufenden Berliner voran, spähend wie ein Kranich, nein, ein Habicht, musste es natürlich heißen … Wie ein Habicht, der Jagd auf eine Taube machte, eine violette Taube, nein, jetzt machten die Worte in seinem Kopf, was sie wollten, und außerdem trat ihm zwei Mal jemand auf die Zehen, was ganz besonders wehtat, da er mehr oder weniger barfuß herumirrte … es war ein heilloses Durcheinander.

Irgendwann konnte er nicht mehr. Sein Herz pochte wie ein überdrehter Bootsmotor, so einen hatte er einmal mit Onkel Lennart und Tante Polly erlebt, am Ende hatte sich der Motor vom Boot gelöst und war auf den Grund des Sees gesunken, auf dem sie sich befanden, wie auch immer dieser See damals hieß … aber heute war es stattdessen Arne, der sank. Genauer gesagt sank er auf eine kleine Bank neben einer schwarzweiß gestreiften Säule, ihm war ganz schwindlig, und er war völlig erledigt und dachte, dass es jetzt langsam reichte. Jeder Tag brachte sein eigenes Quäntchen Mühsal mit sich, und es wäre dumm, ohne Schuhe an den Füßen im elegantesten Kaufhaus von ganz Berlin in Ohnmacht zu fallen, denn er begriff immerhin, dass es das sein musste. Vielleicht war es sogar das eleganteste in der ganzen Welt. Er sollte lieber aufgeben, bevor er aus den Latschen kippte und sich lächerlich machte. Perry Mason hätte ihm diesen Rat gegeben, wenn er die Kraft aufgebracht hätte, ihn zu fragen, davon war Arne überzeugt. *Gib auf, mein Freund! Beruhige dich! Mach mal Pause!*

Er lehnte den Kopf in die Hände, stemmte die Ellbogen auf die Knie. Atmete tief und ruhig, damit sich sein Puls beruhigte und sein Herz erholte. Zu Hause in K. zählte er manchmal seine Pulsschläge, wenn er nichts Besseres zu tun hatte, und deshalb wusste er, was der Normalwert war. Vierundsechzig bis sechsundsechzig. Und so nahm er sich auch jetzt die Zeit und zählte, anfangs lag sein Puls bei einhundertzehn, und es dauerte eine ganze Weile, bis er sich auch nur bis fünfundsiebzig gesenkt hatte. Kein Wunder. So fühlt es sich bestimmt an, wenn man den Wasalauf gewonnen hat, dachte Arne Murberg.

Anschließend blickte er auf und entdeckte, dass er von Schuhen umgeben war.

Eine Viertelstunde später war die Sache erledigt. Anfangs hatte er sich nicht entscheiden können, aber als der Verkäufer, ein freundlicher junger Mann, der wie ein Eichhörnchen zwischen den Regalen hin und her flitzte, ihm ein Paar gelbe Lederschuhe mit schwarzen Schnürsenkeln zeigte, erkannte Arne, dass dies genau die Schuhe waren, die er immer schon an seinen Füßen hatte tragen wollen. Er konnte sich nicht erinnern, je zuvor ein Paar gelbe Schuhe gesehen zu haben, jedenfalls nicht so glänzende und elegante wie diese, und sie saßen an seinen müden Füßen wirklich wie angegossen. Der Preis, einhundertneunundneunzig Euro, machte sie zu einem echten Schnäppchen. Das schien die Dame an der Kasse auch zu finden, obwohl er nicht wirklich verstand, was sie sagte … es war etwas mit *lebenslang*, und er nahm an, es bedeutete, dass diese Schuhe ein Leben lang halten würden.

Der geglückte Einkauf sorgte dafür, dass er sich wieder gut fühlte und den Deutschen erneut wohlgesonnen war. Im Übrigen war es ja auch gar nicht sicher, dass ein Deutscher seine alten Schuhe gestohlen hatte – die er inzwischen überhaupt nicht mehr vermisste, es war eher schön, dass er sie los war –, ebenso gut hätte es natürlich ein Italiener oder Norweger gewesen sein können, der gerade Berlin besuchte.

Er beschloss, im Kaufhaus nicht weiter nach seiner Mutter zu suchen. Wahrscheinlich hatte sie ihre Einkäufe inzwischen erledigt und hielt sich gar nicht mehr im Gebäude auf; morgen würde er sich zur Kyff…straße begeben und an ihrer Tür klingeln, dass er sie heute zufällig gesehen hatte, war nur … ein Verbot gewesen? Nein, ein *Vorbote* nannte man das.

Er fand zu den Rolltreppen zurück, und wenige Minuten später stand er vor dem Eingang, er war sich nicht sicher, ob es derjenige war, durch den er das Kaufhaus betreten hatte, aber das machte nichts. Er überquerte eine Straße bis zu einem kleinen Platz mit einem Café, der einem Schild zufolge Wittenbergplatz hieß, und setzte sich auf den Rand eines großen Blumenkübels aus Zement. Auf der anderen Seite einer etwas breiteren Straße gab es etwas, was eine U-Bahn-Station sein musste. *U-Bahn.* Leicht schaudernd dachte Arne, wenn er sich in ein solches Loch hinunterbegäbe, würde er mit Sicherheit nie wieder an die Erdoberfläche zurückkehren. Wenn Menschen verschwanden, fing es meistens damit an, dass sie die U-Bahn nahmen, das hatte er von vielen Seiten gehört.

Stattdessen faltete er nun seinen Stadtplan auseinander und fand auf ihm sowohl den Wittenbergplatz als auch das Kreuzchen, das für das Hotel Munck stand, es dauerte eine Weile, aber es ging. Anschließend bestimmte er die Richtung und machte sich in seinen neuen Schuhen mit schwungvollen Schritten auf den Weg. Seine Füße waren lebendig und freuten sich, in etwas Bequemerem und Eleganterem hatten sie noch nie gesteckt. Mutter wird sie lieben, wenn sie die Schuhe morgen sieht, dachte er. *Hier kommt mein verlorener Sohn in gelben Schuhen!*, wird sie ausrufen. *Was habe ich auf dich gewartet!*

Ich finde, dass man etwas Hübsches an den Füßen tragen soll, wenn man auf Reisen ist, würde er vielleicht erwidern.

3

Von der Dame an der Rezeption, der Blonden mit Brille, bekam er einen kleinen Briefumschlag, und als er in seinem Zimmer war, öffnete er ihn. Es war eine Nachricht von Onkel Lennart.

Arne, was ist los mit dir? Wir haben doch ausgemacht, dass du jeden Tag eine SMS schickst und erzählst, wie es bei dir so läuft. Seit du in Berlin bist, haben wir nur ein einziges Mal von dir gehört. Tante Polly und ich machen uns große Sorgen. Ist alles in Ordnung? Ist etwas passiert? Melde dich umgehend.

Dein Onkel Lennart

Arne las den Text zwei Mal, zerknüllte die Mitteilung anschließend und warf sie in den Papierkorb.

Er streckte sich auf dem Bett aus, ohne seine Schuhe auszuziehen, und schlief ein.

Als er aufwachte, war es dunkel geworden in der Stadt. Wieder hatte er von seiner Mutter geträumt. Sie waren zusammen in Urlaub gewesen, sie und Arne, sie waren mit dem Flugzeug irgendwohin gereist und wohnten in einem Hotel, das an einem langen Sandstrand an einem blauen Meer lag; sie saßen nebeneinander in Liegestühlen und tranken

Drinks, in denen kleine Papierschirmchen steckten, und alles war im Großen und Ganzen vortrefflich gewesen – aber als er sich auf der Bettkante aufsetzte, verschwand der Traum. Das Meer und der Strand und die Drinks.

Seine Mutter verschwand jedoch nicht. Sie blieb in seinem Kopf und nahm so viel Raum ein, dass darin für anderes kaum noch Platz war. Dieser grüne Mantel und das gelbe Tuch mit den Fingern darauf ... sie hatte so elegant ausgesehen, als sie in dem Kaufhaus stand und Servietten auswählte, nein, Handtücher. Violetta Dufva, die er so viele Male betrachtet hatte an ihrem Platz im Rahmen, hinter Glas, auf der Kommode daheim in K., zu jener Zeit, als sie nach dem Unglück in Dänemark noch tot war.

Und dass er sie nach mehr als dreißig Jahren so bombensicher wiedererkannt hatte! Dass sie ihm unter den Millionen Menschen in dieser Stadt ins Auge gefallen war, das war schon wundersam, nicht wahr? Nur, weil er in gerade dieses Kaufhaus gegangen war ... nur, weil ihn der Taxifahrer ausgerechnet dorthin gefahren hatte ... nur, weil jemand seine Schuhe gestohlen hatte, während er ein Nickerchen auf einer Parkbank machte ... nur, weil er so satt und zufrieden gewesen war nach dieser Wurst mit der roten Sauce, wie auch immer sie hieß ... *Currywurst*, ja natürlich! *Berliner Currywurst*!

Wenn er so darüber nachdachte, wie ein Vorgang auf den anderen folgte, wie die Dinge sich ineinander verhakten bis zu jenem Augenblick, in dem ... in dem er neben dem Stapel Gießkannen stand und zum ersten Mal in seinem Leben seine Mutter sah (jedenfalls in späteren Jahren) ... ja, dann war es, als gäbe es ein Karussell in Arne Murbergs Kopf. Es drehte sich und klingelte und hupte, und das Tempo wurde so hoch, dass man nicht weiter damit fahren wollte, man wollte abspringen und … und, ja, was dann? Was sollte man dann tun? *Was tun?*

Denn so war es. Manchmal ging das Leben so schnell und war so wirr, dass man sich einfach in eine dunkle Ecke stellen und die Augen schließen musste, um nicht ohnmächtig zu werden. Man kam einfach nicht mehr mit. Man verstand nichts. Da war so viel, was den armen Schädel attackierte, dass man hätte meinen können, er solle gesprengt werden.

Aber wie gesagt: Dies war ein Gefühl, das Arne nicht fremd war. Es kam bloß darauf an, wieder zu sich selbst zu finden. Und dabei half es in der Regel tatsächlich, eine Weile in dieser besagten Ecke zu stehen und die Augen zu schließen, das hatte er auch vorher schon probiert. Dort stehen, oder dort sitzen, oder dort liegen, und darauf warten, dass sich alles beruhigte, und wenn es keine passende dunkle Ecke gab, reichte es meist schon, die Augen zu schließen. Sich möglicherweise außerdem die Ohren zuzuhalten, es dauerte einige Sekunden, manchmal eine halbe Minute, dann begann das Wirrwarr abzuklingen, das Karussell verlangsamte sich, und mit der Zeit konnte er in aller Ruhe aussteigen und an das denken, woran er denken wollte.

Einen Gedanken nach dem anderen. Oder gar keinen.

Es funktionierte auch diesmal. Nach einigen Minuten setzte er sich auf der Bettkante auf, den Kopf von allem Rauschen geleert, aber mit einem deutlich vernehmbaren Knurren im Magen, einem Signal, das ihm zu verstehen gab, es wurde Zeit, hinauszugehen und etwas zu essen. Alles hat seine Zeit.

Dann saß er wieder an einem Tisch.

Inzwischen war es für ihn fast schon zu einer Gewohnheit geworden, ins Restaurant zu gehen. Nach nur zwei Tagen in Berlin spürte Arne, dass er alles beherrschte, was man beherrschen musste, wenn es um diese Pro... Prozedur ging. Man ging folgendermaßen vor: Man guckte sich ein Restaurant aus, von denen es tausende gab, deutsche, türkische, italienische, französische und so weiter und so weiter ... man flanierte auf der Straße vorbei, verlangsamte seine Schritte ein wenig und warf einen Blick durchs Fenster, um zu beurteilen, ob das Lokal nett aussah. Meistens hing eine Speisekarte neben der Tür, so dass man sich ein Bild davon machen konnte, was aufgetischt wurde und was es kostete. Auch wenn die meisten Gerichte für alle außer den Deutschen immer noch rätselhaft blieben.

War man dann eingetreten und hatte einen Tisch bekommen, war es angebracht, die Karte ein zweites Mal zu studieren, und wenn es so weit war und der Kellner oder die Kellnerin zu einem kam und einen fragend ansah, zeigte man mit dem Finger auf ein Gericht, das gut zu schmecken versprach. Seine bisherigen Mahlzeiten hatten ausgezeichnet geschmeckt, man ging also kein großes Risiko ein, wenn man etwas auf gut Glück auswählte.

Als begleitendes Getränk bestellte man am besten eine Coca-Cola, die gab es überall, aber diesmal, an dem Abend, nachdem er seine Mutter im elegantesten Kaufhaus der Welt gesehen und die schönsten Schuhe der Welt gekauft hatte, beschloss er, ein Bier zu probieren. Deutsches Bier war weltberühmt, das beste in ganz Europa, hatte Onkel Lennart behauptet und ihn im selben Atemzug ermahnt, unter gar keinen Umständen mehr als ein Glas zu trinken. Das Getränk werde ihm mit Sicherheit schmecken, aber es könne ein wenig tückisch sein, weil man erst merke, wie viel Alkohol es enthalte, wenn es schon zu spät sei. Arne hatte den Eindruck gewonnen, dass Onkel Lennart sehr genau wusste, wovon er sprach, dass er zumindest einmal in seinem Leben deutlich zu viele Gläser deutsches Bier getrunken und einen ordentlichen Schwips bekommen hatte. Das geschah ihm im Übrigen recht. Vielleicht war er ja sogar in eine Schlägerei geraten, so etwas kam vor.

»Ein Bier«, entschied Arne, und die Kellnerin nickte und schien der Meinung zu sein, dass dies eine kluge Wahl war. Dass ein Bier sehr gut zu dem Gericht passte, das er essen würde, was immer es sein mochte.

Das Bier kam zuerst, lange vor dem Essen, so lange vorher, dass er das Glas geleert hatte, bevor das dampfende Gericht – Bratkartoffeln, grüne Bohnen und eine üppige Portion Fleisch in Sauce – auf dem Tisch stand, so dass er sich beeilte, noch ein Glas zu bestellen.

Das Essen war wieder gut, stellte er zufrieden fest, wenngleich etwas stärker gesalzen und gewürzt, als er es gewohnt war. Dies regte seinen Durst an, und als er die Hälfte der üppig bemessenen Portion verzehrt hatte, war auch sein zweites Glas Bier leer, aber er fühlte sich hervorragend, so dass er die Kellnerin heranwinkte und ein drittes Glas bekam.

Unglaublich nett war es, so in einer Wirtschaft in Berlin zu sitzen und zu essen und Bier zu trinken, stellte Arne Murberg fest. Es wollte ihm nicht in den Kopf, warum er sich nie zuvor einer so befriedigenden Beschäftigung gewidmet hatte. Aber er hatte natürlich auch nie wirklich die Chance dazu bekommen, so sah es doch aus; sein Vater, sein Onkel und seine Tante hatten nie gewollt, dass er in die Welt hinauskam. Wegen dem, was sie »sein Handicap« nannten. Sie hatten sich immer eingebildet, dass er nicht zurechtkommen würde. Dass er … dass er sich selbst in Schwierigkeiten bringen und in die Fänge von Dieben und Betrügern und Zuhältern und wie sie alle hießen geraten würde, wenn man ihn nicht im Auge behielt.

Sie hatten ihn schlicht und ergreifend unterschätzt. So sah es aus, genauso bevormundend verhielt es sich.

Aber Arne Albin Hektor Murberg hatte sowohl sich selbst als auch seine Umwelt besser im Griff, als allgemein angenommen wurde, das fühlte er an einem Abend wie diesem ganz deutlich. Er war möglicherweise ein bisschen langsam, aber kein Dummkopf. *Kein Dummkopf* – er wusste sogar, was das auf Deutsch hieß. Er hatte gerade einmal zweieinhalb Tage in Berlin verbracht und es schon geschafft, seine Mutter zu finden. Zum Beispiel. Er hatte ihre Adresse und Telefonnummer schwarz auf weiß, und an diesem Nachmittag hätte er sie fast in dem Kaufhaus erwischt. Nebenbei hatte er die Gelegenheit genutzt, um sich ein neues Paar Schuhe zu kaufen, das so elegant war, dass niemand in K. und Umgebung jemals etwas Vergleichbares gesehen hatte. Er sah es bereits vor sich, wie den Kunden im Tabakladen die Spucke wegblieb, wenn sie diese Schuhe sahen.

Er streckte seine Beine unter dem Tisch leicht schräg aus, damit die Schuhe auch jetzt zu sehen waren und die anderen Restaurantbesucher sie bewundern konnten, wenn sie zufällig einen Blick in seine Richtung warfen. Ich bin der Mann mit den gelben Schuhen, dachte Arne. Nicht irgendwer. Perry Masons entsandter Gehilfe in Berlin, könnte man fast sagen. Ja, warum eigentlich nicht? Im Dienste der Gerechtigkeit, der Schreck aller Ganoven und Liebling der schönen Frauen …

Die Kellnerin kam vorbei, und er nutzte die Gelegenheit, um noch ein Bier zu bestellen. Onkel Lennarts blödsinniges Gerede, dass man es bei einem Glas belassen solle, war natürlich wie üblich blanker Unsinn. Was wusste dieser Wichtigtuer schon von der Welt? War er jemals in Berlin gewesen? Von wegen. Höchstens in Hamburg, und selbst das kaum. Außerdem hatte er sich dort betrunken und war in eine Schlägerei geraten. Arne gratulierte sich nochmals dazu, sein Mobiltelefon losgeworden zu sein, so dass ihm diese geschwätzigen SMS erspart blieben. Es war so viel besser, die Dinge selbst in die Hand zu nehmen, ohne Einmischung. Stimmt's, Perry? Was sagst du dazu? Bist du nicht ganz meiner Meinung?

Und Perry Mason erklärte, das sei er. Auf jeden Fall – darüber hinaus fand er, dieser Abend sei wie geschaffen dafür, dass sein zuverlässiger Mitarbeiter sich nach allem, was er bisher erreicht hatte, ein paar Stunden entspannte. Das hatte er sich wirklich verdient.

Arne fand es ein bisschen schade, dass Perry ihm nicht in Wirklichkeit gegenübersitzen konnte, auf der anderen Seite des Tisches, denn dann hätte er die Chance ergriffen, ihn zu einem richtigen deutschen Bier einzuladen, und sie hätten sich über alles Mögliche unterhalten können. Zum Beispiel über den Zwischenfall im Kaufhaus. Und darüber, wie er bei seiner ersten Begegnung mit seiner Mutter auftreten, was er ihr sagen sollte, ob er Blumen mitnehmen sollte oder nicht, und so weiter … morgen oder vielleicht übermorgen?

Aber warum denn eigentlich nicht, dachte er plötzlich. Wenn er so tun konnte, als wäre Perry in seinem Kopf, konnte er dann nicht genauso gut so tun, als säße ihm der bekannte Strafverteidiger in einem Berliner Restaurant gegenüber? Warum nicht? Schließlich wusste er trotz allem, dass dies mit Einbildung und Fantasie zu tun hatte, und in diesem Moment hatte Arne das Gefühl, mehr Fantasie zu haben, als er, wenn er sich recht erinnerte, je zuvor besessen hatte.

Er leerte sein Glas, winkte die Kellnerin heran und bestellte noch zwei Gläser. Eins für Perry und eins für ihn selbst. Er bemerkte den fragenden Blick der Kellnerin, aber Arne lächelte sie nur freundlich an und hielt bestätigend zwei Finger hoch. Zeigte auf den Stuhl auf der anderen Seite des Tischs und sagte:

»Ein für Perry, ein für mich!«

»Ach so«, entgegnete die Kellnerin in einem etwas rätselhaften Tonfall, und eine Minute später standen zwei neue Gläser auf dem Tisch.

»Prost, Perry Mason!«, sagte Arne Murberg. »Schön, dass du die Zeit gefunden hast, vorbeizukommen.«

Prost, Arne Murberg!, erwiderte Perry Mason. *Du weißt doch, für dich habe ich immer Zeit.*

Und dann tranken sie beide einen großen Schluck. Herrlich gutes, schäumendes deutsches Bier.

Was danach geschah, in den restlichen Stunden des Abends und der Nacht, ist nach wie vor ein Rätsel.

Vorbereitungen I

1

Die Zeit war eine Erfindung.

Die Zeit *ist* eine Erfindung.

Nicht der Raum. Der Raum besitzt eine Stabilität, die der Zeit fehlt.

In allem Übrigen sind es zwei Seiten derselben Münze. Ohne das eine, nicht das andere. Ohne das andere, nicht das eine. Einfach ausgedrückt.

Die Wohnung war ideal; in den ersten Tagen nach seinem Einzug hatte Anatolis Litvinas sich damit begnügt, dies ein ums andere Mal festzustellen. Die Möblierung war schlicht, bunt zusammengewürfelt und funktional. Kein Fernseher, kein Telefon. Eine altertümliche Badewanne auf Löwentatzen und ein großzügig bemessener Kühlschrank. Eine elektrische und eindeutig wahrnehmbare Duftspur von Ozon, vor allem im Wohnzimmer. Er nahm an, dass sie von einer Art Belüftungssystem stammte, aber das war nebensächlich. Linoleumboden. Keine unnötigen Textilien, die dazu neigten, Feuer zu fangen. Keine fest installierten Spiegel. Er bezweifelte, dass irgendetwas – nicht einmal das unbedeutendste Detail, ein Handtuch, ein Teller oder die etwas wackelige Schlafzimmerkommode mit symmetrischen Intarsien – hinzugekommen war, nachdem der Vormieter, jener Mann, der ermordet worden war, aus der Kyffhäuserstraße 52 verschwunden war.

Aber zumindest eins war, abgesehen von der Leiche, entfernt worden. Litvinas wusste, dass der Mörder *Barbarossa lebt!* über das Bett in dem Zimmer geschrieben hatte, in dem die Tat begangen wurde, was dem Vermieter jedoch nicht gefallen hatte. Er hatte eine Wand neu tapezieren lassen.

Kein Wunder, dachte der Professor. Kein Wunder.

Während er vorsichtig zwischen Küche, Wohnzimmer und Schlafzimmer umherschlich, versuchte er wahrzunehmen, ob es dort etwas Störendes gab, eine Feindseligkeit oder eine Art anachronistische Unregelmäßigkeit, aber er erfasste nichts in der Art. Er hätte sich ebenso gut mitten in den 1980ern wie heute, dreißig Jahre später, befinden können.

Und wenn er abends das Licht löschte: noch tiefer in der Vergangenheit. In einer gedehnten, perforierten und undefinierten Zeit, die nicht in Jahreszahlen, nicht einmal in Jahrzehnten fixiert werden musste. Oder sich *fixieren ließ*. Das Haus war kurz vor der Jahrhundertwende erbaut worden, aber es war natürlich nicht das erste Haus, das an dieser Stelle gestanden hatte. Alles in allem gab es sechzehn Wohnungen darin, der Hausmeister hieß Hummel und wohnte im Erdgeschoss in der Wohnung zum Hof. Er war alt, ein wenig schwerhörig und würde ihm keine Probleme bereiten. Seine Frau war vor sechs Jahren gestorben, und seither war er – wenn Litvinas es richtig sah – nach sechs Uhr abends selten nüchtern.

Er hatte in diesen ersten Tagen diskrete Nachforschungen angestellt. War mit Nachbarn ins Gespräch gekommen, vor allem mit Frau Morgenstern im dritten Stock und dem Ehepaar Polanski im vierten (sie hatten einen taubstummen Jungen, aber zum Ausgleich einen redseligen Papagei, sie machten Witze darüber). Hummel hatte er zu einem Bier und einem kleinen Cognac eingeladen und sich generell bemüht, als positiver und rechtschaffener Neuzugang im Haus zu erscheinen. Er war ein ruhiger, pensionierter Professor, der hergekommen war, um sich auf seine alten Tage privaten Forschungen zu widmen. Freundlich und finanziell unabhängig; es war nicht unwichtig, dass man ihm Vertrauen schenkte, wenn der Tag V gekommen war.

V wie in Valetta.

Valettas Wiederkehr.

Georgs? Diese Frage war nach wie vor offen. Vielleicht würden sie gemeinsam kommen, Hand in Hand, würde Georg inzwischen ein erwachsener Mann sein? Oder zumindest ein Jüngling?

Jedenfalls würde keiner von ihnen in der Kyffhäuserstraße 52 zurückbleiben, wenn das Experiment abgeschlossen war. Valetta nicht, Georg nicht, der Professor selbst auch nicht. Fragen würden gestellt werden, und er spürte, dass seine Wangenmuskeln sich anspannten, als er daran dachte, dass die Wohnung in Zukunft sicher nicht leichter zu vermieten sein dürfte. Vielleicht würde sogar der Gedanke aufkommen, den ganzen Kasten einfach abzureißen.

Im Viertel gab es sowohl eine Apotheke als auch einen Metzger und ein gut sortiertes Farbgeschäft. Schon nach drei Tagen hatte er den Großteil der erforderlichen Zutaten erworben und nach Hause geschafft. Die Erde und der Schwefel mussten warten, bis zum richtigen Datum war es noch eine Woche, und er wusste, wie er im Hinblick auf diese Bestandteile vorgehen würde. Am wichtigsten war es, Blut zu sammeln, der gesamten verfügbaren Forschung zufolge sollte ein Liter reichen, und so zapfte er jeden Abend hundert Milliliter aus seiner Armbeuge ab; es war eine simple Prozedur, und das Gefrierfach des Kühlschranks bildete den natürlichen Aufbewahrungsort.

Das Allerwichtigste war jedoch, den Gehilfen zu finden, aber für Professor Litvinas stand außer Frage, dass sich auch für dieses Detail eine Lösung finden würde. Die Mächte waren diesmal auf seiner Seite, er spürte ihre pulsierende Gegenwart während der allabendlichen Rituale, bevor er zu Bett ging. Die Gegenwart und das Wohlwollen. Das gutmütige Murmeln der Türwächter, wenn es zwölf schlug, die durchbohrte Bibel und die einsame Kerze. Wenn die Zeit für die Öffnung kam, würde der Gehilfe da sein. Man musste schlichtweg darauf warten, dass er auftauchte. Es wäre auch gar nicht hilfreich, wenn er zu früh käme. So waren die Bedingungen nun einmal; es mochte ja sein, dass er nichts anderes von Mordecai Bluum gelernt hatte, aber das hatte er immerhin gelernt.

2

Den Tipp für die Wohnung hatte er von Hartwig Fink-Bodemann bekommen, dem einzigen seiner alten Kollegen, der ihn im Anschluss an den Vorfall in Auerbachs Keller nicht hatte fallen lassen. Fink-Bodemann war selbst ein dürstender Einzelgänger, Spezialist für mehr oder weniger ausgestorbene Sprachen wie das Ostgotische, das Koptische und das Wotische. In Aarlach war er in ein oder zwei Skandale verwickelt gewesen, Jungen, die aus Nordafrika importiert worden waren und andere Dinge dieser Art, und Litvinas hatte ihn niemals näher kennengelernt, aber Fink-Bodemann hatte ihn nach dem Debakel nicht nur einmal, sondern mehrmals in der Anstalt besucht, und wenn Litvinas richtig sah, hegte er ein gewisses Interesse für die Forschung seines Kollegen. Für das Okkulte, das Grenzüberschreitende. Fink-Bodemann war ein Suchender, seine Erscheinung hatte etwas Intensives und zugleich Rattenhaftes; er umgab sich zudem mit einem undefinierbaren Geruch, der nicht ausschließlich mit täglicher Hygiene zusammenhing, auch wenn dieser Faktor selbstverständlich dazu beitrug. Schutz und Isolation. Im Unterkiefer fehlten ihm einige Zähne, niemand wusste, warum. Litvinas erinnerte sich, dass auf seinem Schreibtisch eine Büste des Mystikers Swedenborg gestanden hatte.

»Mir ist klar, wonach du suchst«, hatte er gesagt. »Und

ich glaube, ich kann dir eine Adresse empfehlen. In der Kyffhäuserstraße. In Schöneberg in Berlin, das würde perfekt passen. Das Haus hat eine Geschichte, eine alte und eine in jüngster Vergangenheit. Den Zusammenhang brauche ich dir ja nicht zu erklären… wenn Berlin der Schauplatz sein wird?«

Litvinas hatte sich über diese spezifischen Kenntnisse gewundert. Besaß Fink-Bodemann eigene Erfahrungen in diesem Bereich der Wissenschaft? Letzten Endes war es durchaus denkbar; er war sicher nicht älter als fünfundvierzig, erweckte aber den Eindruck, älter zu sein. Ein oder zwei Jahrzehnte. Vielleicht noch mehr, wenn man *die Kreise* mitrechnete, bedeutend mehr.

Jedenfalls hatte Litvinas die Anstalt für zwei Tage verlassen dürfen und war nach Berlin gereist, um der Sache nachzugehen. Bevor man ihn damals gehen ließ, hatte Doktor Maertens ihn wissen lassen, dass er damit rechnen konnte, für den Rest seines Lebens in der Anstalt zu bleiben, falls etwas schiefgehen sollte.

Es war jedoch nichts schiefgegangen; er hatte vier, fünf Stunden in dem Viertel rund um die Kyffhäuserstraße verbracht, war durch die Straßen gelaufen und hatte mit seinen Instrumenten Messungen vorgenommen und ziemlich schnell feststellen können, dass es sich in der Tat so verhielt, wie Fink-Bodemann behauptet hatte. Es *war* der richtige Ort, das stand außer Frage. Obwohl es zu jener Zeit noch fast vier Monate bis zum fraglichen Datum waren, hatten sowohl der Vascograph als auch das Bautometer deutlich ausgeschlagen. 4,2 beziehungsweise 16,6 auf den Messskalen, die er selbst ausgehend von Kuhn-Farmer und Savonarola erarbeitet hatte.

Und jetzt hatten sich die Messwerte nach seinem Einzug in beiden Fällen verdoppelt. Neptun stand richtig, Merkur war auf dem Weg.

Deutliche Zeichen. Untrügliche Zeichen.

Und *Barbarossa.*

Fünf Tage vor dem richtigen Datum holte er spätabends die Nabelschnur aus dem Wildlederbeutel. Auf Kvitøya hatten sie knapp zehn Zentimeter verloren, aber es blieben immer noch fast dreißig Zentimeter, und da sie zum letzten Mal Verwendung finden würde, war der Verlust akzeptabel. Behutsam platzierte er die dünne, zusammengerollte Schnur in dem Silbergefäß mit dem roten Wein – zwei Flaschen Château Mercasse, die zusammen mehr als hundert Euro gekostet hatten, aber man durfte nicht pfuschen – und deponierte das Ganze, abgedeckt mit einem schwarzen Tuch, auf dem Küchentisch. Er zündete eine Kerze an und begann aus der Offenbarung des Johannes zu lesen. Mit fester, aber verhaltener Stimme, die Worte fühlten sich an wie ein heißer Wind aus der Wüste.

Sogleich geriet ich in Verzückung; und siehe da, ein Thron stand im Himmel, und auf dem Thron saß einer;

und der darauf saß, war seinem Aussehen nach gleich einem Jaspis- und Karneolstein, und ein Regenbogen war rings um den Thron, seinem Aussehen nach gleich einem Smaragd.

Zwei Stunden blieb er so sitzen und las. Auch aus *Der Prediger Salomo* und aus *Das Hohelied Salomos.* Eine Vielzahl von Wörtern, eine Vielzahl von Fleisch im Werden, und als er das Tuch anhob und die Nabelschnur berührte, war sie weich geworden. Wahrhaftig; er rollte sie vorsichtig zwischen Daumen und Zeigefinger und konnte eine leichte Vibration spüren, ein Anzeichen von Leben. In ein Glas schöpfte er zwei Schlucke Wein. Trank sie und spürte die gleiche Vibration, als das Getränk den Weg durch die Kehle nahm. *Wahrhaftig.*

Er widerstand der Versuchung, einen Bissen von der Schnur zu nehmen.

Deckte den Kelch ab. Blies die Flamme aus und ging ins Bett.

Die Zeit ist eine Fiktion. Nicht so der Raum.

Der vierte Tag

1

Als Arne erwachte, wusste er nicht, wo er war.

Er dachte jedoch, dass es keine Rolle spielte, da er krank war.

Schwerkrank.

Das Leiden saß überall: im Kopf, im Bauch, im ganzen Körper.

Nie zuvor hatte er sich so schlecht gefühlt. Für einige Sekunden glaubte er, dass er gestorben und in der Hölle gelandet sein musste. Oder dass er zumindest im Krankenhaus lag, weil er von einem Zug überfahren worden war.

Doch als er einen Blick nach unten warf, an seinem Körper hinab – und entdeckte, dass er seine Kleider noch anhatte, noch dazu ein Paar gelbe Schuhe –, nahm er an, dass er sich nicht im Krankenhaus befand. Er wusste schließlich, wie die Patienten dort aussahen, unter dünne, hellblaue Decken gestopft, unter einem Galgen, der von der Decke herabbaumelte, und mit einem Plastikschlauch im Arm.

Alle Kleider hatte er allerdings nicht an. Über einem Stuhlrücken hing seine Jacke. Auf links gedreht, wenn ihn nicht alles täuschte. Das sah schlampig aus, aber an einem Tag wie diesem war das bedeutungslos.

Außerdem roch es schlimm. Und schmeckte es schlimm.

Erbrochenes.

Ohne jeden Zweifel. Jemand hatte sich übergeben, und das war schätzungsweise er selbst gewesen. Als er sich vorsichtig mit der Hand um den Mund strich, fühlte es sich dort ein wenig klebrig an, aber auch, als sei etwas eingetrocknet, also war es schon eine ganze Weile her, dass etwas hochgekommen war. Ein paar Stunden vielleicht und vielleicht mehrere Male, denn seine Hemdbrust hatte auch etwas abbekommen.

Doch auch das spielte keine Rolle. Das Einzige, was in diesem Moment etwas bedeutete, war sein Kopf. Es pochte so furchtbar in Arne Murbergs armem Schädel, dass er um Hilfe rufen wollte.

Er schloss die Augen und tat es. Er rief.

»Helft … mir.«

Es klang erbärmlich und verzweifelt.

Er *war* erbärmlich und verzweifelt.

Und durstig war er. *Verzweifelt* durstig, könnte man sagen, es brannte in seinem Hals, und seine Zunge fühlte sich an wie eine vertrocknete Fußsohle. Wenn es in seinem Kopf nur nicht so furchtbar gehämmert hätte, hätte er sich auf die Suche nach etwas Trinkbarem gemacht.

Wasser musste es doch wenigstens geben, oder? Ganz gleich, wo er sich befand. Irgendwo, ein Hahn oder so … trotz aller Schmerzen konnte er es nicht lassen, sich darüber Gedanken zu machen. Wo um Himmels willen war er eigentlich gelandet?

Aber er wagte es nicht, den Kopf zu drehen und die Augen wieder zu öffnen. Es tat zu weh.

2

Offenbar war er eingeschlafen, denn er wachte wieder auf.

Die Situation war mehr oder weniger unverändert. Das alte Erbrochene fühlte sich auf seinem Hemd und rund um den Mund trockener an. Es brannte im Magen, er war in Schweiß gebadet, und es kribbelte am ganzen Körper, und sein Kopf war eine tickende Bombe.

Ich will sterben, dachte Arne Albin Hektor Murberg. Ich habe nichts dagegen. Wahrscheinlich bin ich mit dem Kopf in einem neuen See aufgeschlagen und habe wieder das Gedächtnis verloren. Ich weiß nicht, wo ich bin, von mir aus kann auf der Stelle alles aus sein. Oh, verdammt.

Aber er starb nicht. Das Leben ist seiner Natur nach zäh, er erinnerte sich, dass sein Vater das häufig gesagt hatte. *Die Leute glauben, es sei leicht zu sterben, aber das stimmt überhaupt nicht. Das Leben ist wie eine …* was hatte er noch gesagt? … *das Leben ist wie eine Warze, auf die Schnelle wird man es nicht los.*

Und dann, vorsichtig wie ein Furz in einer Kirchenbank (ebenfalls sein Vater), kehrte die Erinnerung zurück.

Der Auftrag.

Berlin.

Hotel Munck.

Das Pinkeln im Park und die Polizei.

Das Kaufhaus … seine Mutter Violetta!

Die gelben Schuhe.

Das Restaurant! Dieses Restaurant gestern Abend … aha? Da schüttelte sich die Erinnerung tüchtig, verblasste jedoch gleichzeitig auf eigentümliche, leicht beschämte Weise. Deutsches Bier. Schäumendes deutsches Bier. Mehrere Gläser … Perry Mason … *Prost, Perry Mason!*

Da endete es.

Als er vorsichtig die Augen öffnete und sich umschaute, begriff er jedoch zumindest eins: Er lag in seinem Zimmer. In seinem Bett in seinem Zimmer im Hotel Munck. Dreihundertzwölf, wenn er sich recht erinnerte.

Wie war er hierhergekommen? Keine Ahnung.

Wie spät war es? Keine Ahnung.

Was für ein Tag war es? Keine Ahnung.

Keine Ahnung.

Er rollte aus dem Bett, kroch auf allen vieren ins Badezimmer und übergab sich.

3

Um Viertel vor neun Uhr abends stieg Arne Albin Hektor Murberg in Zimmer 312 im Hotel Munck in Berlin aus der Badewanne. Eine halbe Stunde später verließ er das Hotel und presste eine Plastiktüte voller stinkender Kleidungsstücke in einen Papierkorb an der Ecke Fasanenstraße und Pariser Straße: Alles, was er am Vorabend getragen hatte, außer seiner Jacke und den gelben Schuhen, die er mit Hilfe eines Handtuchs und eines Spritzers Hotelseife geputzt hatte.

Er war immer noch krank und konnte sich nach wie vor nicht erinnern, wie er am vorherigen Abend ins Hotel gekommen war. Mittlerweile hatte er ein wenig Hunger, fühlte sich aber viel zu schwach, um sich auf die Suche nach etwas Essbarem zu machen. Das konnte bis morgen warten. Alles konnte bis morgen warten.

Stattdessen drehte er langsam und leicht zittrig eine Runde um den Block und kehrte in sein Zimmer zurück, kontrollierte, dass der Umschlag mit Pass und Flugticket noch in seinem Besitz war, und zählte seine Reisekasse.

Er besaß nicht mehr als zweihundertsechzehn Euro und fragte sich, wohin der Rest verschwunden war. Es hätte mehr Geld sein müssen, am gestrigen Abend hatte er offenbar zweihundert ausgegeben – zweitausend schwedische Kronen!, dachte Arne erstaunt –, und dann erinnerte er sich plötzlich, dass er auf einem Rasen gekniet und sich an einem schmalen Baumstamm festgehalten hatte, um nicht nach vorn zu fallen. So war es natürlich zu den Erd- und Lehmflecken auf seiner Hose gekommen, gut, dass er sie weggeworfen hatte, zum Glück hatte er ja noch eine.

Mehr tauchte allerdings nicht in Arne Murbergs Gedächtnis auf. Nur dieser elende Grasflecken in der Dunkelheit und der kalte, dünne Baumstamm. Oh, mein Gott.

Er schälte sich aus seinen Kleidern, einschließlich der Schuhe, kroch ins Bett und schlief ein wie ein erschöpftes Schwein.

Vergeudet, lautete sein letzter Gedanken. Das war wirklich ein vergeudeter Tag gewesen.

Der fünfte Tag

1

Er saß wieder auf der Parkbank. Ein wenig wackelig auf den Beinen, aber völlig gesund. Die Krankheit war im Laufe der Nacht von ihm gewichen.

Gott sei Dank, dachte Arne. Es wäre nicht gut gewesen, wenn er tagelang bettlägerig geblieben wäre, darunter hätte sein Auftrag gelitten. Einen verlorenen Tag konnte er sich leisten, vor allem, wenn er seine Mutter schon an diesem Nachmittag antraf. Er hoffte, dass es so kommen würde, aber andererseits war es natürlich durchaus möglich, dass sie auch nicht mehr an der neuen Adresse wohnte. Dass sie nochmals umgezogen war. Es konnte sogar so schlimm kommen, dass sie gar nicht mehr in Berlin lebte, und was er in einem solchen Fall tun sollte, tja, dazu hatte ihm nicht einmal Onkel Lennart Vorschläge machen können.

Aber er hatte sie doch im Kaufhaus gesehen – oder etwa nicht? Das Problem war nur … wenn er ehrlich sein sollte, und ehrlich sollte man sein, Tante Polly sagte zum Beispiel immer, dass sie die Ehrlichkeit in Person sei, sie habe in ihrem ganzen Leben noch nie die Unwahrheit gesagt, und deshalb habe sie auch nie wegen irgendetwas ein schlechtes Gewissen gehabt und schlafe jede Nacht wie ein unschuldiges Lämmlein … aber das war gelogen und ein verdammtes Ammenmärchen, wie ihm Onkel Lennart einmal insgeheim und von Mann zu Mann anvertraut hatte, was immer das bedeuten mochte … aber fort jetzt mit Tante Polly und Onkel Lennart, das gegenwärtige Problem bestand darin, dass ihm, also Arne Albin Hektor, im Nachhinein Zweifel gekommen waren. Hatte er in dem Kaufhaus wirklich seine Mutter gesehen? Wie konnte er sich da so sicher sein? Er war sich hundertprozentig sicher gewesen, als sie dort in ihrem grünen Mantel und ihrem gelben Halstuch stand und Servietten, nein Handtücher, aussuchte, daran erinnerte er sich, doch nun, zwei Tage später, schlichen sich Zweifel ein. Konnte man wirklich eine Frau wiedererkennen, die man seit mehr als dreißig Jahren nicht mehr gesehen hatte und wenn man selbst letztlich noch ein Baby gewesen war, als sie verschwand? Selbst wenn es um die eigene Mutter ging? War das möglich?

Gute Frage, dachte Arne Murberg, das sagten sie immer in den Krimiserien, die er manchmal daheim in K. schaute.

Gute Frage. Das sagten sie nur, wenn sie nicht die leiseste Ahnung hatten, wie die Antwort lautete.

Am Morgen hatte es an der Hotelrezeption eine neue Nachricht für ihn gegeben.

Melde dich, Arne!
Dein Onkel Lennart

Er hatte sich nicht gemeldet. Vielleicht hätte er es getan, wenn sich das Mobiltelefon noch in seinem Besitz befunden hätte, aber das war nun einmal nicht der Fall. Er warf die Nachricht fort und dachte, dass er es später mit dem

Telefon auf seinem Zimmer versuchen und Nörgelonkel und Nörgeltante anrufen und ihnen die Lage erklären würde – heute Abend oder morgen, abhängig davon, wie sich der Tag entwickelte. Sollte der Apparat immer noch kaputt sein, würde er die Damen an der Rezeption um Hilfe bitten. Möglicherweise auch die Nummer von seiner Mutter wählen, wenn er schon einmal dabei war.

Wenn er sie vorher nicht antraf. Was das anging, war er mittlerweile tatsächlich ein wenig pissomistisch. Oder wie hieß das … *postmodernistisch* vielleicht? Mein Gott, gab es lange Worte, und das nicht nur auf Deutsch. Jedenfalls war er ein wenig einsam und ein wenig verlassen, das war offensichtlich, und so stand es an diesem Tag um ihn.

Aber so war das eben, dachte Arne und seufzte auf seiner Bank. Mit dem Leben und ihm selbst. Auch zu Hause in K. kam es an manchen Morgen vor, dass er aufwachte und nicht aufstehen wollte, nur weil ihm alles so traurig erschien. Irgendwie so sinnlos und trist. Welchen Sinn hatte es, dass Arne Albin Hektor Murberg aufstand und lebte? Weil er so war, wie er war, hatte er keine Freunde, keinen einzigen; an neunzehn von zwanzig Tagen machte ihm das nichts aus, aber am zwanzigsten, zum Beispiel an einem dieser trostlosen Morgen im Herbst, wenn es regnete und kleine Nadeln heranwehten und man Halsschmerzen hatte, dann konnte es sich anfühlen wie ein Stein. Wie ein großer und schwerer Stein, den er mit sich herumschleppen musste und der *Traurigkeit* hieß.

Manchmal war es möglich, ihn von sich zu werfen, manchmal nicht.

Manchmal, eigentlich sogar ziemlich oft, half es, etwas in den Magen zu bekommen. Wenigstens eine Tasse Kaffee und eine Zimtschnecke. Ein paar Pfannkuchen.

Und nun saß er hier und tat genau das. Er sorgte dafür, dass er etwas in den Magen bekam. Allerdings keine Zimtschnecken oder Pfannkuchen; er kaute eine Currywurst, wie man das in Berlin so machte. Gerade hatte er sich mit dieser jämmerlichen kleinen Plastikgabel die ersten Bissen in den Mund gesteckt, und wenn ihn nicht alles täuschte, besserte sich seine Laune schon. *Der Weg zum Glück führt durch den Magen*, hatte sein Vater oft gesagt – also bevor er schwermütig wurde und starb, aber Arne erinnerte sich noch gut daran, obwohl es Jahre her war –, und vielleicht war es ja wirklich so einfach. Man konnte nicht gleichzeitig hungrig und glücklich sein. Und genauso wenig satt und unglücklich.

Er dachte, dass er seinen Vater vermisste.

Aber wenn man tot war, dann war man tot.

Diese Bank in einer Ecke des Tiergartens also, dort saß er. Auf derselben Bank wie vorgestern. Sie war auch an diesem Tag frei gewesen – oder vielmehr *frei geworden*, weil zwei zierliche alte Damen mit zwei zierlichen Schoßhündchen sie gerade verlassen hatten, als Arne mit seiner Currywurstschale kam. Es war um die Mittagszeit gewesen, er hatte nicht vorgehabt, ausgerechnet hierher zu kommen, aber es schien, als hätten seine Füße einen eigenen Willen entwickelt. Vielleicht lag es ja an den Gelben – er dachte an seine Schuhe gerne mit diesem Wort: meine *Gelben* –, denn es war tatsächlich so, als hätten sie den Weg zu Helmut Imbiss und der Bank ganz alleine gefunden. Was natürlich ein wenig seltsam war, denn beim letzten Mal waren sie ja gar nicht hier gewesen, nicht dabei gewesen, als er seine alten *Grauen* losgeworden war. So oder so soll man an einer guten Angewohnheit nichts verändern, so dass Arne mitgekommen war.

Ohne ein einziges Mal auf den Stadtplan zu schauen! *Isch bin ein Berliner.*

Die Sonne schien. Er hatte den Rucksack abgestreift, und während er sich die leckeren Wurstbissen in den Mund stopfte (an diesem Tag genauso wohlschmeckend wie am letzten, wenn nicht noch wohlschmeckender), hielt er Ausschau nach verdächtigen Individuen. Leuten, die Schuhdiebe sein könnten, aber es war schwer zu sagen, wie ein Schuhdieb eigentlich aussah. Vielleicht wie ein ganz normaler Mensch, wie jeder andere auch. Oder war es vielleicht jemand, der barfuß herumlief? Arne kaute und dachte nach. Ja, vielleicht hatte ein solcher armer Bursche seine alten Schuhe geklaut, und als er auf seine Gelben hinabsah (die er am Morgen erneut mit Hautcreme poliert hatte), dachte er, dass er im Grunde nicht sonderlich wütend auf den Schurken war. Das Ganze ließ sich ja fast als eine … *Notwendigkeit* betrachten, auch wenn ein Verbrechen begangen worden war. Man stiehlt keine Schuhe, wenn man sie nicht braucht.

»Stimmt es nicht, Perry?«, fragte er ins Nichts.

No objection, antwortete Perry Mason.

»Von den Reichen nehmen und den Armen geben. Wie Robin Hood, nicht wahr?«

No further questions, sagte Perry.

Perry Mason zog sich zurück, aber stattdessen tauchte sein Vater auf. Praktisch sofort regte sich sein schlechtes Gewissen. Hier saß er im Sonnenschein auf einer Parkbank und aß Wurst, obwohl er eigentlich auf der Suche nach seiner Mutter sein sollte. Deshalb hielt er sich schließlich in Berlin auf, es kam ihm irgendwie vor, als wollte er das am liebsten vergessen. Den Auftrag ignorieren und etwas ganz anderes tun. Um ihn herum wimmelte es von Menschen, warum sollte ausgerechnet er nach Violetta Dufva suchen müssen? Ebenso gut konnte doch diese Dame in der weißen Jacke oder der Mann, der dort im Gras saß und eine Zeitung las, für ihn einspringen, oder …

Weil sie DEINE Mutter ist, du Holzkopf!, unterbrach sein Vater ihn gereizt. *Sie ist nicht die Mutter irgendeines anderen Menschen. Du bist, wer du bist, und sie ist, wer sie ist.*

Ja, das stimmt, dachte Arne und kratzte die letzten Reste Currysauce zusammen. Es gibt nur einen Menschen, der gerade jetzt gerade hier sitzt, und das bin ich. Und es gibt nur einen Menschen, der meine Mutter ist, und das ist Violetta Dufva.

Das waren zwei neue und unerwartete Gedanken, und er hielt eine Weile an ihnen fest. Es war so: Er saß auf einer Bank, die mitten in der Welt in einer Stadt namens Berlin stand, und alles um ihn herum, die Menschen, die Bäume, die Häuser, die Vögel und dieser Wurststand waren irgendwie … *weiter entfernt.* Vielleicht war das trotz allem aber auch gar kein ungewöhnlicher Gedanke, im Grunde nicht einmal ein richtiger Gedanke, nur eine Menge verirrter Worte, die aus einer Dose gefallen waren, die jemand umgestoßen hatte, und zufällig in Arnes Hände gelangt waren, und daraufhin wurde er auf einmal wieder schläfrig. Wenn es etwas gab, was ihn von anderen Menschen unterschied, nun ja, es gab natürlich eine Menge solcher

Dinge, aber einer der wichtigsten Unterschiede bestand zweifellos darin, dass er so viel schlief. *Arne kann fünfundzwanzig Stunden am Tag schlafen*, hatte Tante Polly einmal gesagt, aber da war sie natürlich auf dem Holzweg, denn selbst er wusste, dass ein Tag nur vierundzwanzig Stunden hatte.

Wie auch immer, nach der Wurst war der richtige Augenblick für ein Nickerchen gekommen, es war ihm fast schon zur Gewohnheit geworden, eine Weile auf dieser Bank zu schlafen, als wäre sie in gewisser Weise seine eigene, aber heute unterließ er es, seine Schuhe auszuziehen. Aus Schaden wurde man klug, und die Sonne schien immer noch. Er legte den Rucksack als Kopfkissen auf die Bank, streckte sich aus, schloss die Augen und hoffte, dass er von seiner Mutter träumen würde.

2

Das tat er nicht, er träumte überhaupt nicht. Erwachte vielmehr ein wenig später, kaufte sich eine neue Currywurst bei Herrn Imbiss, wenn er schon einmal da war, spülte sie mit einer Fanta hinunter und machte sich auf den Weg. Wie gesagt, die Pflicht rief.

Eine knappe Stunde später hatte er den Weg zur Kyffhäuserstraße 52 gefunden. Das mit dem Stadtplan und der Großstadt lief mittlerweile wie am Schnürchen, wer hatte behauptet, dass Arne Murberg sich in der Welt nicht zurechtfinden würde? Er glaubte sogar, dass er mittlerweile den komplizierten Straßennamen auswendig beherrschte. Laut aussprechen konnte er ihn selbstverständlich nicht, aber innerlich, in Gedanken.

Gleiches galt für die Hausnummer, denn es war die genaue Zahl der Spielkarten in einem Kartenspiel. Ohne Joker.

Es war ein grünes und ein wenig blasses, mehrstöckiges Haus. Die Eingangstür war rot, und an der Ecke zur Frankenstraße befand sich ein Geschäft, in dem man ausgestopfte Hunde kaufen konnte. Arne fragte sich, warum man sich für einen ausgestopften Hund entschied, wenn man einen lebenden haben konnte. Aber vielleicht war es ja für alte oder hinkende Menschen, die nicht so weit gehen konnten, eine gute Alternative. Hunde brauchten

Bewegung und konnten im Gegensatz zu Katzen nicht im Haus auf die Toilette gehen, das war allgemein bekannt.

Aber er war nicht hergekommen, um einen Hund zu kaufen, und ein ausgestopfter Mops (Onkel Lennart und Tante Polly hatten für kurze Zeit einen solchen gehabt, wenngleich lebendig, zumindest anfangs) war sicher kein angemessenes Geschenk als Mitbringsel für eine Mutter, die man seit einer Ewigkeit nicht mehr gesehen hatte. Er schüttelte den Kopf, um den Gedankengang loszuwerden. Jetzt galt es, sich zu konzentrieren. Vielleicht stand Violetta Dufva in diesem Moment am Fenster und schaute hinaus, ja, das war durchaus möglich. Vielleicht hatte sie sich dorthin gestellt, um herauszufinden, wie das Wetter in Berlin an diesem Nachmittag war, bevor sie zu einem Geschäft ging, um Eier, Kaffee und Küchenrollen zu kaufen – und nun fragte sie sich stattdessen, wer wohl dieser nette junge Mann auf der anderen Straßenseite war. Der mit den eleganten gelben Schuhen. Irgendwie kam er ihr bekannt vor.

Arne streckte sich und ordnete seine Frisur. Er hob den Blick und ließ ihn über die Fensterreihen schweifen. Es waren fünf Reihen übereinander, also fünf Stockwerke, und mindestens acht in der Breite, die zu Hausnummer 52 gehören dürften. Er rechnete eine Zeitlang im Kopf und kam zu dem Schluss, dass es sich demnach um fünfundvierzig Stück handeln musste. In etwa. Fünfundvierzig dunkle Fenster, hinter denen sich alles Mögliche verbergen konnte.

Aber vielleicht verrechnete er sich auch. Nach seinem Unglück hatte er das Multiplizieren nie wirklich in den Griff bekommen, und im Moment war das auch nicht weiter wichtig. Er konnte ohnehin hinter keiner der Fensterscheiben ein Frauengesicht entdecken, im Übrigen auch kein Männer- oder Kindergesicht, so dass er sich nun einfach ein Herz fassen und versuchen musste, in das Haus hineinzukommen.

Es gibt Dinge, die man zu einem guten Ende bringen sollte, erinnerte ihn sein Vater aus seinem geheimen Versteck zwischen den Ohren seines Sohns. Arne gab ihm recht, sah nach links und rechts und überquerte die Kyffhäuserstraße.

Diesmal hatte er Glück. Aus irgendeinem Grund stand die Tür zur Straße offen. Oder zumindest einen Spaltbreit offen, denn jemand hatte eine zusammengerollte Zeitung in den Spalt gesteckt, damit die Tür nicht ins Schloss fiel. Arne überlegte, dass es vermutlich jemand gewesen war, der eine Pizza bestellt hatte und nicht alle Treppen hinunterlaufen wollte, um sie zu holen. So machte man das in allen Städten weltweit.

Er betrat das Treppenhaus, und genau wie in der Knobelsdorffstraße zwei Tage zuvor gab es darin eine Tafel, auf der die Mieter des Hauses verzeichnet standen. Arne stellte sich davor und begann Stockwerk für Stockwerk durchzugehen.

Das dauerte eine ganze Weile, denn es waren viele. Dort standen Namen wie Zimmermann, Polanski und Brahms-Bergh. Caravaggio und Hummel. Knackenbach und Runke, in Deutschland konnte man offensichtlich die unterschiedlichsten Namen haben.

Es gab jedoch niemanden namens Dufva und niemanden namens Lummersten. Obwohl er einigermaßen sicher war, dass seine Mutter niemals Lummersten geheißen hatte, denn wenn man einen so schönen Namen hatte wie Duvfa, hielt man bestimmt zeit seines Lebens an ihm fest.

Hier unten im Erdgeschoss war es ruhig und still. Grün gekachelte Wände, ein Fußboden in einem etwas dunkleren Grün mit großen quadratischen Fliesen und einem verspielten Muster. Arne fand, dass dies schön aussah; außerdem roch es frisch geputzt, als hätte jemand den Boden erst kürzlich mit einem Aufnehmer und Putzmittel gewischt, was daheim in K. immer Tante Polly tat, trotz all ihrer Krankheiten, so dass der Duft Arne sehr vertraut war. Etwas weiter hinten standen ein Fahrrad und ein Kinderwagen, und dort befand sich außerdem eine Tür, die zu einem Innenhof führte. Wahrscheinlich jedenfalls, denn die obere Hälfte der Tür bestand aus milchigem Glas, so dass man nur erahnen konnte, was sich dahinter befand. Ahnungen, Ahnungen, dachte Arne philosophisch. Es gibt so vieles, was man nur ahnt. Irgendwo aus den übrigen Stockwerken drang Klaviermusik an sein Ohr, und er dachte, dass es jemand war, der übte, denn ab und zu traten Pausen ein, und anschließend wurde die gleiche kurze Musikpassage immer und immer wieder gespielt.

Sicherheitshalber ging er die Liste der Namen noch einmal durch. Von unten nach oben statt umgekehrt wie bei seinem ersten Versuch.

Es nützte nichts. Er fand weiterhin niemanden namens Dufva, aber in der dritten Etage wohnte jemand namens *Vogel.* Er glaubte zu wissen, dass dies das deutsche Wort für *fågel* war, das stimmte doch, oder? Daraufhin begannen sich in Arnes Kopf sachte zwei Zahnräder zu drehen. *Dufva* und *Vogel*? *Taube* und *fågel*? Das hing ganz eindeutig zusammen … war man eine Taube, dann war man auch ein Vogel. Sozusagen gleichzeitig, und … ja, und was? Hier gab es einen Zusammenhang, den er gerade Schritt für Schritt herstellte, in ähnlicher Weise wie Perry Mason, der häufig Zusammenhänge entdeckte, an die bis dahin noch keiner gedacht hatte. Die alle anderen übersehen hatten. Denn wenn … *wenn* es sich so verhielt, dass seine Mutter auf die Idee gekommen war, einen anderen Namen anzunehmen, als sie innerhalb von Berlin umzog – von der Knobelsdorffstraße in die Kyffhäuserstraße –, lag ja wohl nichts näher, als dass sie sich für *Vogel* entschieden hatte. Selbstverständlich, das passte doch alles ganz ausgezeichnet zusammen. Nicht wahr?

Nicht wahr? Arne blieb vor der Namenstafel stehen, während er seine Argumentation drehte und wendete, und kam am Ende zu dem Schluss, dass er ohnehin nichts zu verlieren hatte. Wenn er bei diesem Menschen namens Vogel klingelte und sich herausstellte, dass es sich um einen völlig Fremden handelte, zum Beispiel einen untersetzten deutschen Metzger oder einen Schaffner, tja, dann würde er wohl behaupten müssen, dass er unterwegs sei, um Spenden für einen wohltätigen Zweck zu sammeln, und dass er sich in der Tür geirrt habe.

Nein, das wäre eine dumme Ausrede, und außerdem würde es wahrscheinlich schwierig werden, sie auf Deutsch vorzubringen. Aber unabhängig davon musste er untersuchen, was es mit dem Mysterium Dufva-Vogel auf sich hatte. Perry Mason würde sich eine solche Chance niemals entgehen lassen.

Und Arne Albin Hektor Murberg auch nicht.

Er nahm die Treppen in die dritte Etage, weil er dem Aufzug nicht traute. Die Deutschen waren sicher tüchtige Handwerksleute, die sich sehr gut darauf verstanden, Aufzüge zu bauen, aber man konnte nie wissen. Vielleicht hatte man ausgerechnet in diesem Haus jemanden aus Südschweden oder einen Spanier beauftragt, und Arne hatte keine Lust, zwischen zwei Stockwerken stecken zu bleiben.

Es waren mehr Treppenstufen, als er zählen konnte, und als er die richtige Etage erreicht hatte, musste er stehen bleiben und sich eine Weile ausruhen. Schließlich hatte er keine Lust, seiner Mutter gegenüberzustehen und wie ein kranker Elefant zu keuchen. Im Gegenteil, er wollte einen möglichst guten Eindruck machen, damit seine Mutter über alle Maßen begeistert war, endlich ihren Sohn treffen zu dürfen, den sie so lange nicht mehr gesehen hatte.

Fast nie, um genau zu sein.

Er schaute sich um. Es gab vier verschiedene Türen, alle in der gleichen glänzenden, hellbraunen Farbe. Auf zwei von ihnen standen die Namen Zimmermann und Brahms-Bergh, auf der dritten Vogel, und auf der vierten und letzten Tür fehlte das Namensschild. Arne zog seinen Kamm aus der Gesäßtasche und fuhr sich damit einige Male durchs Haar, kontrollierte, dass Kleider und Rucksack gut saßen, dass die Gelben gut gewienert waren und sein Puls sich auf fünfundsiebzig Schläge in der Minute verlangsamt hatte.

Danach setzte er den Finger auf den Klingelknopf und sandte einen langen, brummenden Ton aus.

Trat einen Schritt zurück und wartete.

Es passierte nichts.

Er versuchte es noch einmal.

Und wartete.

Nichts.

Sie liegt bestimmt in der Badewanne, dachte er. Ich warte fünf Minuten und gebe ihr Gelegenheit, sich abzutrocknen und ihren Bademantel überzuziehen.

Aber zu den fünf Minuten kam es dann nicht. Es waren kaum drei Minuten vergangen, als sich stattdessen die Tür rechts von der Vogeltür öffnete, die ohne Namensschild. Ein älterer Herr kam heraus. Er war groß und hager, trug einen schwarzen, zerknitterten Anzug und ein weißes Hemd mit geöffnetem Kragen. Seine Haare waren grau und üppig, und Arne fand, dass er wie ein Schauspieler aussah, den er in vielen Filmen gesehen hatte, in denen er immer irgendeinen Schurken spielte. Außerdem schien der Mann sich in den letzten drei, vier Tagen nicht rasiert zu haben, die Bartstoppel hatten die gleiche Farbe wie die Haare, und auf der Stirn, direkt über der einen Augenbraue, saß ein dunkelroter Schmetterling.

Nein, es war ganz offensichtlich kein Schmetterling, sondern einer dieser Flecken, die niemals weggehen … ein Muttermal. Natürlich, warum sollte man auch mit einem Schmetterling auf der Stirn herumlaufen?

Sie blieben stehen und starrten einander an, der Mann in der Türöffnung, Arne mit der Vogeltür im Rücken. Es vergingen mehrere Sekunden, und langsam, ganz langsam, geschah etwas. Arne spürte, wie sein Körper schleichend von einer schwirrenden Mattigkeit erfasst wurde, als würde er Fieber bekommen, und als er in seinem Kopf nach etwas suchte, was er sagen konnte, rauschte es darin nur verlassen und leer, so ähnlich, wie es ihm ergangen war, als er vor langer Zeit an Vater Torstens Sterbebett gesessen hatte.

Obwohl das eigentlich noch gar nicht so lange her war. Wenn er es recht bedachte, erkannte er, dass seither nicht viel mehr als ein paar …

Der Mann sagte etwas. Eine dumpfe, leicht heisere, fast flüsternde Stimme. Arne verstand ihn nicht.

Der Mann seufzte. Zuckte mit den Schultern und zeigte seine Handflächen. Arne verstand ebenso wenig, was das bedeuten sollte. Dann, endlich, kamen ihm jedoch ein paar deutsche Worte in den Sinn.

»Isch suche mein Mutter?«

»Aha?«, zischte der Mann. »Ihre Mutter?«

»Genau«, antwortete Arne. »Mutter.«

Er streifte den Rucksack ab und fischte die Mitteilung heraus. Trat zu dem Mann, der noch in seiner Türöffnung stand, und reichte sie ihm.

ICH SUCHE MEINE MUTTER. IHRE NAME IST VIOLETTA DUFVA ODER VIELLEICHT VIOLETTA LUMMERSTEN. SIE WOHNTE HIER IN DIE ACHTZIGEN; VIELLEICHT SPÄTER: KÖNNEN SIE MIR HILFEN?

Während der Mann mit leicht verblüffter Miene las, fiel Arne ein, dass es nicht ganz stimmte, was auf dem Zettel stand. In den achtziger Jahren hatte seine Mutter ja gar nicht in diesem Haus gewohnt, sie war hier wesentlich später eingezogen, erst vor ungefähr zehn Jahren. Er hatte jedoch keine Ahnung, wie er es anstellen sollte, dem eigenartigen Herren das zu erklären.

Eigenartig?

Ja, *eigenartig*. Warum hatte er zum Beispiel kein Namensschild an der Tür? Warum lugte aus seiner Brusttasche eine Spritze heraus, und warum sah er plötzlich so zufrieden aus? Er hatte die Mitteilung gelesen und gab ihm den Notizblock mit einem Lächeln zurück. Einem schiefen Lächeln, das eher so aussah, als hätte er Zahnschmerzen, dachte Arne, aber gleichzeitig gab es etwas Freundliches und … wie hieß das? … Entgegengehendes? … in seinen Augen.

Dann fiel ihm das Foto ein. Er suchte es aus der Innentasche heraus und hielt es ebenfalls dem Mann hin.

»Mutter«, sagte er. »Violetta Dufva …«

Der Mann nahm das Bild entgegen. Hielt es dicht vor sein Gesicht und musterte es eingehend. Und auf einmal – ungefähr so, wie es immer bei Perry Masons Richter aussah, wenn er am Ende endlich begriff, wer der wahre Mörder war – veränderte sich seine Miene. Sein Mund öffnete sich, und Arne konnte hören, wie er atmete. Schwer, fast keuchend. Seine Augenbrauen hoben sich, so dass sich der Schmetterling zu bewegen schien. Lange starrte er auf die Aufnahme von Violetta, der Mutter von Arne.

»Was haben Sie gesagt?«, fragte er langsam und flüsternd. »Violetta Dufva …? Aber … das hier ist Valetta … Valetta Pates. Haargenau so, wie sie war, als wir …«

Er verstummte und sah Arne an. Intensiv, aber dennoch mit unruhig flackernden Augen. Arne verstand nicht, was er gesagt hatte, aber eins verstand er. Der Mann hatte sie wiedererkannt.

Hatte Violetta Dufva wiedererkannt.

Er wusste, wer sie war.

Dass sie … möglicherweise Violetta Vogel war? Dass sie Nachbarn waren. Dass sie sich hinter der Tür aufhielt, an der Arne gerade geklingelt hatte. Oder …?

Erneut spürte er, wie ihn der Schwindel erfasste. Das Karussell in seinem Gehirn setzte sich in Bewegung, und seine Knie hätten beinahe nachgegeben. Sicherheitshalber machte er einen Schritt zur Seite und lehnte sich an die Wand. Der Mann kam zu ihm und legte ihm eine Hand auf die Schulter.

Er sagte etwas mit *hilfen*, was, wie Arne wusste, helfen bedeutete, das Wort stand im Übrigen auch in der Mitteilung, und dann deutete der Mann mit der anderen Hand in seine Wohnung, deren Tür weiterhin sperrangelweit offen stand.

Er will mir helfen, dachte Arne. Er möchte mir ein Glas Wasser geben und mir anschließend den Weg zu meiner Mutter zeigen. Heute habe ich wirklich Glück.

»Isch bin Schweden«, sagte er, und anschließend gingen sie gemeinsam hinein.

3

Es war eine seltsame Wohnung. Klein und dunkel, mit schweren Vorhängen vor allen Fenstern, und das einzige Licht, das Arne wahrnahm, kam von zwei brennenden Kerzen, die auf dem Küchentisch standen.

Dorthin begaben sie sich, in die Küche. Der Mann hatte ihm eine Hand unter den linken Oberarm geschoben, führte ihn zu dem Tisch und drückte ihn auf einen Stuhl. Er selbst setzte sich auf den anderen Stuhl, es gab nur zwei, lehnte sich vor, die Ellbogen auf den Tisch gestützt, und betrachtete seinen Gast wortlos. Nicht einen Ton sagte er, aber er nickte vor sich hin, als dächte er über etwas nach, über etwas, was mit Arne zu tun hatte, gleichzeitig jedoch auch wieder nicht. Das war kein … nun ja, das war kein sonderlich angenehmes Gefühl.

»Tja, und was machen wir jetzt?«, fragte Arne auf Schwedisch. Es fühlte sich gut an, das Schweigen zu brechen, auch wenn der Schmetterlingsmann (er beschloss, ihn bis auf weiteres so zu nennen) kein Wort von dem, was er sagte, verstand. »Es geht also wie gesagt um meine Mutter«, fuhr Arne auf Schwedisch fort, »deshalb bin ich hergekommen …«

Der Schmetterlingsmann verstand ihn nicht, das merkte man, lächelte aber trotzdem und nickte mehrmals. Er begann leise vor sich hin zu summen, während er eine

Metallkugel, die er aus der Jacketttasche gezogen hatte, auf der Tischplatte hin- und herrollte. Hin und her, hin und her.

»Kein Problem«, sagte er dann. »Ich kenne Ihre Mutter gut.«

»Hä?«, sagte Arne.

»Ich kenne Ihre Mutter gut. Violetta Dufva … verstehen Sie?«

Arne gab sich alle Mühe, seine Mitteilung zu deuten, und kam zu dem Schluss, dass der Mann seine Mutter tatsächlich kannte. Darüber hinaus hatte er wahrscheinlich gefragt, ob Arne ihn verstand.

»Jawohl«, antwortete er. »Verstanden alles.«

Der Schmetterlingsmann gab ihm das Foto zurück und lächelte wieder. Da war etwas mit seinem Lächeln, was Arne ein wenig merkwürdig fand. Vielleicht lag es an den Zähnen, als wollten sie irgendwie aus seinem Mund krabbeln, und wenn er die Oberlippe hochzog, geschah auch etwas mit seinen Augen, es funkelte irgendwie darin, als wäre am hinteren Ende eines langen Tunnels eine Taschenlampe eingeschaltet worden.

Seltsam, dachte Arne. Mir kommen seltsame Gedanken. Andererseits erfülle ich einen Auftrag in Berlin, da kann alles Mögliche passieren.

»Hypnosis«, sagte der Schmetterlingsmann.

Jedenfalls hörte es sich so an. *Hypnosis?* Was meinte er damit?

Arne hatte keine Ahnung. *Kleine Ahnung*, wie gesagt, aber da dieser eigentümliche Mann offensichtlich über Informationen verfügte, die zu seiner Mutter führten, würde es wohl das Beste sein, sich nichts anmerken zu lassen.

Dachte Arne Murberg, atmete zwei Mal tief durch und nickte bestätigend.

»Hypno… sehr gut!«

Der Schmetterlingsmann rief etwas mit entsetzlich vielen Sch-Lauten aus. Dann klatschte er in die Hände und ergänzte: »Heute probieren.«

»Probi…?«, entgegnete Arne.

»Kommen Sie mit!«

Er stand auf und zog Arne aus der Küche in eines der dunklen Zimmer, in dem er eine kleine Lampe einschaltete, die auf einer Kommode stand. Ansonsten befand sich in dem Raum nichts außer einem Bett an einer Wand sowie einem Stuhl, der am Kopfende des Bettes stand. Der Schmetterlingsmann setzte sich auf den Stuhl und bedeutete Arne, sich auf das Bett zu legen. Da Arne inzwischen ziemlich erschöpft war, leistete er der Aufforderung widerstandslos Folge. Er streckte sich auf dem Rücken aus, nachdem er zunächst angesichts der Frage, ob er seine Schuhe ausziehen sollte oder nicht, für einen Moment gezögert hatte. Da er jedoch schlechte Erfahrungen damit gemacht hatte, in Berlin ohne Schuhe zu schlafen, und seine Gelben außerdem neuer und eleganter aussahen denn je, beschloss er, sie anzubehalten.

Der Schmetterlingsmann hatte nichts dagegen einzuwenden. Im Gegenteil, er wirkte gleichzeitig zufrieden und konzentriert. Was er beabsichtigte, war beim besten Willen nicht leicht zu erraten, aber nun zog er aus einer der vielen Taschen seines Anzugs einen weiteren kleinen Gegenstand. Erstaunt sah Arne, dass es sich um einen dieser Glasbehälter mit Sand handelte… es dauerte ein paar Sekunden, bis ihm einfiel, wie man ihn nannte. Eine *Sand-*

uhr, ja genau! Wenn ihn nicht alles täuschte, benutzte man solche Gegenstände früher, bevor Uhren erfunden wurden, um die Zeit zu messen. Aber was um Himmels willen der Mann mit so einem Ding wollte … tja, das war noch so eine Merkwürdigkeit.

Arne dachte allerdings, dass er sich langsam daran gewöhnte. In Berlin konnte im Großen und Ganzen alles passieren, und weil er so müde war, verzichtete er darauf, sich zu wundern. Wenn man ohnehin schon auf dem Rücken lag, nutzte man die Gelegenheit am besten, um ein Nickerchen zu machen, entschied er, was offenbar auch das war, was der Schmetterlingsmann im Visier hatte … wie man so sagte. *Was hast du jetzt wieder im Visier?*, pflegte Tante Polly zu sagen, wenn sie Arne dabei ertappte, vor dem Kühlschrank zu stehen und nach einem geeigneten Leckerbissen zu suchen.

Und der Schmetterlingsmann schien im Visier zu haben, dass Arne das tun sollte, wonach er sich momentan am meisten sehnte. Ein Nickerchen zu machen.

»Schlafen«, zischte er mit seiner rostigen Stimme, und das war ein deutsches Wort, das Arne sehr gut verstand.

»Schlaaaaafffeeen …«, wiederholte er so gedehnt, dass es fast unmöglich war, die Augen offenzuhalten. Und dann hob er die Sanduhr und bewegte sie vor Arnes Gesicht vorsichtig hin und her.

Hin und her. Hin und her.

»Eins … zwei … drei … vier … schlaaaaafffeeen …«

Arne schloss die Augen, und gleichzeitig begann der Mann eine Litanei völlig unverständlicher Worte zu murmeln. Kurz bevor er einschlief, kam Arne noch der Gedanke, dass es sich wohl nicht einmal um Deutsch handelte; aus irgendeinem Grund kam ihm der Gedanke, dass es die Sprache war, welche die Toten benutzten. Wenn sie nachts auf den Friedhöfen lagen und nichts anderes zu tun hatten, als miteinander darüber zu sprechen, wie kalt und ungemütlich es in der Erde war. Das war ein ungewöhnlicher Gedanke, höchst ungewöhnlich, er war ihm eindeutig noch nie zuvor gekommen.

Aber das spielte keine Rolle. Der Schlaf senkte sich auf ihn herab wie eine schwere, warme Decke, und er begann praktisch sofort zu träumen, aber es war kein gewöhnlicher Traum, das merkte er sofort. Das Ganze war viel zu deutlich, viel zu … offensichtlich?

Vielleicht war es nicht einmal ein Traum.

4

Er ist ein Jüngling.

Es ist irgendein Ort auf dem Land, möglicherweise am Rande eines Dorfs. Frühling liegt in der Luft, und wahrscheinlich befindet man sich in einer längst vergangenen Zeit.

Er steht am Hauklotz und hackt Holz und ist höchstwahrscheinlich ein ganz anderer Mensch. Jedenfalls ist er gesund, jung und stark und in Kleider gehüllt, die altmodisch und ländlich wirken. Ein Hemd aus rauem, grauem Stoff, eine abgewetzte Hose, die kurz unterhalb der Knie endet, dicke Strümpfe und Holzschuhe.

Und er ist stark und schwingt mit Leichtigkeit seine Axt und spaltet die Holzklötze in rascher Folge. Bloß ein wohlgezielter Schlag, mehr ist nicht nötig. Die Sonne scheint, steht hoch am klaren Himmel, er ist verschwitzt, aber nicht müde, und während er schlägt, summt er eine Weise.

Hinter ihm liegt eine Ansammlung flacher, grauer Häuser, in einem von ihnen wohnt er bestimmt. Singvögel tummeln sich in einem Gestrüpp an der Böschung unterhalb von ihm, wo auch ein einfacher Weg verläuft. Eigentlich ist es eher ein Pfad, wenngleich so breit, dass auf ihm zwei oder drei nebeneinanderher gehen können. Oder ein Pferd mit Wagen.

Er macht eine kurze Pause, wischt sich den Schweiß von

der Stirn und schaut sich um. Er hört auf zu singen; ein Geräusch ist aus dem Wald gekommen, der fast an die Häuser reicht und in dem der Weg verschwindet wie eine Schlange in einem Steinhaufen. Hundegebell hat er gehört, aber auch noch etwas anderes. Etwas, was knirscht und knarrt, und bald darauf kommen auch die Stimmen von Menschen dazu; ein Mann, der nachdrücklich und mit Autorität spricht, und ein anderer, der ihm antwortet. Etwas bescheidener, dieser andere, ein Untertan, könnte man sagen.

Außerdem ein schnaubendes Pferd.

Er bleibt an seinem Hauklotz stehen und wartet, er wartet darauf, dass das Gefährt unten auf der Straße sichtbar wird. Die Axt auf der Schulter, die Sonne im Gesicht, so dass er ein wenig blinzeln muss.

So wirklich, dass er seine Atemzüge spüren und seine Herzschläge in der Brust hören kann. Nein, ein Traum ist das nicht.

Ein wenig unruhig sind sie schon, seine Herzschläge. Die Erwartung einer Gefahr, eines drohenden Angriffs.

Jetzt kommen sie aus dem Wald. Zwei kräftige Zugpferde sind es, ein grauschwarzes, ein braunes und dahinter ein offener Karren. Ein Kutscher in einer Lederjacke und Schirmmütze und auf der Bank dahinter zwei Amtspersonen. Aufrecht in schwarzen Mänteln und mit hohen Hüten, trotz des warmen Tages.

Und dann, auf dem Boden des Karrens liegend, mit gefesselten Händen und angebunden, eine junge Frau in einem grauen Kleid und mit offenen dunklen Haaren. Barfuß.

Er kennt sie.

Beate. Die älteste Tochter auf dem Greivaldhof.

Sie kennt ihn auch. Natürlich, schließlich sind sie Nachbarn. Wenngleich ein zehnminütiger Fußweg durch den Wald die beiden Höfe voneinander trennt. Sie sind ungefähr im selben Alter, aber der Vater hat ihn vor ihr gewarnt. Mit den Leuten auf Greivald stimme etwas nicht. Das gelte besonders für Valetta, die Hausherrin, aber auch für die übrigen Frauen. Um ihren Kirchgang sei es schlecht bestellt, und das sei nicht alles.

Als Beate sieht, wie er dort steht und mit der Axt auf der Schulter blinzelnd zu ihr herübersieht, versucht sie sich aufzurichten, aber das Seil, mit dem man sie angepflockt hat, ist zu kurz, sie kommt nur auf die Knie. Er stöhnt auf, sie sieht ganz wild aus. Wild und schön, er hat einen Kloß im Hals, und in seiner Hose schwillt das Glied an, wie es das häufig tun will, wenn er an sie denkt. Neuerdings. Er hat sie nackt gesehen, ein Mal, als sie gegen Ende des vorigen Sommers im Fluss schwimmen gegangen war.

So verlockend. So wirklich. So seltsam.

Wer ist er selbst am Anfang dieser Geschichte?

Das weiß er nicht. Wie alt ist er? Vielleicht fünfzehn. Er kennt weder seine Herkunft noch seine Zugehörigkeit. Er kennt sein Land nicht.

Und er kennt seinen Namen nicht, bis sie ihn plötzlich von dem Wagen aus zu ihm hinüberruft.

»Aron!«

Nein, das kann kein Traum sein.

Er schluckt, wirft die Axt von sich und eilt dem Gefährt hinterher, das bereits hinter der nächsten Wegbiegung verschwindet. Die Hunde springen und bellen darum herum, es müssen die Hunde von Hof Greivald sein, sie veranstalten immer so ein Spektakel …

Der Kutscher peitscht auf die Pferde ein, und er holt sie erst ein, als sie fast die Kirche erreicht haben, die in all ihrer herrschsüchtigen Pracht diesseits des Dorfes steht. Die Kirche auf der Anhöhe, das Dorf auf der Böschung zur Flussmündung und bis zum See hinab. Sie biegen auf den Platz vor dem Pfarrhof und halten an.

Er hält auch an, in gebührendem Abstand, zwanzig bis dreißig Schritte entfernt. Er traut sich nicht recht bis zu dem Wagen. Doch was Beate schreit, hört er trotzdem.

»Sie wollen mich als Hexe verbrennen! Sie haben vor, mich zu töten, diese Teufel!«

Er hat das Gerücht gehört, das hat er. Es ist getuschelt und zum Schweigen ermahnt worden. Vorsichtiges Tuscheln und heftige Ermahnungen. Zwei Jahre in Folge ist die Ernte schlecht gewesen, es hat sich fast schon um Missernten gehandelt, das Essen ist knapp gewesen. Auch anderes ist geschehen. Krankheiten, die junge Menschen ins Grab gezogen haben. Schwarze Magie und Gott weiß was. Nächtliche Zusammenkünfte. Probst Maximander hat von seiner Kanzel gewettert, er ist im Übrigen die eine der beiden Amtspersonen. Aron sieht nun, wie Gottes Stellvertreter auf Erden keucht und stöhnt, als er ungelenk aus dem Wagen steigt. Der Hilfsgeistliche kommt aus dem Pfarrhof herbeigelaufen wie ein Käfer auf zwei schmalen Hinterbeinen und streckt eine hagere Hand aus, die Maximander abweist.

Wer der andere schwarzgekleidete Mann in dem Karren ist, weiß Aron nicht, aber das spielt auch keine Rolle. Er hat nur Augen für Beate, jetzt ruft sie ihm wieder etwas zu.

»So hilf mir doch jemand! Ich bin unschuldig! Ich will nicht brennen, jemand muss mich retten!«

Er. Er ist dieser *Jemand.* Der sie retten soll, das scheint sie zu meinen. Der junge Aron soll dafür sorgen, dass der Scheiterhaufen niemals angezündet wird, dass Priesterschaft und Obrigkeit es sich anders überlegen und sie freisprechen, statt sie zu verurteilen. Aber wie soll das gehen? Was stellt sie sich vor?

Sie ruft noch etwas, aber ihre Stimme trägt nicht mehr. Sie bricht auf der offenen Ladefläche zu einem schluchzenden und weinenden Bündel zusammen. Der Hilfsgeistliche und zwei hinzueilende Knechte machen sie gemeinsam los; schleifen sie anschließend vom Wagen herunter und zum Pfarrhof hinauf, zu dem die beiden Schwarzmäntel bereits unterwegs sind.

Ja, sie müssen Greivalds Beate tatsächlich *schleifen*, denn sie weigert sich, die Beine ihre Arbeit machen zu lassen. Aron bleibt hilflos stehen und sieht, wie sie Beate hinter sich durch den Staub ziehen. Sie haben jeweils einen ihrer Arme gepackt, sie sind groß und stark, sich ihnen stärker zu widersetzen wäre sinnlos. Jetzt sieht er zudem, dass ihre Füße mit einem Seil zusammengebunden sind, selbst wenn sie gehen wollte, würde sie keine größeren Schritte machen können als ein neugeborenes Kalb.

Einige Meter vom Wohnhaus entfernt steht ein farbloses Holzhaus, ein wuchtiges Lagerhaus, dorthin wird sie geführt. Der Hilfsgeistliche, er heißt Carambolius, wahrlich ein seltsamer Name, schließt die schwere Tür umständlich mit einem Schlüssel auf, den er aus der Tasche gefischt hat. Er stößt das Mädchen hinein und schließt wieder ab. Danach bürsten sich alle drei ab, als wären sie von etwas Ansteckendem besudelt worden, und folgen den Schwarzmänteln. Auf der Veranda ziehen sie ihre Mützen ab. Carambolius klopft an die weißgetünchte Doppeltür, und im nächsten Moment werden sie von einer Magd hereingelassen.

Aron steht immer noch auf dem Weg.

Wer ist er? Was soll er tun? Was geschieht?

Es müsste ein Traum sein, ist es aber nicht. In weiter Ferne sieht er hohe Berge.

Er begibt sich auf die Rückseite des Lagerhauses, da er weiß, dass es dort eine Fensterluke gibt. Die Nesseln wachsen taillenhoch, sie brennen an seinen nackten Unterschenkeln, dennoch kämpft er sich hindurch. Er erreicht die Luke, die nicht so groß ist, dass ein Mensch durch sie heraus- oder hineinkriechen könnte, außerdem ist sie mit einem massiven Gitter versehen. Sie sitzt hoch, er muss sich auf die Zehenspitzen stellen und strecken, um hineinschauen zu können. Aber mehr als die Dachbalken und den oberen Teil der Wand kann er nicht sehen. Es ist dunkel im Inneren, das bisschen Tageslicht, das die Luke hereinlässt, kann gegen die Dunkelheit und Hoffnungslosigkeit in dem Lagerraum herzlich wenig ausrichten.

Er atmet einige Male unruhig, ehe er ihren Namen flüstert. In ihm pulsiert die Furcht, dass ein anderer als sie ihn hören könnte. Er hat gehört, dass er als eine Art … eine Art Menschengewahrsam benutzt wird, dieser Raum. Als ein Gefängnis. Für Frevler und Diebe.

Und Hexen.

»Beate?«

Sie antwortet ihm augenblicklich. Ihre Stimme ist zugleich verängstigt und trotzig.

»Aron?«

Sie presst ihr Gesicht gegen das grobe Gitter, ihre Hände halten die beiden senkrechten Stangen fest umfasst. Ihre Lippen sind nur eine Handbreit von seinen eigenen entfernt, wahrscheinlich hat sie sich auf etwas gestellt, denn so groß ist sie eigentlich nicht. Und nun findet auch er einen Stein, wälzt ihn aus den Nesseln heran und steigt darauf. So nahe ist er ihr nie gewesen, und niemals so fern.

»Sie wollen mich verbrennen. Sie beschuldigen mich …«

Er schluckt seine Schüchternheit hinunter. »Wessen?«

»Der Hexerei, Aron … sie behaupten, dass ich eine Hexe bin und mit … na ja, du weißt schon, im Bunde stehe.«

»Aber das stimmt doch nicht.«

»Nein, natürlich stimmt das nicht. Aber das ist ihnen egal.«

Er weiß nicht, was er sagen soll. Das Herz pocht in seiner Brust, als wollte es in die Welt hinaus. Ja, so ist es, sein Herz will aus dem Körper – und danach zu ihr hinein, die hinter dem Gitter steht. Es lässt sich nicht leugnen.

»Du musst mich retten, Aron. Ich hatte Visionen. Wenn du mich befreist, können wir … zusammen weglaufen.«

»Visionen?«

»Ja. Von der Zukunft.«

Was sagt sie da? *Visionen*? *Die Zukunft*? Und dass sie … dass er und sie … dass Beate auf Greivald und er, Aron Wie-auch-immer-er-heißen-mag, gemeinsam in die Welt aufbrechen werden? Das wäre nun wirklich … plötzlich fühlt er sich bis zum Bersten erfüllt von Sehnsucht und Mut und … Tatkraft?

»Aber was soll ich denn tun, Beate? Es kann doch nicht

so schlimm um dich stehen, wie du sagst? Sie können ja wohl nicht …«

Aber er weiß, dass sie es sehr wohl *können*, es ist in anderen Dörfern im Land passiert, und sie fällt ihm ins Wort.

»Ich weiß, was los ist, Aron, glaube mir. Es war Carambolius, dieser verdammte Schlappschwanz hat sich das alles ausgedacht, und der Probst schenkt seinen Worten Glauben. Welches Gewicht hat mein Wort gegen seins, Aron? Wenn du mich fragst, weniger als das einer Laus. Wenn du es nicht schaffst, mich hier herauszuholen, bin ich verloren. Das weiß ich.«

»Deine Mutter …?«

»Meine Mutter wagt es nicht einzugreifen. Keiner in meiner Familie. Sonst brennen sie auch.«

»Aber können sie das wirklich so ohne weiteres tun?«

»Nein, sie haben nicht das Recht, jemanden eigenständig zum Tode auf dem Scheiterhaufen zu verurteilen, aber in zwei Tagen kommt ein Gesandter der Königs. Ein Mann, der die Macht hat, mich in die Flammen zu schicken. Und er wird sich ihre Lügen anhören und ein Dokument unterzeichnen, und damit ist es vollbracht. Drei Tage, das ist es, was uns zur Verfügung steht. Er kommt Gründonnerstag her, geplant ist, dass ich Karfreitag brenne … in drei Tagen!«

Hier erstickt ihre Stimme, und sie bricht in Tränen aus. Er schiebt eine Hand durch das Gitter und berührt ihre Wange. Sie legt ihre Hand auf seine und lässt sie dort liegen. Das ist schwindelerregend. Es vergeht eine ganze Weile. Das lässt es anschwellen.

Sie erstickt ihre Tränen. »Ich weiß, wo der Schlüssel ist«, sagt sie.

»Der Schlüssel?«

»Der Schlüssel für die Tür hier. Carambolius verwahrt ihn in seinem Zimmer.«

»Der Hilfspfarrer?«

»Ja. Du musst ihn dir beschaffen, Aron. Du musst Carambolius den Schlüssel stehlen und mich herauslassen. Vor Freitag, denn danach ist es zu spät.«

»Ich verspreche es dir«, erwidert er. »Wenn ich nur wüsste, wie ich ihn in die Finger bekommen soll.«

Sie zuckt zusammen und lässt seine Hand an ihrer Wange los. Er behält die Berührung jedoch bei, will sie nicht missen. Seine Fingerspitzen zittern vor Freude und dunkler Erwartung.

»Ich weiß, wo er ihn aufbewahrt. Er liegt in einem flachen Kästchen in seinem Schreibtisch, dort verwahrt er ihn immer.«

»Woher weißt du …?«

»Ich weiß mehr über Carambolius, als ich in Erinnerung behalten möchte«, antwortet Beate traurig. »Es ist ein flaches, kleines Kästchen, das musst du finden. Stell mir bitte keine Fragen mehr. Aber geh in das Zimmer und stiehl den Schlüssel, Aron! Anschließend holst du mich hier heraus, und wir laufen zusammen weg.«

»Ich … ich verspreche es dir, Beate. Ich verspreche es.«

»Vor Freitag«, wiederholt sie. »Denn dann ist der Mann des Königs hier, und es ist zu spät.«

Er nickt. Zieht seine Hand zurück. Doch sie streckt stattdessen die ihre durch das Gitter, und was tut sie daraufhin? Sie berührt seine Lippen und schiebt anschließend zwei Finger in seinen Mund. Er fragt sich, was diese

Geste bedeutet. Sie schmeckt nach fast nichts, eventuell ein wenig salzig und ein wenig süß.

Visionen? Die Zukunft?

Dann verlässt er sie. Er bahnt sich einen Weg aus dem Brennnesselmeer, aber ehe er um die Ecke verschwindet, ruft sie ihm etwas hinterher.

»Das ist kein Traum, Aron! Vergiss nicht, dass dies keinesfalls ein Traum ist. Ich warte auf dich.«

Ungefähr in diesem Moment beginnt er die andere Stimme, aus der anderen Welt, zu hören.

»... fünf ... vier ... drei ... zwei ...«

Mitten zwischen »eins« und »null« schlägt er die Augen auf und ist wach.

Nein, denkt er. Kein Traum. Auf gar keinen Fall. Denn er hat nicht geschlafen.

Aber was war es dann? Worum geht es?

»Alles in Ordnung?«

Das ist die heisere Stimme des Schmetterlingsmanns. Das Zimmer ist fast dunkel. Er hat die Lampe ausgeschaltet und stattdessen eine einsame Kerze angezündet. Arne liegt immer noch rücklings auf dem Bett. Sein Kopf fühlt sich an wie ein Fernsehapparat, der gerade nach einem guten, aber komplizierten Film ausgeschaltet wurde.

Noch so ein seltsamer Gedanke. Nie zuvor haben so viele seltsame Gedanken Platz in seinem Schädel gefunden wie heute.

Der Schmetterlingsmann kommt mit einem Glas Wasser zu ihm. Er setzt sich auf und leert es in einem Zug.

Der Schmetterlingsmann sagt etwas. Er versteht nicht, was.

Sie kehren in die Küche zurück und setzen sich an den Tisch. Arne spürt, dass er noch ein Glas Wasser gebrauchen könnte, weiß aber nicht, wie er das auf Deutsch sagen soll. Hauptsache, ich komme hier bald weg, denkt er. Ich muss hier raus, sonst kippe ich um.

Der Schmetterlingsmann holt etwas, was ein Kalender zu sein scheint. Ja, es ist ein Kalender.

»Heute«, sagt er und zeichnet einen Kreis um ein Datum. Der dreißigste März, wenn Arne richtig sieht. Schon möglich, dass dies gerade heute ist, aber über Tage und Monate ist er nicht sonderlich gut im Bilde.

Der Schmetterlingsmann umkringelt ein neues Datum, den dritten April.

»Dann kommen Sie noch einmal her. Verstehen Sie?«

»Mein Mutter?«, fällt Arne ein. Es ist, als hätte er ganz vergessen, warum er hier ist.

»Genau«, sagt der Schmetterlingsmann blitzschnell und lächelt wieder so eigentümlich. »Am dritten!«

Er zieht noch einen Kreis um den 3. April.

Und Arne versteht. Zumindest glaubt er zu verstehen. Er soll am dritten April wiederkommen, und an dem Tag wird Violetta Dufva auch hier sein.

Oder heißt sie Vogel?

In vier Tagen.

»Neun Uhr am Abend. Am dritten! Sie kapieren, ja?«

Er reißt eine Seite aus dem Kalender und schreibt es auf. Arne liest und glaubt zu verstehen. Er soll am dritten April um neun Uhr abends wiederkommen. So ist es. Er faltet den Zettel zusammen und steckt ihn in sein Portemonnaie.

Aber was ist mit dem anderen? Mit dem, was geschah, als er in dem dunklen Zimmer auf dem Bett lag?

Zu Beate auf Greivald sind es nur zwei Tage. Oder vielleicht drei?

Das ist kein Traum. Ich warte auf dich.

Ihre Stimme in seinem Kopf ist klar und deutlich.

Genauso wie das Bild von ihr. Ihre Finger in seinem Mund.

Ehe er die Kyffhäuserstraße verlässt, nennt er dem Schmetterlingsmann seinen Namen sowie das Hotel und dessen Adresse. Der Schmetterlingsmann notiert sich alles.

Für den Fall, dass sie vor Freitag Kontakt zueinander aufnehmen müssen, jedenfalls nimmt Arne an, dass dies der Grund ist. Der Schmetterlingsmann will von Arne außerdem wissen, ob er ein *Handy* hat. Dies ist das Wort, das die Deutschen für Mobiltelefon benutzen, das weiß Arne.

Er schüttelt den Kopf. Er hat kein Handy. Das hat er ein paar Tage zuvor verschludert.

»Bis Freitag dann. Neun Uhr am Abend.«

Arne nickt. Er hat verstanden. Sie geben sich die Hand und trennen sich.

5

Auf dem Rückweg in die Fasanenstraße und zum Hotel Munck verläuft er sich. Ihm geht so viel durch den Kopf, dass er gar nicht merkt, wohin die Gelben seine Schritte lenken. Schließlich landet er in einem Straßencafé in der Brandenburgischen Straße; während er auf seinen Kaffee wartet, versucht er mehrere Male den Straßennamen auszusprechen, nur fünf Meter von ihm entfernt hängt ein Straßenschild an einer Wand.

Es will ihm nicht sonderlich gut gelingen. Er fühlt sich völlig ausgepumpt, aber als schließlich die Kaffeetasse (in Gesellschaft eines Stücks Apfelstrudel mit Vanillesauce) auf dem Tisch steht, versucht er dennoch zu begreifen. Zu begreifen, was er in dem blassgrünen Haus in der Kyffhäuserstraße erlebt hat. Er denkt, dass es ihm vorkommt, als wäre er in zwei Träume hintereinander getreten. Oder Filme. Erst das Mysterium Dufva-Vogel und das Auftauchen des Schmetterlingsmannes, danach das Mädchen Beate, das auf dem Scheiterhaufen verbrannt wird, falls es ihm nicht gelingen sollte, sie zu retten. Damals, vor langer, langer Zeit.

Und trotzdem geht es nicht um Träume oder Filme, weder um das eine noch um das andere. Woher er das so genau weiß, ist natürlich noch so eine seltsame Sache. Arne Murberg hat das Leben häufig auf diese Art wahrgenommen – voller verrückter und komplizierter Zusammenhänge –, aber so hat es noch nie ausgesehen. Bei weitem nicht.

Andererseits ist er natürlich auch zum ersten Mal in Berlin. In dieser Stadt, in der alles Mögliche passieren kann.

Es wäre nicht schlecht, jemanden zu haben, mit dem ich hierüber sprechen könnte. Aber gleichzeitig hat er das Gefühl, dass nicht einmal Perry Mason in der Lage wäre, all diese Fäden zu entwirren.

Nein, ein *richtig* scharfsinniger, ein *richtiger* Mensch müsste es sein … nicht jemand, der nur in seiner Fantasie hausiert, und auch keiner dieser Wichtigtuer wie Onkel Lennart und Tante Polly … ja, das wäre wirklich spitze.

Denkt Arne Murberg. Denn er weiß nicht, wie er das auf sich allein gestellt klären soll. Wie soll er vorgehen? Was ist der Sinn?

Er trinkt seinen Kaffee, isst seinen Strudel und faltet seinen abgegriffenen Stadtplan auseinander, um wenigstens herauszufinden, wo in aller Welt er sich befindet. Das ist kein Kinderspiel, die Welt ist ein Ameisenhaufen.

Es dämmert bereits, als er endlich wieder im Hotel Munck ist. Im Laufe des Nachmittags sind keine neuen Nachrichten von Onkel Lennart eingetroffen, was ihn aus irgendeinem Grund ein wenig enttäuscht. Als hätten sie daheim in K. aufgehört, sich für ihn zu interessieren.

Als wäre es egal, wie es bei ihm läuft?

Auf seinem Zimmer lässt er sich ein heißes Bad einlaufen und beschließt, an diesem Abend im Hotelrestaurant zu essen. Nach einem Tag wie diesem macht man keinen unnötigen Schritt, wenn man nicht unbedingt muss.

Nicht einmal die Gelben tun das.

Der sechste Tag

1

Als er aufwachte und auf die Uhr sah, erkannte er, dass er dreizehn Stunden geschlafen hatte. Das war jedoch noch weit von Tante Pollys fünfundzwanzig Stunden entfernt, und als er in den Speisesaal hinunterkam, gab es noch Frühstück. Es war also nichts Schlimmes passiert.

Er aß mit recht gutem Appetit, während er sich zu erinnern versuchte, was er am Vorabend verzehrt hatte. An demselben Tisch, an dem er auch jetzt saß. Aber sein Gedächtnis ließ ihn im Stich. Es war jedenfalls nicht Bratwurst mit Kartoffelsalat gewesen, da war er sich ganz sicher, denn das hätte er nicht vergessen. Stattdessen kehrte die Erinnerung an die Dinge zurück, die er am Vortag zu früherer Stunde erlebt hatte.

Leider, musste man leider sagen. Denn das hatte keinen guten Einfluss auf seinen Appetit.

Die Kyffhäuserstraße. (Er erinnerte sich noch an den Namen, wusste an diesem Morgen noch Buchstabe für Buchstabe, was natürlich eine ganze Reihe anderer Erinnerungen ausradiert hatte.)

Die Dufva-Vogel-Frage.

Der Schmetterlingsmann.

Dieser Traum, der kein Traum gewesen war.

Beate … wie war noch einmal ihr Name gewesen? Beate Greivald? Ja, genau.

Die am Freitag auf dem Scheiterhaufen verbrannt werden sollte, wenn er nichts dagegen unternahm.

Wenn es ihm nicht gelang, diesen Schlüssel zu stehlen und sie zu befreien.

In einer anderen … ja, in einer anderen Welt. Einer anderen Zeit.

Das war mit Abstand das Seltsamste, was Arne Murberg jemals erlebt hatte. Heute war Dienstag, das wusste er – in *dieser* Zeit und vielleicht auch in *der anderen* Zeit. Er musste … er musste Beate Greivald spätestens am Donnerstag retten. Denn sonst würde sie am Freitag verbrannt werden.

Der Karfreitag war, da man mitten in der Karwoche war. So war es, damals wie heute. Und Karfreitag war der Tag, an dem Jesus Christus ans Kreuz genagelt wurde und an ihm starb. Ein wenig Ahnung hatte er schon. Vom Christentum und solchen Dingen.

Aber Hexen?

Aber weglaufen?

Damals wie heute?

Mit dieser Beate weglaufen?

Er, Aron?

Aber ich bin doch Arne, dachte Arne, ich bin nicht dieser Aron.

Und gleichzeitig war ihm, als wolle er das sein. Er betrachtete die halbe Portion Rührei, die noch auf seinem Teller lag, und grübelte. Nun ja, es war nicht das Rührei, das grübelte, sondern Arne. Genauer gesagt *Arne Albin Hektor Murberg aus K. in Schweden*. Dass man aber auch immer und dauernd man selbst sein muss, dachte er. Kein Wunder, dass einem das langweilig wird. Man stelle sich nur vor, er könnte stattdessen dieser gesunde Jüngling Aron sein, der Holz hackte wie ein Halbgott, der listig und stark und schön war und der … der die Chance hatte, die junge Beate auf Greivald vor den Hexenpriestern zu retten, um anschließend mit ihr in die weite Welt aufzubrechen? Es kribbelte in seinem Körper, wenn er nur daran dachte.

Obwohl das alles natürlich auch ziemlich scheußlich war, das ließ sich nicht leugnen. Auf einem Scheiterhaufen verbrannt zu werden! Das musste doch nun wirklich verhindert werden. Von Aron oder jemand anderem – um jeden Preis, wie man so sagte. Arne betrachtete das Rührei und seufzte tief und besorgt.

Visionen von der Zukunft, hatte sie gesagt. Er fragte sich, was damit wohl gemeint war. Sie befand sich ja weit in der Vergangenheit. Vor hunderten von Jahren, wie es schien. Jedenfalls, wie auch immer das alles zusammenhängen mochte und wie auch immer es ausgehen mochte, so war Arons Leben natürlich weitaus interessanter und spannender als Arne Murbergs eintöniges, spannungsloses Dasein. Nicht wahr?

Das heißt, spannungslos bis jetzt, berichtigte er seine Gedanken. Denn seit er nach Berlin gekommen war, hatte sich so einiges ereignet, das ließ sich nicht leugnen. Oder …

… oder gab es keinen Unterschied zwischen Arne und Aron? War es nur eine andere … Zeit?

Irgendwie.

Was für Fragen!

Er seufzte erneut und stellte fest, dass er nicht das Geringste verstand, was für ihn wie gesagt jedoch ein durchaus vertrautes Gefühl war. Menschen, die das meiste unbegreiflich finden, sind schwer zu überraschen, hatte sein Vater einmal gesagt, und damit hatte er sicher recht. So gesehen passte Arne gut in die Rolle.

Die Rolle? Er runzelte die Stirn und schluckte den letzten Bissen seines dritten Croissants mit Butter und Himbeermarmelade hinunter. Was für eine Rolle? Das waren ja wohl kaum Dreharbeiten für einen Film gewesen?

Und am Freitag sollte er zum Schmetterlingsmann zurückkehren, denn dann würde er seine Mutter treffen dürfen. Violetta Dufva. Also in der richtigen Zeit.

Der richtigen Zeit?, dachte er. Großer Gott.

Und heißt das, dass es zu diesem Zeitpunkt bereits zu spät ist? Hat man diese Beate dann schon verbrannt, wenn ich bis Freitag warte?

Arne wischte einen Haufen Croissantkrümel von seinen Oberschenkeln, biss sich in die Lippe und schüttelte so sehr den Kopf, dass es darin fast schon schepperte. Wie war er nur in diese Situation geraten? Was ging hier vor? Wie sollte er das alles bewältigen?

Er schob den Teller von sich, das Rührei musste ohne ihn auskommen. Resolut stand er vom Tisch auf und verließ den Speisesaal. Wohin er gehen sollte, wusste er nicht, aber eins wusste er: Er musste raus.

Musste sich bewegen. Schusters Rappen mussten arbeiten. Er konnte sich nicht erinnern, in den letzten zwanzig Jahren oder mehr jemals so empfunden zu haben.

Aber die Grübeleien wollten nicht verschwinden. Es lag nicht nur am Vortag und der Tatsache, dass er dreizehn Stunden geschlafen hatte, es lag irgendwie am Dasein im Allgemeinen. Als er auf den Bürgersteig vor dem Hotel in der Fasanenstraße trat, war nicht einmal eine Woche vergangen, seit er nach Berlin gekommen war, und es kam ihm vor, als wären hundert Jahre vergangen.

Wie war so etwas möglich? Verging die Zeit nicht immer gleich schnell?

Und wie war er in diesem Dorf vor langer Zeit gelandet, während er gleichzeitig auf einem Bett in einer düsteren Wohnung in der Kyffhäuserstraße lag? Konnte dieser Aron auf irgendeine Art er selbst sein? Wie das? Immerhin hatte es sich tatsächlich so angefühlt, das ließ sich nicht leugnen.

»Was geht hier vor, Perry?«, fragte er laut, während er in einem Haufen Deutscher, die ebenfalls die Kantstraße überqueren wollten, darauf wartete, dass die Ampel auf Grün umschlug.

Das kann ich dir nicht beantworten, erklärte Perry. *Ich habe heute frei, du musst morgen wiederkommen.*

Typisch, murrte Arne. Nicht einmal auf Perry Mason war Verlass.

Oder hatte er, dachte er, als er über die Kantstraße gegangen war, hatte er vielleicht schon viel zu lange in K. gelebt? Also Arne, nicht Perry. Möglicherweise war das ja das Problem. Er war nur wenige Tage von zu Hause weg gewesen, als plötzlich Bewegung in sein Leben kam. War es nicht so? Es tat sich offensichtlich alles Mögliche, es kam einfach darauf an, damit so gut es ging Schritt zu halten.

Oder?

Oder was? Doch, volle Fahrt voraus ist schon in Ordnung, sagte er sich und ging die Fasanenstraße in nördlicher Richtung hinunter, aber ich mache mir auch ein wenig Sorgen. Ziemlich große Sorgen, um ehrlich zu sein. Dieser Schmetterlingsmann zum Beispiel, konnte man ihm vertrauen? Wer war er eigentlich, dieser Mann, der genau im richtigen Moment zur Stelle war, als Arne bei Frau Vogel klingelte.

Violetta Vogel. Seine Mutter hatte ihren Namen von einem Vogel zum anderen geändert, war das nicht auch eine ziemlich seltsame Aktion?

Was würde am Freitag passieren?

Ja, die Fragen schwirrten immer weiter hinter Arne Murbergs Stirn, und ohne es geplant zu haben, nahmen seine Schritte Kurs auf den Tiergarten. Den Weg dorthin fand er mittlerweile auch ohne Stadtplan, und es flößte ihm ein Gefühl von Geborgenheit ein, zu wissen, dass er, wenn er schon einmal da war, eine Weile auf seiner Bank verbringen und sich bei Herrn Imbiss eine Currywurst kaufen konnte. Auch wenn er gar keinen Hunger hatte.

Verdarb man sich den Appetit, wenn man zu viel dachte? Dazu hatte sich sein Vater nie geäußert, aber vielleicht war es ja so. Und da Arne nicht wirklich an geistige Arbeit gewöhnt war, hatte er dazu keine Meinung.

Aber es gab ja, wie gesagt, einige andere Dinge, über die er nachdenken musste.

Eine ganze Menge.

Das Wetter war auch an diesem Tag schön, und es waren viele Leute unterwegs, vor allem im Park. Arne fragte sich, ob vielleicht Osterferien waren, wie es in Schweden üblich war. Jedenfalls waren die Rasenflächen dicht belegt; junge Menschen, die in Teenagermanier herumhingen,

Ball spielten, miteinander rangen, Chips aßen, knutschten und die Sonne genossen.

Teenager?, dachte Arne. Dieser Aron war ganz bestimmt ein Teenager gewesen. Was war mit meiner Zeit als Teenager?

Er erinnerte sich nicht. Er hatte jedenfalls nie geknutscht. Er ließ den Gedanken fallen und spazierte weiter auf dem Weg, den er immer nahm, erblickte von Zeit zu Zeit kurz den Goldengel über den Baumwipfeln, der, soweit er wusste, genau im Mittelpunkt von Berlin platziert war und Viktoria hieß, und gelangte schließlich zu seiner angestammten Bank.

Sie war nicht frei.

Mindestens zwanzig Jugendliche saßen auf ihr. Und um sie herum. Es schien eine Art Fete zu sein, sie johlten und lachten und … tja, aßen Chips und knutschten.

Er seufzte und dachte, wenn er Aron gewesen wäre, hätte er sich ihnen anschließen können. Aber er war heute nicht Aron, er war nur Arne, so dass er sich stattdessen Herrn Imbiss zuwandte. Man muss mit dem zufrieden sein, was man kriegen kann, wie Onkel Lennart immer sagte.

Er war weg.

Die Wurstbude von Herrn Imbiss war verschwunden. Arne Murberg blieb mit hängenden Armen und weit offenem Mund stehen.

Das war zu viel für ihn. Keine Bank und keine Currywurst.

Verwirrt schaute er sich um. Hatte Herr Imbiss seine Bude vielleicht nur ein paar Meter verlegt? Sie hatte auf Rädern gestanden, daran konnte Arne sich noch erinnern, aber was für einen Grund konnte es geben, einfach holterdiepolter abzuhauen?

War seine Frau gestorben? Oder hatte sein Hund versehentlich einen Strumpf verschluckt und musste zum Tierarzt gebracht werden? So etwas kam vor, dessen war Arne sich durchaus bewusst, aber dass es ausgerechnet heute passieren musste, wenn er ihn wirklich gebraucht hätte … die Geborgenheit, die darin lag, auf seiner Bank zu sitzen und die roten Leckerbissen zu verdrücken … tja, das war jetzt wirklich nicht lustig. Überhaupt nicht lustig.

Wie ein Schlag ins Gesicht, hielt Arne Murberg fest. Man hat große Lust, sich einfach hinzusetzen und aufzugeben.

Aber das tat er nicht. Er riss sich zusammen und kehrte auf dem Weg zurück, den er auch gekommen war. Ich esse stattdessen mit Perry Mason zu Mittag, beschloss er. Das ist der einzige Weg, mit einem derart rabenschwarzen Tag zurechtzukommen. Perry muss sich einschalten, obwohl er eigentlich frei hat.

2

Auch in dem Straßenlokal auf Höhe des Bahnhof Zoo waren viele Menschen. Er war schon daran vorbeigekommen, aber nie stehen geblieben. Offenbar sollte man sich anstellen, um dann, wenn man vor einer Luke im Gebäude ankam, zu bestellen, was man essen wollte.

Also machte Arne es so. Er stellte sich hinten an und wartete darauf, dass er an der Reihe war; die verschiedenen Speisen standen auf großen Tafeln und waren so zahlreich und unverständlich wie Tante Pollys Krankheiten. Außerdem konnte man nicht einfach auf ein Gericht zeigen, da die Damen in der Luke nicht sehen konnten, worauf man zeigte. Als er endlich an der Reihe war, hatte Arne keine Ahnung, was er sagen oder tun sollte.

»Äh … ich weiß nicht recht«, sagte er auf Schwedisch. »Isch heiße Arne … Schweden.«

Die Dame, zu der er das gesagt hatte, verdrehte die Augen und erwiderte etwas.

»Bratwurst«, brachte Arne heraus.

»Tut mir leid. Gibt keine Bratwurst.«

Das hörte sich zweifellos so an, als hätten sie keine Bratwurst, so dass nun guter Rat teuer war. Arne hatte gerade beschlossen, die Schlange zu verlassen und sich ein anderes Lokal zu suchen, als er hinter sich eine Stimme hörte, die ihn auf Schwedisch ansprach.

»Brauchst du Hilfe? Wenn du willst, kann ich für dich übersetzen.«

Er drehte sich um. Eine junge Frau in einem Rollstuhl hatte ihn angesprochen. Nun lächelte sie ihn freundlich an und breitete die Hände aus, um anzuzeigen, dass dies kein Problem war.

Arne erwiderte ihr Lächeln. Das war nun wirklich mal ein rettender Engel – in Ermangelung von Perry Mason (der im Übrigen kein Ass war, wenn es um die deutsche Sprache ging, weiß Gott nicht).

»Du sprichst Schwedisch?«, sagte Arne. »Was für ein Glück.«

»Ja, allerdings«, erwiderte die Frau. »Ich verstehe Schwedisch ganz gut. Was möchtest du essen?«

»Ich weiß gar nicht so richtig, worunter man wählen kann«, sagte Arne.

»Sie bieten viele verschiedene Sachen an«, meinte die Frau. »Worauf hast du Lust?«

Arne dachte nach. »Das spielt eigentlich keine Rolle«, sagte er. »Hauptsache, es schmeckt.«

Die Frau lachte. Hinter ihnen hatte sich eine ziemlich lange Schlange gebildet, und Arne merkte, dass die Leute schon murrten. Das galt vor allem für einen kleinen Mann mit einem grünen Hut mit einer Feder darin, sein Schnurrbart flatterte vor lauter Meckern, und es war natürlich nicht gut, wenn man auf die Art den Betrieb aufhielt. Das verstand Arne.

»Was möchtest du denn essen?«, erkundigte er sich.

»Ich glaube, ich will einen Flammkuchen«, sagte die Frau. »Und eine Apfelschorle.«

»Ist das lecker?«

»Ich mag es.«

»Dann nehme ich dasselbe.«

»Mit Lachs und ein paar anderen Sachen.«

»Lachs schmeckt gut«, meinte Arne.

»Also schön«, sagte die Frau und lachte. »Dann bestelle ich jetzt für uns beide.«

In diesem Moment hatte Arne einen Geistesblitz. Er begriff erst im Nachhinein, dass es einer war, da es sein erster Geistesblitz in dreiundzwanzig Jahren war.

»Ich lade dich ein«, sagte er. »Als Dankeschön für deine Hilfe.«

Er verstand ebenso wenig, dass dies sein Leben verändern würde. Woher hätte er das auch wissen sollen?

Kurz darauf saßen sie am selben Tisch, die Frau in ihrem Rollstuhl und Arne auf einem gewöhnlichen Stuhl, und warteten auf ihre Flammkuchen. *Flammkakor* übersetzte Arne ins Schwedische. Interessant.

»Ich mag deine Schuhe.«

Sie zeigte auf seine Gelben und lachte.

»Ja, sind die nicht schön?«, entgegnete Arne stolz. »Ich musste mir neue kaufen, weil meine alten gestohlen wurden.«

»Gestohlen?«

»Ja.«

»Hier in Berlin?«

»Ja, aber das macht nichts. Wenn sie mir nicht abhandengekommen wären, hätte ich die hier nie gefunden.«

»Da hast du recht«, sagte die Frau. »Jedenfalls sind sie superschön. Es kommt nicht so oft vor, dass man Schuhe in dieser Farbe sieht.«

»Genau«, sagte Arne. »Aber wie kommt es, dass du Schwedisch sprichst? Denn du bist doch keine …?«

»Nein, nein«, antwortete die Frau. »Ich bin Deutsche. Ehrlich gesagt bin ich noch nie in Schweden gewesen, aber ich würde gerne einmal hinfahren.«

Er merkte, dass sie ein bisschen komisch sprach, ungefähr wie Witwe Bollig, die jeden Freitag ins Tabakgeschäft kam und eine Schachtel Zigaretten kaufte, weil sie es auch in der vergangenen Woche nicht geschafft hatte, das Rauchen aufzugeben.

Aber es klang nett, fand Arne. Irgendwie ein bisschen fröhlicher als normales Schwedisch.

»Tja, mein Deutsch ist nicht so toll«, erklärte er. »Gut, dass du gekommen bist, sonst hätte ich wahrscheinlich nichts zu essen bekommen.«

Sie lachte wieder. »Was machst du in Berlin? Wie heißt du eigentlich?«

»Ich heiße Arne und bin hier, um meine Mutter aufzusuchen.«

»Was? Wie meinst du das?«

»Na ja, deshalb bin ich hier«, antwortete Arne. »Ich versuche meine Mutter zu finden. Sie heißt Violetta Dufva.«

»Und warum musst du nach ihr suchen? Ist sie verschwunden?«

»Ja. Aber das ist jetzt schon sehr viele Jahre her. Ich war fast noch nicht geboren.«

»Aha?«, sagte die Frau mit fragender Miene.

»Mein Vater hat mich geschickt. Aber er ist mittlerweile tot.«

Jetzt sah ihre Miene wenn möglich noch fragender aus.

Arne erkannte, dass sich seine Worte in ihren Ohren mit Sicherheit ein wenig seltsam anhörten.

»Das klingt vielleicht ein bisschen verrückt«, ergänzte er. »Aber ich bin … ein bisschen verrückt.«

Sie lächelte. Und wenn sie lächelte, sah sie richtig süß aus, fiel Arne auf. Er schätzte, dass sie ungefähr so alt war wie er, aber er hatte noch nie mit einer Frau im Rollstuhl zusammengesessen und sich unterhalten, so dass er sich eventuell auch irrte.

Wenn er es recht bedachte, hatte er so gut wie nie mit einer Frau zusammengesessen und sich unterhalten. Wenn man Tante Polly nicht mitzählte, und das musste man wahrlich nicht tun.

»Also ich heiße Beate«, sagte sie jetzt. »Und ich finde nicht, dass du so verrückt bist. Eher lustig, glaube ich ehrlich gesagt.«

Arne spürte, wie er rot wurde. Dann fiel ihm der Name ein.

»Beate? Du heißt wirklich Beate?«

»Ja. Was ist daran so seltsam?«

Er schüttelte den Kopf. »Es ist nur, dass …«

»Ja?«

»Nein, es ist nur so merkwürdig, dass ich … dass ich nicht weiß, was ich glauben soll. Es gab einmal ein Mädchen in meiner Straße … und dann … nein, verflixt, ist das eigenartig.«

Sie betrachtete ihn mit einer steilen Falte in der Stirn und schwieg einige Sekunden.

»Was hältst du davon, es mir zu erzählen?«, fragte sie anschließend. »Mir zu sagen, was so merkwürdig ist.«

Arne versuchte nachzudenken.

»Ich weiß nicht, wo ich anfangen soll«, erklärte er.

»Am Anfang vielleicht?«, schlug Beate vor, aber gleichzeitig kamen zwei große Flammkuchen mit Lachs, Kapern, Meerrettichsahne und allem möglichen anderen auf den Tisch.

Und so entstand eine kurze Pause.

»Superlecker«, sagte Arne, als er den halben Flammkuchen verdrückt hatte. Sie hatten schweigend gegessen; er fand das gut, da er etwas Zeit benötigte, um sich zurechtzulegen, was er ihr sagen wollte. Um zu überlegen, wie er es anstellen sollte, dieser sympathischen Frau alles zu erklären. Beate, man stelle sich nur vor.

»Schön, dass du der gleichen Meinung bist wie ich«, sagte Beate. »Ich liebe Flammkuchen. Aber jetzt bin ich wirklich neugierig. Du musst mir einfach alles erzählen. Ich liebe Geschichten, deshalb habe ich damals Schwedisch gelernt.«

»Aha«, entgegnete Arne erstaunt. »Muss man dafür Schwedisch können?«

Sie nickte nachdrücklich. »Jedenfalls, wenn man Astrid Lindgren mag. Dann will man nämlich ihre Bücher in der Sprache lesen, in der sie geschrieben wurden.«

»Astrid Lindgren? Na ja, ich habe in meinem Leben nicht besonders viele Bücher gelesen, weil ich … ach, vergiss es. Aber Astrid Lindgren habe ich gelesen. *Pippi Langstrumpf* und *Die Brüder Löwenherz* und …«

»*Die Brüder Löwenherz* waren das Erste, das ich von ihr gelesen habe!«, rief Beate und klatschte in die Hände. »Ist das nicht ein wunderbares Buch? Ich lese es mindestens drei Mal im Jahr.«

»Ich erinnere mich eher an den Film«, gestand Arne.

»Es ist noch gar nicht so lange her, dass ich ihn gesehen habe...«

»Fantastisch«, sagte Beate und strahlte ihn mit ihrem ganzen kleinen, runden Gesicht an.

Ja, fantastisch, dachte Arne. Sie ist wirklich unheimlich lieb und nett.

»Warum sitzt du im Rollstuhl?«, fragte er.

»Ich habe eine Krankheit.«

Mehr wollte Beate nicht erzählen. Im Moment jedenfalls nicht; sie versprach, es ihm später zu erklären, wies aber darauf hin, dass sie zuerst gefragt hatte. Arne musste ihr erzählen, was um Himmels willen er in Berlin trieb, danach konnten sie über andere Dinge sprechen.

Und Arne erzählte. Er fing ganz am Anfang an, genau wie sie es ihm vorgeschlagen hatte. Als Allererstes... ja, als Allererstes erzählte er ihr von dem Unglück im Mörtsjön vor tausend Jahren und warum sich sein Leben so entwickelt hatte, wie es das getan hatte, aber dann sprang er schnell zu dem, was sein Vater ihm vor seinem Tod im Krankenhaus gesagt hatte.

Zu dem Auftrag.

Zu dem Kästchen, das er seiner Mutter übergeben sollte.

Zu den Besuchen in der Knobelsdorffstraße und der Kyffhäuserstraße. (Er ließ das Pinkeln im Park und den Abend, an dem er das Gedächtnis verloren hatte, aus; man konnte ja beim besten Willen nicht viel über Dinge erzählen, an die man sich nicht erinnerte.)

Zu dem Vorfall in dem großen Kaufhaus, wie auch immer es heißen mochte.

»KaDeWe vielleicht?«, schlug Beate vor.

»Ja, genau«, sagte Arne. »Stimmt.«

Und natürlich zu dem Schmetterlingsmann... und dem, was passiert war, als er in dem dunklen Zimmer auf dem Bett lag. Zu dem gefangenen Mädchen und dem Versprechen, das er ihr gegeben hatte, sie vor dem Scheiterhaufen zu retten. Dem Schlüssel, den er bei Hilfspfarrer Carambolius auftreiben sollte. Spätestens am Donnerstag, da die Männer sie an Karfreitag verbrennen wollten.

»Eine Hexenverbrennung?«, unterbrach ihn Beate, die bis dahin jedem einzelnen Wort mit großen Augen und halb offenem Mund gelauscht hatte. Es interessierte sie offensichtlich, was er zu sagen hatte. »Willst du damit sagen, dass sie auf dem Scheiterhaufen verbrannt werden sollte, weil sie eine Hexe war?«

»Ja«, antwortete Arne. »Das hat sie behauptet. Ich war zu jener Zeit allerdings nicht Arne... ich hieß Aron und war... na ja, sowohl jünger als auch normaler, als ich es in Wahrheit bin.«

»Normaler?«

»Ja.«

»Und das war vor mehreren hundert Jahren?«

»Ich glaube schon.«

»Lieber Himmel«, sagte Beate und schüttelte den Kopf. »Sagt das nicht Michels Mutter immer... Michel aus Lönneberga? Aber was für eine Geschichte. Wo bist du da nur hineingeraten?«

Arne seufzte. »Ich weiß es ja auch nicht. Ich bin es nicht gewohnt, dass solche Dinge geschehen, das passiert mir ehrlich gesagt zum ersten Mal... zumindest nach meinem Unglück. Ich kann dir sagen, ich bin ziemlich verwirrt.«

»Das wundert mich überhaupt nicht«, meinte Beate und lächelte.

Und dann tat sie etwas, was er auch noch nie erlebt hatte: Sie streckte ihre Hand über den Tisch aus und legte sie auf seine.

»Möchtest du, dass ich dir ein bisschen helfe? Bei dem Ganzen, meine ich. Das tue ich gern, wenn ich kann, außerdem finde ich, dass sich das alles unglaublich spannend anhört. Nicht wahr?«

Arne spürte, dass er wieder rot wurde. Der leichte Druck ihrer Hand auf seiner war die Ursache dafür, das begriff er, denn er setzte sich irgendwie durch den Arm und bis in seinen ganzen Körper fort.

Wie seltsam. Und wie nett.

Doch das Besondere bestand nicht nur in ihrer Hand, sondern auch in dem, was sie gesagt hatte.

Dass sie ihm helfen wollte.

Dass sie es … spannend fand.

Genau, dachte Arne Murberg. Spannender kann es gar nicht mehr werden. Jedenfalls in meinem Leben nicht.

»Ja, danke«, sagte er. »Wenn du das möchtest, fände ich das ganz toll.«

»Dann hast du deine Beine also seit zwanzig Jahren nicht mehr benutzt?«

Sie zuckte mit ihren schmalen Schultern. »Nein. Sie sind genauso schrottig wie die von Krümel.«

»Krümel Löwenherz?«

»Ja.«

»Macht es Spaß?«

»Was?«

»Rollstuhl fahren.«

»Ich weiß nicht, was ich sagen soll. Ich habe einfach keine andere Möglichkeit, mich fortzubewegen.«

Er dachte nach. »Ich könnte dich auf meinen Schultern tragen. Du bist doch sicher nicht besonders schwer?«

Sie lachte wieder. »Ich wiege ungefähr fünfzig Kilo. Ja, vielen Dank, das wäre nett.«

»Ich wiege hundert … so in etwa. Ich bin in meinem ganzen Leben noch nie Rollstuhl gefahren, es kommt mir ziemlich bequem vor.«

»Bequem?«

»Ja. Hier in Berlin renne ich herum wie eine geile Glöcknerkatze, ich kann dir sagen, davon wird man ganz schön müde.«

»Was? Was hast du gerade gesagt? Eine *kåt klockarkatt* … das habe ich noch nie gehört. Was bedeutet das?«

»Keine Ahnung. Das sagt Onkel Lennart immer.«

»Der Bruder deines Vaters?«

»Ja. Er kennt eine Menge seltsamer Worte.«

Sie schwiegen eine Weile. Die Flammkuchen hatten sie längst aufgegessen. Ihre Apfelschorlen (die so ähnlich schmeckten wie die schwedische Limonade Trocadero, allerdings nicht so süß) hatten sie ausgetrunken. Arne sah, dass Beate nachdachte. Aller Wahrscheinlichkeit nach nicht über Onkel Lennart oder die Glöcknerkatze, nein, es ging um das andere. Um seine Mutter Violetta und den Schmetterlingsmann und die Ereignisse in der Kyffhäuserstraße.

Und um Beate, die andere Beate.

»Weißt du, Arne«, sagte sie schließlich. »Ich finde, wir sollten das alles gemeinsam angehen. Ich habe ohnehin die ganze Woche frei und nichts Besonderes vor. Was hältst du davon?«

»Okay«, antwortete Arne Murberg und errötete ein drittes Mal im Laufe einer Stunde. »Ich bin wirklich über jede Hilfe froh, die ich kriegen kann. Vielen Dank, Beate.«

3

Es stellte sich heraus, dass Beate Bittner (wie ihr vollständiger Name lautete) unweit der Kyffhäuserstraße wohnte, nur ein paar Häuserblocks von ihr entfernt. Ihre Straße hieß Meraner Straße, und dorthin begab sich Arne am Dienstagabend, am selben Tag, an dem sie sich im *Schleusenkrug* am Tiergarten begegnet waren. Sie hatte ihm erzählt, das Lokal heiße so, weil es ganz in der Nähe eine Schleuse gab, und Arne hatte erst gar nicht versucht, das deutsche Wort auszusprechen. Sie fahre manchmal dorthin, meistens allerdings sonntags, bei schönem Wetter.

Am Nachmittag wollte sie sich mit einem ihrer Brüder treffen, aber am Abend hatte sie Zeit.

Wie gesagt, sie hatte die ganze Woche frei. Normalerweise arbeitete sie in einer Bibliothek in der Nähe der Meraner Straße, die in dieser Karwoche jedoch geschlossen war, weil das Dach saniert und das Gebäude nach einem Wasserschaden neu gestrichen werden sollte. Und so stand er nun mit einem Blumenstrauß in der Hand und Herzklopfen in der Brust vor ihrer Haustür. Es war die dritte Adresse, die er während seiner Tage in Berlin aufsuchte, aber es war das erste Mal in seinem Leben, dass ihn jemand zu einem Abendessen zu sich nach Hause eingeladen hatte. Natürlich nur, wenn man Onkel Lennart und Tante Polly nicht dazuzählte, und damit hatte er im Großen und Ganzen aufgehört.

Sie hatte Folgendes gesagt. *Komm heute Abend zum Essen zu mir. Wir müssen Klarheit in die Sache bringen.* Sieben Uhr hatte sie außerdem gesagt, und so spät war es auf die Minute genau, als er seinen Finger auf den Klingelknopf neben ihrem Namen setzte. *Beate Bittner.*

Ein Summen ertönte, und die Tür ging auf. Arne atmete tief durch und trat ein. Schade, dass man einen Kopf hat, der so langsam ist. So träge und einfältig. Könnte ich mir vielleicht einbilden, dass ich stattdessen dieser Aron bin?

Aber es lag ihm nicht, sich etwas einzubilden. Und am Anfang hatte es fast den Anschein, als reichte es in Beate Bittners Gesellschaft völlig aus, Arne Murberg zu sein. Nun ja, dachte er, das geht mit Sicherheit vorbei.

Sie hatte Nudeln mit einer gut schmeckenden Sauce gekocht, aber als sie ihn fragte, ob er ein Glas Wein wolle, lehnte er dankend ab. Er erinnerte sich, dass das mit dem Alkohol nicht so gut zu seinem Körper passte, nicht einmal deutscher Alkohol, und er wollte nicht, dass ihm ein Missgeschick passierte, dass er umfiel oder sich auf andere Art vor Beate blamierte.

Also tranken sie auch jetzt Apfelschorle zum Essen.

»Ist vielleicht auch besser so«, bemerkte Beate. »So behalten wir wenigstens einen klaren Kopf, den können wir brauchen.«

Arne fand, dass sie in einem großen und schönen Zimmer saßen. Abgesehen von dem Esstisch am Fenster gab es darin nicht viele Möbel, nur zwei große Sessel mit einem kleinen Tisch dazwischen, und eine Stehlampe. Drei vollgestopfte Bücherregale und an manchen Stellen bunte Gemälde.

»Hübsche Bilder«, kommentierte Arne, zum einen, weil es wohlerzogen wirkte, und zum anderen, weil er es meinte.

»Die hat mein Großvater gemalt«, erklärte Beate. »Alle, ehrlich gesagt, ja, ich mag sie auch. Aber Großvater mochte ich letzten Endes noch mehr.«

»Sehr hübsch«, wiederholte Arne und überlegte, wie das eigentlich mit seinem Großvater war. Aber da er schon fast keine Mutter gehabt hatte, stand es um Großväter wahrscheinlich auch eher schlecht.

Dann stellte Beate ihm Fragen zu seinem Leben in K., und weil sie das tat, versuchte er ihr ein wenig davon zu erzählen. Im Grunde gab es darüber nicht viel zu sagen, aber ihm kam etwas in den Sinn, was jemand in einem Film gesagt hatte, den er kürzlich gesehen hatte.

Man ist wie ein Strauch. Man bleibt stehen, wo man einmal gelandet ist. Oft regnet es auf einen, aber manchmal scheint auch die Sonne.

Er hatte es sich sogar aufgeschrieben, an der Stelle hatte er nämlich auf Pause gedrückt, und die Untertitel waren minutenlang im Bild geblieben, ehe es weiterging. Er hatte Papier und Stift zur Hand gehabt, und das Popcorn war ihm ausgegangen, es war purer Zufall gewesen.

Und nun fand er also Verwendung dafür … *aber manchmal scheint auch die Sonne.*

Beate lachte wieder so hübsch; ihr Lachen füllte irgendwie den ganzen Raum, fast so, dass man es anfassen konnte.

»Du bist nun wirklich kein Strauch«, sagte sie. »Ich

glaube, es war deine Bestimmung, nach Berlin zu kommen.«

»Bestimmung?«, fragte Arne.

»Ja, *Bestimmung.* Ich glaube fest daran, dass es so etwas wie Bestimmung gibt.«

»Aha?«, sagte Arne.

»Für jeden, für dich und für mich und für alle Menschen. Es kann nicht sein, dass wir bloß hier auf der Erde landen, eine Zeitlang leben und dann sterben. Es muss noch etwas geben … ja, noch etwas *mehr.*«

Arne dachte nach.

»Wenn du es sagst …«, erklärte er tastend. »Aber was soll das sein? Dieses … *Mehr*?«

»Ich weiß es nicht genau«, gab Beate zu. »Manchmal zweifle ich auch daran. Wenn man traurig ist und sich alles gegen einen verschworen zu haben scheint. Aber das Wichtigste ist sicher zu glauben … wirklich fest zu glauben, dass es eine Bestimmung gibt.«

Sie machte eine Pause. Arne hatte nicht die geringste Ahnung, was er dazu denken oder sagen sollte, so dass er stattdessen einen Schluck Apfelschorle trank und wartete.

»Stell dir vor, du wachst morgen auf und bist ein anderer«, sagte Beate und lachte auf. »Was würdest du dann sagen?«

»Dieser Aron, zum Beispiel«, schlug Arne vor. »Nun ja, ich hätte nichts dagegen. Ich bin inzwischen schon so ewig lange Arne Murberg gewesen, dass es langsam an der Zeit sein könnte, ein anderer zu werden.«

»Das denke ich auch oft«, sagte Beate. »Aber vielleicht ist es ja so, dass man sich nicht mehr an sein altes Ich erinnert, wenn man dieser neue Mensch wird?«

»Äh … das klingt kompliziert«, erwiderte Arne.

»Niemand hat gesagt, dass das Leben nicht kompliziert ist«, sagte Beate. »Aber ich muss dich nach deiner Mutter fragen. Warum hat sie euch verlassen … dich und deinen Vater?«

»Das weiß ich nicht«, antwortete Arne. »Ich dachte, sie wäre tot, bis mein Vater mir kurz vor seinem Tod erzählt hat, wie es wirklich war. Dass sie mit einem Trou… mit einem Sänger nach Berlin durchgebrannt ist.«

»Als du noch ganz klein warst?«

»Ja. Ein Jahr oder so …«

»Und dein Onkel und deine Tante haben dir auch nicht mehr erklärt? Als dein Vater gestorben ist, meine ich.«

Arne schüttelte den Kopf. »Nein, das haben sie nicht. Aber ich glaube …«

»Ja?«

»Ich glaube, sie haben nicht viel von meiner Mutter gehalten. Zumindest Tante Polly nicht.«

»Aber sie fanden es okay, dass du nach Berlin fährst?«

»Ich weiß es nicht. Ich hatte es Vater doch auf dem Sterbebett versprochen … und solche Versprechen muss man halten.«

»Allerdings«, sagte Beate. »Das muss man. Und dieses Kästchen, das du ihr geben sollst, was denkst du, was ist darin?«

Arne zuckte mit den Schultern. »Ich habe wirklich keine Ahnung.«

»Wo ist es jetzt?«

»In meinem Hotelzimmer.«

»Und es lässt sich nicht öffnen?«

»Nicht, wenn man es nicht kaputtmachen will.«

»Verstehe.«

Beate verstummte und schien eine Weile zu grübeln. Arne bereute, dass er das Kästchen an diesem Abend nicht mitgebracht hatte, dann hätten sie es sich gemeinsam anschauen können.

»Und dass du deine Mutter im KaDeWe gesehen hast – glaubst du immer noch, dass sie es war?«, fuhr Beate fort. »Ich meine, jetzt, im Nachhinein. Entschuldige, dass ich dich so mit Fragen löchere, aber ich finde das interessant. Auch in meinem Leben passieren nicht viele spannende Dinge. Deshalb lese ich so viele Bücher.«

»Ich würde auch gerne Bücher lesen«, erwiderte Arne und war auf einmal unglücklich. »Aber es funktioniert nicht, ich kann mich irgendwie nicht konzentrieren. Statt dem, was im Buch steht, tauchen eine Menge anderer Gedanken in meinem Kopf auf. Jedenfalls, nein, ich weiß nicht, ob sie es wirklich war … meine Mutter, meine ich … in dem Kaufhaus. Als es passierte, war ich mir ganz sicher. Bombensicher.«

»Obwohl du sie vorher noch nie gesehen hattest?«

»Nicht, seit ich ein Baby war, nein …«

Beate nahm das Foto in die Hand, das er ihr eben gezeigt hatte, und betrachtete es aufmerksam.

»Sie sieht ein bisschen mystisch aus, findest du nicht auch? Aber vielleicht will ich ja auch nur, dass sie mystisch ist.«

»Na ja, ich weiß nicht«, sagte Arne.

»Mystisch und schön …«

»Mein Vater war weder mystisch noch schön«, erklärte Arne. »Hat sie ihn vielleicht deshalb verlassen?«

»Gut möglich«, sagte Beate. »Und dieser Schmetterlingsmann hat dir gesagt, dass du sie Freitag treffen kannst … an Karfreitag?«

»Ja, das hat er gesagt.«

»Über den müssen wir uns noch eingehender unterhalten«, entschied Beate. »Möchtest du einen Kaffee? Oder vielleicht lieber einen Tee?«

»Eine Tasse Tee wäre nicht schlecht«, sagte Arne. »Soll ich dir helfen?«

»Du kannst mich auf deinen Schultern in die Küche tragen«, sagte Beate. »Das hast du mir doch angeboten, als wir Flammkuchen essen waren.«

»Das mache ich gern«, sagte Arne.

Beate lachte. »Das war nur ein Witz. Das darfst du ein anderes Mal machen.«

»Sicher?«

»Was hast du eben gesagt … bombensicher?«

Als er mehrere Stunden später ins Bett gefallen war (nachdem sie jeder drei Tassen Tee getrunken und all die seltsamen Dinge ein Dutzend Mal durchgekaut hatten, und nachdem er sich dreizehn Mal verlaufen hatte bis er in die Fasanenstraße und ins Hotel Munck zurückfand), dachte Arne, dass dieser Tag, der gerade zu Ende gegangen war, sensationell gut verlaufen war.

Was auch immer mit seiner Mutter und dem Schmetterlingsmann und Beate auf Greivald noch passieren mochte, er würde bei all dem nicht alleine sein. Beate Bittner (er achtete darauf, den Nachnamen mitzudenken, wenn er an sie dachte, damit er nicht alle, die Beate hießen, durcheinanderbrachte) hatte gesagt, dass sie alles gemeinsam bewältigen würden. Dass es sich für sie anfühle, als lebe sie in einer Abenteuergeschichte, und dass sie ihm helfen werde, so gut sie könne.

Deshalb wollten sie sich am nächsten Tag wieder treffen. Tagsüber bekam Beate Besuch von einem anderen Bruder, offenbar hatte sie jede Menge Brüder, aber nach fünf Uhr hatte sie Zeit, die Dinge in Angriff zu nehmen.

Als sie sich trennten, waren genau das ihre Worte gewesen: *Morgen Abend wird es Zeit, dass wir die Dinge ernsthaft in Angriff nehmen, Arne*!

Und danach hatte sie auf ihre nette Art gelacht.

Ganz gleich, wie am Ende alles ausging und wie man es sah, dachte er und löschte das Licht, seine Reise nach Berlin hatte sich alleine ihretwegen schon gelohnt. Wegen dieser Beate Bittner.

Er schlief ein, als hätte es nie eine dunkle Wolke an seinem Himmel gegeben.

Vorbereitungen II

1

Irgendetwas scheuerte in Professor Anatolis Litvinas' Innerem.

Ein Detail, eine Scherbe, etwas, was er übersehen hatte, er wusste nicht, was es war.

Zwei Tage blieben noch, oder drei, wenn man diesen regnerischen Mittwoch mitzählte. Als er aufwachte, peitschten Regentropfen gegen das Fenster, und er drehte den Kopf und stellte fest, dass es erst Viertel nach sechs war. Vielleicht würde es bald aufhören, in Berlin regnete es häufig nachts.

Es hatte allerdings keinen Sinn zu versuchen, wieder einzuschlafen. Er ging in die Küche und kochte sich eine Kanne Tee. Setzte sich an den Tisch und begann sein Gehirn zu durchforsten.

Die Zeit war eine Illusion, der Zeitpunkt dagegen nicht. Und dieser Punkt war der richtige, da war er vollkommen sicher. Die Karwoche war die einzige Woche, die sich nicht veränderte, sie wiederholte sich Jahr für Jahr in der gleichen Gestalt, von Jahrhundert zu Jahrhundert. Und der Karfreitag, vom Tod am Kreuz bis zur Auferstehung am dritten Tag: die einzige Zeit im Jahr, in der es keine Erlösung gab. Ein Tag, an dem die Pforten geöffnet, Geschehnisse in Gang gesetzt, Reisen angetreten, Wiedervereinigungen vollendet werden konnten. Die Elemente waren instabil; Erde, Feuer, Luft, Wasser, Schwefel, Kohle, la quinta essentia … und Blut. Er hob die durchbohrte Bibel vom Regal herab und schlug die entsprechende Textstelle bei Matthäus auf.

Und siehe da, der Vorhang im Tempel zerriss in zwei Stücke von obenan bis untenaus.

Und die Erde erbebte, und die Felsen zerrissen, und die Gräber taten sich auf und standen auf viele Leiber der Heiligen, die da schliefen.

Er zählte die Wörter, multiplizierte sie mit der Zahl der Buchstaben und kam auf dieselbe Summe wie am Vortag. Das war beruhigend. Hier lag der Fehler also nicht, das war es nicht, was scheuerte.

Aber was dann?

Der Gehilfe? Ging es trotz allem um ihn? Dieser *Ignoramus*, der ihm so ideal erschienen war, der keinen einzigen eigenen Gedanken in seinem Schädel zu beherbergen schien und der am leichtesten zu hypnotisierende Mensch war, dem er jemals begegnet war. Er hatte dieses Foto dabeigehabt, und auf dem Bett im anderen Zimmer war er von einer Sekunde auf die andere transformiert worden. In Leipzig hatte er die Kontrolle über die Gehilfen verloren, das war eines seiner Missgeschicke gewesen, sie hatten aus eigener Initiative gehandelt, und daraufhin war man in unkontrollierbare Verwicklungen geraten.

Ja, genau darin hatten die Mängel bestanden, und gerade deshalb war ihm ein Ignoramus so ideal erschienen. Eine schlichte Seele, die mit leichter Hand geführt werden konnte und die keine Fragen stellte. Die kaum verstand, was man ihr sagte.

Und dennoch? Was war das nur für ein Detail? In dieser Phase konnte er es sich nicht leisten, etwas zu übersehen.

Nicht in solch unmittelbarer Nähe zum kritischen Punkt. Alles musste stimmen, selbst der winzigste Irrtum, das winzigste Versäumnis konnte seinen ganzen Plan zum Scheitern verurteilen.

Die Schuhe!

Darum ging es. Um diese gottverdammten gelben Schuhe!

Der Professor schlug so fest mit der Faust auf den Tisch, dass die Teetasse auf ihrer Untertasse hochhüpfte und beinahe umgekippt wäre. Die Schuhe des Gehilfen, da lag das Problem; dieses unscheinbare, indolente Individuum hatte allen Erfordernissen entsprochen, die man nur formulieren konnte, aber er war in einem Paar gelber Schuhe herumgelaufen. Warum zum Teufel tat man so etwas? Was hatte das zu bedeuten?

Der Professor ließ einen gemischten Seufzer hören, hin- und hergerissen zwischen Zweifel und Erleichterung, und leerte seine Teetasse. Er hatte den springenden Punkt gefunden. Vielleicht nicht unbedingt des Pudels Kern, aber die Schwachstelle in seinem Plan. Die *mögliche Schwachstelle.* Kein Mensch läuft ohne Grund in gelben Schuhen herum. Das musste eine tiefere Bedeutung haben, es konnte sogar ein Zeichen sein.

Noch blieb ihm Zeit für Korrekturen. Zeit, um zu kontrollieren und Gegenmaßnahmen zu ergreifen. Gott sei Dank. Er sah auf die Uhr. Viertel vor sieben. Das Treffen mit von Hancken war um halb elf; ihm standen einige Stunden zur Verfügung.

Und er wusste, wohin er sich begeben musste.

Zum Hotel Munck in der Fasanenstraße.

2

Er wollte gerade die Straße zum Hotel überqueren, als er innehielt.

Aus dem Eingang trat in diesem Moment der Ignoramus höchstpersönlich. Sieh einer an. Er schaute nach rechts und nach links und ging anschließend in nördlicher Richtung die Fasanenstraße hinunter. Professor Litvinas beriet sich hastig mit sich selbst. Was tun? Zu ihm eilen und sich ihm nähern oder erst einmal abwarten? Schwer zu sagen. Er beschloss abzuwarten. Immerhin konnte es durchaus vielversprechend sein, den Gehilfen aus gebührender Entfernung zu beobachten. Warum nicht? Ihm zu folgen, ohne sich zu erkennen zu geben, um sich ein Bild davon zu machen, wie er sich verhielt. Was er vorhatte und wohin er unterwegs war. Ihn schlicht eine Weile zu beschatten, es war nicht das erste Mal, dass Litvinas eine solche Operation durchführte.

Gesagt, getan. Er hielt einen angemessenen, beruhigenden Abstand, zwanzig bis dreißig Meter; es waren nicht viele Menschen unterwegs, doch selbst wenn Ignoramus sich zufällig umdrehen sollte, erschien es nicht sehr wahrscheinlich, dass er seinen Verfolger entdecken würde.

Auch an diesem Tag trug er seine gelben Schuhe. Vielleicht waren sie sein einziges Paar, dachte Litvinas. Was wusste man schon? Er machte an diesem Morgen generell einen leicht bizarren Eindruck, selbst wenn man von seinem Schuhwerk absah; der Professor kam nicht umhin, dies festzustellen. Er trug etwas, das wie ein Sack oder zumindest wie eine größere Tüte aussah; aus Stoff, schien es, in hellgrauer Farbe. Ab und zu blieb er stehen und blickte in sie hinein, als wollte er sich vergewissern, dass ihr Inhalt noch da war.

Dieser Inhalt schien nicht besonders groß oder schwer zu sein; Ignoramus trug seine Tüte gänzlich mühelos, obwohl er fast die ganze Zeit beide Hände dazu benutzte.

Ja, mit großer Vorsicht trug er seine leichte Bürde, als handelte es sich um etwas Zerbrechliches, eine Torte oder etwas aus sprödestem Glas. Allerdings nicht die ganze Zeit; als er die Hardenbergstraße überquerte, ließ er den Sack zum Beispiel unbekümmert an einer Hand baumeln. Was zum Teufel trägt er denn da, murmelte Litvinas gereizt vor sich hin und beschloss, den Abstand ein wenig zu verringern, um sich ein besseres Bild zu machen. Ignoramus schien ohnehin nicht im Mindesten bewusst zu sein, dass er verfolgt wurde. Er ging folglich kein Risiko ein.

Sie ließen die Universität der Künste hinter sich und erreichten den Kanal. Hier stoppte Ignoramus plötzlich, öffnete den Sack und begann in ihn hineinzusprechen. Litvinas blieb an einem Baum nur zehn Meter hinter ihm stehen und traute seinen Augen nicht. Oder seinen Ohren. Aber er irrte sich nicht; seine Zielperson stand an der Straßenecke und sprach laut mit etwas, was sich in der großen hellgrauen Tüte befand, die er in seinen Händen hielt. In beiden Händen, leicht angehoben.

Zum Teufel und zum Donnerwetter, dachte Litvinas.

Das geht zu weit. Ich brauche einen leicht zu führenden und etwas bescheuerten Gehilfen, keinen Irren.

Er stand so nahe, dass er annähernd verstehen konnte, was gesprochen wurde, was Ignoramus dem mitzuteilen hatte, der sich in dem Sack befand, aber leider handelte es sich wieder um Schwedisch. Jedenfalls soweit er das beurteilen konnte, und bei ihrer Begegnung zwei Tage zuvor war ihm ja bewusst geworden, dass dies die einzige Sprache war, die Ignoramus verstand. Litvinas selbst beherrschte mindestens sechs Sprachen, Schwedisch gehörte allerdings nicht zu diesem halben Dutzend. Dies bildete denn auch eine mögliche Schwachstelle in seinem Plan, so verfügte er beispielsweise über keinerlei Erkenntnisse dazu, was während der Probehypnose neulich geschehen war. Er hatte Anweisungen auf Deutsch gegeben, aber in welchem Maße sie zu dem abwesenden Ignoramus auf dem Bett vorgedrungen waren, tja, das war in der Tat unklar. Wegen dieser Sprachbarriere hatte er hinterher auch gar nicht erst versucht, Fragen zu stellen.

Eine Komplikation, gewiss, aber eine Komplikation, die überwunden werden konnte. Im Gehirn des Professors begann langsam ein Aktionsplan Gestalt anzunehmen. Für einen kurzen Moment zog er zudem in Erwägung, sich dem Mann zu erkennen zu geben, aber im selben Augenblick begann Ignoramus zu singen.

Er stand weiter an der Straßenecke und sang direkt in den Sack hinein!

Bei Luzifers Knien!, dachte Anatolis Litvinas. Dies erfordert mein ganzes Genie. Ich habe es mit einem richtigen Spinner zu tun!

Sie liefen weiter den Kanal entlang und gelangten an der Schleuse in den Tiergarten. Danach ging es über die Brücke und nach rechts am Neuen See vorbei, Ignoramus ging mit zielstrebigen, wenngleich nicht besonders kraftvollen Schritten, immer noch singend. Litvinas blieb fünfzehn, zwanzig Meter hinter ihm. Wo will er denn nur hin, dachte er. Es sieht nicht so aus, als würde er bloß flanieren. Sein Fußmarsch hat ein bestimmtes Ziel und einen Sinn.

Und diese Tüte spielte definitiv eine Rolle, zumindest das, was sich in ihr befand.

Plötzlich machte Ignoramus jedoch Halt und ließ sich auf einer Bank nieder. Litvinas beeilte sich, links abzubiegen, auf einen mit Mühe und Not erkennbaren Pfad, der hinter ein Gebüsch führte. Es erschien ihm eindeutig zu riskant, an der Bank vorbeizugehen, denn dann wäre er aller Wahrscheinlichkeit nach erkannt worden, und in der momentanen Lage verspürte er keine Lust, angesprochen zu werden. Oder ihn seinerseits anzusprechen.

Die Entwicklung zwang ihn dazu, ein taktisches Manöver durchzuführen und sich hinter ein paar Bäumen zu verbergen, die gut und gerne dreißig Meter von der Bank entfernt waren, auf der Ignoramus mit seiner Tüte saß. So befand sich der Professor allerdings hinter seinem Objekt und hatte deshalb keine Chance zu beobachten, was auf der Bank vorging, aber momentan gab es keine Alternative dazu. Also blieb er dort stehen, frustriert, zähneknirschend, an einen kalten Baumstamm gelehnt und ungeduldig darauf wartend, dass etwas geschehen würde. Was jedoch leider nicht der Fall war. Ignoramus saß, wo er saß, und soweit der Professor es von seiner ungünstigen Position aus beurteilen konnte, war er wieder damit beschäftigt, sich mit der Tüte zu unterhalten. So sah es jedenfalls aus; ab und zu schien er auch die Hand hineinzustecken, aber viel mehr als das passierte nicht.

Verdammt, murrte Litvinas. Was treibt dieser Idiot da?

Doch ehe diese Frage beantwortet werden konnte, fiel sein Blick zufällig auf seine Armbanduhr, und er wurde sich der Uhrzeit bewusst. In nur fünfundzwanzig Minuten wollte er sich mit von Hancken treffen. Noch dazu weit entfernt in Kreuzberg, er konnte nicht noch länger im Tiergarten herumstehen. Satan!

Widerwillig verließ er seinen Baum und begab sich im Laufschritt weiter am Neuen See vorbei und erreichte schließlich die Budapester Straße, wo es ihm glücklicherweise gelang, ein Taxi anzuhalten und den Fahrer zu bitten, mit Vollgas zum Oranienplatz in Kreuzberg zu fahren.

Fragen und Irritationen brodelten in ihm. Hier waren ohne jeden Zweifel Maßnahmen erforderlich. Schnelle und effektive Maßnahmen.

Fragte sich nur, welche.

Der siebte Tag

1

Arne Murberg wurde davon geweckt, dass es an sein Fenster klopfte.

Ein weiteres Mal und ein weiteres Mal war es diese Taube. Er hatte sie fast vergessen, aber als er sich schlaftrunken auf der Bettkante aufsetzte, erinnerte er sich.

Außerdem erkannte er sie wieder, denn er war überzeugt, dass es dieselbe war. Sie sah haargenau gleich aus, scheckig hellgrau und ein bisschen aufgeplustert, und warum sollten zwei verschiedene Tauben auf die Idee kommen, ausgerechnet an sein Fenster zu klopfen?

Als sie ihn endlich aus dem Schlaf gerissen hatte, machte sie keine Anstalten mehr, noch weiter zu klopfen. Sie hockte bloß in der Fensternische und betrachtete ihn mit einem Auge. Aufmerksam, wie ihm schien, sozusagen inspizierend. Aber gleichzeitig auch wohlwollend und freundlich. Ab und zu legte sie den Kopf ein wenig schief.

Dufva-Vogel dachte Arne, stand auf und ging zum Fenster. Der Vogel rührte sich nicht von der Stelle, plusterte sich möglicherweise jedoch noch etwas mehr auf, zumindest hatte Arne den Eindruck. Er schien ein klein wenig größer zu werden, aber als Arne sich herabbeugte und ihn aus nur zehn Zentimeter Entfernung betrachtete, im Grunde nur durch die Fensterscheibe von ihm getrennt, reagierte er nicht. Obwohl dem Vogel bewusst sein musste, dass er von einem ziemlich großen Wesen beobachtet wurde, scherte er sich nicht weiter darum. Er hockte, wo er hockte.

Arne dachte nach. Dann schob er behutsam das Fenster auf, von unten nach oben, nicht mehr als zwanzig Zentimeter, es war die Sorte Fenster.

Die Taube blieb sitzen.

Arne blieb stehen.

Ängstlich ist sie jedenfalls nicht, dachte er. Eher ein stures kleines Federvieh, das weiß, was es will.

Aber was *will* diese Taube?

»Guten Morgen, du stures Federvieh«, sagte er probehalber. »Danke, dass du mich geweckt hast, aber was willst du eigentlich?«

Die Taube antwortete nicht und schien ihn nicht zu verstehen. Arne meinte sich zu erinnern, dass ein Vogel oder vielleicht auch zwei eine wichtige Rolle in dem Buch spielten, über das Beate und er sich unterhalten hatten. *Die Brüder Löwenherz* von Astrid Lindgren. Es wollte ihm jedoch einfach nicht mehr einfallen, worum es dabei genau gegangen war.

Stattdessen wurde ihm bewusst, selbst wenn diese Taube auf irgendeine Art magisch und menschlich war, verstand sie mit Sicherheit nur Deutsch. Weil ihre Heimat Berlin war, daran hätte er denken müssen.

»Guten Morgen, Frau …«

Oder war dieser Vogel vielleicht ein Herr? Wie ließ sich der Unterschied erkennen?

Und was war das deutsche Wort für *duva*? Nicht einmal das wusste er, das war fast schon unhöflich, obwohl es dem Vogel nichts auszumachen schien. Er hockte einfach, wo er hockte und sah ... wie sagte man? ... *unergründlich* aus. Ja, das traf den Nagel auf den Kopf. Es war ein unergründlicher Vogel.

Jedenfalls beschloss er, den Vogel in seinem Wörterbuch nachzuschlagen, und bald darauf hatte er ihn gefunden.

Duva – Taube.

Das kam ihm irgendwie bekannt vor, und es dauerte nicht lange, bis ihm einfiel, warum.

Evert Taube.

So hieß der Sänger, den sein Vater so gemocht und über den er so gerne gesprochen hatte; er hatte ihn im Übrigen nicht *Sänger*, sondern ... *Troubadour* genannt.

Und als er dieses Wort dachte, begannen sich die Zahnräder in Arne Murbergs Kopf in einem rasenden Tempo zu drehen.

Weil es ja ausgerechnet so ein *Troubadour* gewesen war, mit dem seine Mutter durchgebrannt war. Stimmte es nicht? Und hier hatten wir also einen anderen Troubadour, der denselben Nachnamen hatte wie sie, wenngleich auf Deutsch. Violetta Dufva und Evert Taube. Genauso gut konnte man es umgekehrt sagen: Violetta Taube und Evert Dufva ...

Moment mal, dachte Arne und versuchte die Geschwindigkeit der Zahnräder zu drosseln, seine Mutter war doch nicht mit Evert Taube nach Berlin durchgebrannt, sondern mit jemandem namens Lummersten. Egon Lummersten.

Trotzdem. Das war schon ein seltsamer Zufall, nicht wahr? Hatte womöglich sein Vater hier vielleicht etwas durcheinandergebracht, so dass es wirklich Evert Taube gewesen war, der ...?

Nein, stopp, sagte Arne zu sich selbst. Jetzt beruhige dich mal. Verabschiede dich von der Taube und geh lieber frühstücken. Die Sache muss in aller Ruhe untersucht werden.

Und das tat er. Morgentoilette, die Kleider anziehen, inklusive der schönsten Schuhe der Welt, ein vorsichtiges Tätscheln des Taubenkopfs (es kam ihm vor, als würde sie leicht nicken und lächeln, als er sie berührte) und anschließend eine halbe Stunde lang ausgiebig frühstücken.

Als er in sein Zimmer zurückkehrte, war die Taube eingezogen.

Er hatte vergessen, das Fenster zu schließen, und der Vogel stand mitten auf dem Tisch und sah ihn an.

Aha, so, so, dachte Arne. Und was tut man jetzt?

Er ging zu dem Tisch, setzte sich auf den Stuhl gegenüber und betrachtete seinen Zimmergenossen aus der Nähe. Die Unergründlichkeit war zweifellos geblieben, die Taube wackelte lediglich ein wenig mit dem Kopf und blinzelte zwei Mal. Arne versuchte es damit, eine Melodie zu pfeifen, vielleicht ließen Tauben ja spezielle Lockrufe hören, aber dieses spezielle Exemplar zeigte keinerlei Reaktion. Zugegeben, Arne konnte auch nicht sonderlich gut pfeifen.

»Evert Taube«, sagte er nachdenklich. »Ist es okay, wenn ich dich Evert Taube nenne?«

Die Taube nickte.

»Schön«, sagte Arne, und fast unmerklich begann in seinem Kopf ein Plan Gestalt anzunehmen. »Weißt du was, Evert, wir tun jetzt Folgendes«, erläuterte er dem Vogel, »wir zwei machen einen Spaziergang. Hier im

Zimmer kannst du nicht bleiben, und ich will dich nicht durchs Fenster hinauswerfen. Ich bin mir nämlich nicht sicher, ob du überhaupt fliegen kannst, und bis zur Straße sind es mindestens zehn Meter ...«

Er machte eine Pause und dachte nach. Die Taube betrachtete ihn interessiert.

»Ich möchte dich auch nicht einfach auf der Straße zurücklassen. Vögel sollten nicht auf dem Bürgersteig wohnen, auch wenn viele das tun ... vor allem Tauben. Nein, in der Natur geht es euch viel besser, so dass ich ... dass ich dich zum Tiergarten mitnehmen werde, in dem ich mich ganz gut auskenne, um dich dort freizulassen.«

Ihm fiel auf, dass es in der Tat leichter war, mit Tauben zu sprechen als mit Menschen. Vielleicht, weil sie sich nicht die ganze Zeit einmischten und protestierten und ihre eigenen Ansichten vorbrachten.

»Bist du damit einverstanden?«

Diesmal nickte die Taube nicht, aber er konnte auch nicht feststellen, dass sie den Kopf schüttelte, weshalb er annahm, dass sie seinen Vorschlag akzeptierte.

Ausgezeichnet, dachte Arne. Fragte sich nur, wie er Evert Taube transportieren sollte. Ihn in den Händen zu tragen fand er aus irgendeinem Grund nicht sonderlich verlockend, aber dann fiel ihm ein, dass es im Kleiderschrank einen dieser Wäschebeutel gab. Er war wahrscheinlich für schmutzige Wäsche gedacht, falls man so lange im Hotel wohnte, dass man nicht ausreichend Kleider dabeihatte – aber es hinderte einen natürlich nichts und niemand daran, die Tüte zu benutzen, um darin Vögel zu transportieren. Sie war groß und luftig, und er war sich sicher, dass sie Evert Taube gefallen würde.

Er zeigte sie dem Vogel und versuchte zu demonstrieren, wie weich und bequem sie war, und wenn ihn nicht alles täuschte, hatte die Taube keine Einwände.

Sie brachte auch keine Einwände vor, als Arne sie behutsam anhob und in die Tüte bugsierte. Im Gegenteil, sie gab einen kurzen, gurrenden Laut von sich, was Arne so deutete, dass sie mit dem Arrangement voll und ganz einverstanden war.

Perry Mason hätte genauso gehandelt, dachte Arne, als er das Zimmer mit der Tüte im Arm verließ. Aber dieses Problem habe ich ganz alleine gelöst.

Als er ein Stück die Fasanenstraße hinabgegangen war, fiel ihm das Lied ein, das sein Vater immer gesungen hatte. Und das er Arne hatte beibringen wollen, als dieser ungefähr zehn Jahre alt war – *Samborombon* hieß es, und während er so mit Evert Taube in der Wäschetüte ging, fielen ihm sowohl der Text als auch die Melodie wieder ein. Das war seltsam, er konnte sich nicht erinnern, dass sich so etwas nach seinem Unglück jemals ereignet hätte; dass er sich an irgendetwas erinnerte, was er eigentlich völlig vergessen hatte.

Das muss mit Berlin zusammenhängen, dachte Arne. Aber natürlich auch damit, dass ausgerechnet Evert Taube das Lied geschrieben hat.

Er öffnete die Tüte ein wenig, fragte Evert, ob es ihm gutgehe, und da alles darauf hindeutete, dass dies der Fall war, begann Arne für Evert zu singen.

Samborombon, ein kleines Dorf ohne Straße
Liegt nicht weit vom Rio de la Plata
Fast am Rand des blauen Atlantiks

Und mit hunderten grünen Meilen Pampas dahinter
Dorthin kam ich hoch zu Pferd eines Abends im April
Denn ich wollte Tango tanzen

Weiter wusste er den Text nicht mehr, aber wenn er recht sah, war das die gesamte erste Strophe – und da Evert Taube ihm aus seiner Tüte heraus interessiert zuzuhören schien, blieb Arne am Ende der Fasanenstraße stehen, kurz vor dem Kanal, und wiederholte sie, nun jedoch mit etwas lauterer und festerer Stimme.

Als er den Text zum zweiten Mal sang, konnte er deutlich hören, wie im Inneren der Tüte gegurrt wurde, und Arne fand, dass dies ein fast schon magischer Moment war. An einer Straßenecke in Berlin stehen und für Evert Taube singen zu dürfen, der in einer Wäschetüte aus dem Hotel Munck saß und ihm anerkennend lauschte, tja, das war etwas, was er sich einen Monat zuvor sicher nicht hätte vorstellen können.

Und Onkel Lennart und Tante Polly auch nicht, da war er sich sicher, und ihm wurde schlagartig bewusst, dass er wohl zum ersten Mal seit fast vierundzwanzig Stunden einen Gedanken an die beiden verschwendet hatte. Andererseits waren keine weiteren Nachrichten im Hotel eingetroffen, so dass sie sich vielleicht auch nicht mehr für ihn interessierten.

Er tätschelte kurz Evert Taubes Kopf und setzte seinen Weg zum Eingang des Tiergartens fort. Und da er einmal dabei war, sang er weiter, es war nett, die eigene Stimme auf diese Weise zu hören, und er dachte, dass er noch einige andere Lieder lernen sollte. Auch wenn er nicht immer für Evert Taube singen konnte.

Aber sosehr er seinen neuen Begleiter auch schätzte, es wurde Zeit, die Taube freizulassen, das begriff er. *Es gibt Dinge, die man zu einem guten Ende bringen sollte.*

Dennoch gönnte er sich zunächst eine Ruhepause auf einer Bank, auf der er einige Minuten sitzen blieb und mit Evert über alles Mögliche plauderte, ehe er ihn resolut auf die Rasenfläche entließ und die Wäschetüte in einen Papierkorb warf.

»Adieu, mein Freund, pass gut auf dich auf.«

Evert Taube zwinkerte ihm zu und legte in der für ihn typischen Art zwei Mal den Kopf schief, ehe er über den Rasen davontrottete und in einem Gebüsch verschwand. Arne dachte, dass es einen schon ein bisschen traurig stimmte, so auseinanderzugehen, aber wenn man bedachte, was in den nächsten Tagen alles auf dem Programm stand, war es die einzige vernünftige Lösung.

Er räusperte einen Kloß Sehnsucht im Hals fort und kehrte zum Schleusenkrug zurück, um zu überprüfen, ob die Flammkuchen dort gewohnt gut schmeckten.

2

»Die Karwoche ist wirklich etwas Besonderes«, sagte Beate Bittner. »Findest du nicht auch?«

»Ich weiß nicht«, antwortete Arne. »Wie meinst du das?«

Es war Abend. Sie saßen erneut bei Beate zusammen, in ihrem Wohnzimmer mit den hundert Gemälden und den tausend Büchern. Diesmal hatte sie jedoch nichts kochen müssen. Stattdessen hatte Arne sie in ein Restaurant eingeladen (nicht, dass von seinem Geld viel übrig gewesen wäre, aber es war noch genug da). Das Lokal, in dem sie gegessen hatten, hieß Lido's, es lag im selben Viertel, und Beate kannte den Besitzer – der nicht Lido, sondern Luciano hieß, genau wie ein berühmter Opernsänger, er hatte allerdings einen anderen Nachnamen. Sie hatten sich für ein Gericht entschieden, das *Salti…* begann, und es hatte genauso lecker geschmeckt, wie Beate es ihm prophezeit hatte. Als Nachspeise gab es etwas, das mit *Tira…* anfing, genauso lecker.

»Also, ich meine Folgendes«, sagte sie nun. »Alle anderen Wochen – in jedem Monat – gehören sozusagen zum Jahr. Aber die Karwoche gehört zu keinem bestimmten Jahr. Es ist die eine Woche, die immer wieder wiederholt wird.«

»Hm«, machte Arne.

»Ich glaube, weil das so ist, hast du Kontakt zu dieser anderen Beate bekommen. Es spielt keine Rolle, ob wir das Jahr 2015 oder 1650 schreiben, es ist so oder so Gründonnerstag und Karfreitag und Ostersamstag …«

»… Ostersonntag und Ostermontag«, gelang es Arne zu ergänzen.

»Genau. Wenn es wirklich möglich sein sollte, Zeitreisen zu unternehmen, reist man am besten in der Karwoche. Vielleicht auch noch an Weihnachten, aber Ostern ist bestimmt besser … kannst du mir folgen?«

»Ja, ich denke schon«, erwiderte Arne zögernd. »Ich bin es nur nicht gewohnt, Zeitreisen zu machen.«

Beate lachte. »Glaub ja nicht, dass ich über diese Dinge mehr weiß als du. Ich habe nur in Büchern davon gelesen.«

Arne betrachtete die Bücherregale und grübelte. Er dachte zum einen an das, was sie gesagt hatte, und fragte sich zum anderen, ob sie all diese Bücher gelesen hatte. »Dann … dann glaubst du also, dass es wirklich passiert ist, als ich dieser anderen Beate begegnet bin? Und dass ich Aron hieß?«

»Manchmal weiß ich gar nicht, was man mit *wirklich* meint«, antwortete Beate. »Gibt es beispielsweise Träume? Ich meine, *existieren* sie?«

»Gute Frage«, sagte Arne.

»Aber wir können ja einfach mal sagen, dass Beate und Aron wirklich sind. Oder wirklich *waren*. Wenn es so ist, wird die Sache jedenfalls spannender.«

»Da bin ich ganz deiner Meinung«, erwiderte Arne. »Aber das würde dann ja bedeuten, dass …«

»Was?«, fragte Beate nach, aber er sah klar und deutlich, dass sie die Antwort kannte. Sie wollte lediglich, dass er sie aussprach.

»Dass wir sie retten müssen«, sagte er.

»Ja, allerdings«, erwiderte Beate. »So ist es. Du musst ins siebzehnte Jahrhundert zurückreisen und sie befreien. Wir müssen nur noch herausfinden, wie das gehen soll. Erzähl mir doch bitte noch einmal, was in dem Zimmer in der Kyffhäuserstraße passiert ist.«

Das tat Arne. Sie waren das alles schon zwei Mal durchgegangen, aber er begriff, dass es wichtig war.

»Also, wir saßen erst eine Zeitlang in der Küche, und dann …«

Aber sie fiel ihm sofort ins Wort.

»Es war nicht so, dass du durch eine Schranktür oder so gegangen bist?«

»Eine Schranktür? Nein, warum fragst du mich das?«

»In solchen Situationen ist das häufig so.«

»Aha? Nein, ich lag bloß in dem dunklen Zimmer auf dem Bett. Und der Schmetterlingsmann saß neben mir auf einem Stuhl und meinte, glaube ich, dass ich mich entspannen soll. Obwohl ich natürlich nicht verstanden habe, was er gesagt hat. Dann fing er an zu zählen … bevor ich irgendwie weg war.«

»Hat er noch etwas anderes getan? Oder hat er nur geredet?«

»Er hatte auch diese Sanduhr. Die er vor mir hochhielt. Aber als ich mich einmal auf das Bett gelegt hatte, ging alles ganz schnell, ich … na ja, ich war bestimmt innerhalb einer Minute weg. Vielleicht ging es auch noch schneller.«

Beate nickte und wirkte ernst. »Du musst dorthin zurück«, sagte sie. »Zu dem Schmetterlingsmann, es ist der einzige Weg.«

»Ich gehe am Freitag hin«, erinnerte Arne sie.

»Am Freitag geht es um deine Mutter«, sagte Beate, »aber das Mädchen könnte dann schon auf dem Scheiterhaufen verbrannt sein. Wenn sie gerettet werden soll, muss das spätestens morgen passieren. Dieser Inquisitor sollte doch Gründonnerstag kommen, nicht wahr?«

»Der Inquisitor?«, fragte Arne.

»So wurden sie genannt«, erläuterte Beate. »Hohe Geistliche, die befugt waren, Hexen zum Tod durch das Feuer zu verurteilen. Obwohl es natürlich niemals Hexen gab. Nur Frauen, die etwas zu stark und vielleicht auch etwas zu eigensinnig waren und denen man die Schuld für alles Mögliche gab, was schieflief. Meine Güte, was muss das für eine Zeit gewesen sein.«

»Allerdings«, sagte Arne.

Beate schwieg eine Weile. Arne sah, dass sie nachdachte, verzichtete seinerseits jedoch darauf, sich Gedanken zu machen. Es war viel besser, wenn Beate sich um das Denken kümmerte. Er wusste, dass er nur schläfrig wurde, wenn er sein Gehirn überanstrengte, und er wollte auf keinen Fall in Beates Gegenwart einschlafen. Was sollte sie sonst von ihm denken?

»Der Schlüssel, den du holen sollst«, sagte sie, als sie ihre Überlegungen beendet zu haben schien, »der soll bei dem Pfarrer liegen?«

»Ja, in seinem Arbeitszimmer. Jedenfalls hat sie das gesagt, Beate … die Zweite.«

»Es freut mich, dass ich die Erste sein darf«, erwiderte Beate und lächelte. »Es gab keine andere Möglichkeit, zu ihr zu gelangen? Man konnte die Tür nicht aufbrechen oder so?«

»Ich glaube nicht«, antwortete Arne. »Ich habe sie als sehr massiv in Erinnerung.«

»Ich verstehe. Also wenn du zurückkehrst, wissen wir jedenfalls, was du zu tun hast. Du musst in den Pfarrhof eindringen und diesen Geistlichen suchen … wie war noch mal sein Name?«

»Carambolius«, sagte Arne und staunte darüber, wie leicht es ihm fiel, sich an diesen Namen zu erinnern. Was im Übrigen auch für die anderen Details von jenem Tag galt.

»Ja, Carambolius«, sagte Beate. »Du wirst also sein Zimmer finden und hineingehen und den Schlüssel stehlen. Aber …?«

Sie runzelte die Stirn.

»Warum sagst du *aber*?«, wollte Arne wissen.

Beates Stirn blieb gerunzelt, sie dachte wieder nach. »Ich meine nur, dass ein Schlüssel nicht besonders groß ist. Wie willst du es anstellen, ihn zu finden?«

»Sie hat gesagt, dass er in einem Kästchen liegt.«

»Stimmt, ja, das hatte ich ganz vergessen. Du wirst also nach einem Kästchen suchen … wenn du in dem Raum bist. Aber war es nicht so, dass …?«

Jetzt verschwand die gerunzelte Stirn, und ihre Augenbrauen hoben sich in die Stirn. Es sieht aus, als gehe ihr gerade ein Licht auf, dachte Arne. Als komme ihr eine glänzende Idee. Ihm selbst kam selten eine, aber er hatte in Filmen gesehen, wie die Gesichter von Menschen aussahen, die in diesen Zustand gerieten.

»Jetzt müsste man Gedanken lesen können«, sagte er.

Auch das hatte er jemanden in einem Film sagen hören und gefunden, dass es scharfsinnig klang.

»Ha, ha«, lachte Beate. »Also gut, ich meine mich zu erinnern, dass … dass du noch von einem anderen Kästchen gesprochen hast. Das du deiner Mutter geben sollst, war es nicht so?«

»Doch … sicher«, antwortete Arne leicht erstaunt. »Deshalb bin ich ja in Berlin. Deshalb hat mich mein Vater hergeschickt.«

»Du hast es heute Abend nicht zufällig dabei?«

»Das Kästchen? Äh … doch, stimmt«, sagte Arne. »Es liegt in meinem Rucksack im Flur.«

»Können wir es uns anschauen?«, schlug Beate vor. »Wenn es schon einmal hier ist?«

»Tja«, sagte Arne, »können wir machen.«

Er holte seinen Rucksack, zog das flache Kästchen heraus und legte es vor Beate auf den Tisch.

»So sieht es aus. Aber wie gesagt, ich habe keine Ahnung, was darin ist.«

»Und dein Vater hat dir nichts über den Inhalt gesagt?«

Arne schüttelte den Kopf. »Nein, hat er nicht. Er meinte nur, dass ich es nach Berlin mitnehmen und meiner Mutter geben soll, wenn ich sie treffe.«

»Hm«, sagte Beate und hob das Kästchen vorsichtig an. Sie drehte es einige Male hin und her und rüttelte es. »Es ist jedenfalls etwas darin … ich meine, es ist nicht leer.«

»Nein«, erwiderte Arne, »leer ist es nicht. Warum sollte ich ihr auch ein leeres Kästchen geben?«

»Da hast du allerdings recht«, sagte Beate.

Anschließend schwiegen sie für einen Moment. Einen ziemlich langen Moment. Beate hielt das Kästchen weiterhin in den Händen, musterte es von allen Ecken und Seiten und wirkte nachdenklich. Arne goss ihnen beiden Tee aus der großen grünen Kanne mit einer Giraffe darauf ein. Er nahm sich noch einen Zitronenkeks von der Servierplatte, obwohl er nach ihrem Besuch bei Luciano eigentlich pappsatt war.

»Hm-hm«, räusperte Beate sich schließlich. »Und es ist dir nicht gelungen, dieses kleine Ding zu öffnen, hast du das nicht gesagt?«

»Ja, doch«, entgegnete Arne. »Ich meine, stimmt, ich habe es nicht geschafft, es aufzumachen. Dafür braucht man einen Schlüssel, und ich …«

»Ja?«

»Ich habe mir überlegt, dass meine Mutter ihn eventuell haben könnte.«

»Aha?«, sagte Beate. »Ja, vielleicht hast du recht. So könnte es sein, aber gib zu, es wäre interessant zu erfahren, was das Kästchen enthält, bevor wir deine Mutter treffen.«

»Sicher«, erwiderte Arne. »Da gebe ich dir recht …«

»Wenn ich es irgendwie aufbekommen könnte, meinst du nicht, dass das die Mühe wert sein könnte?«

»Klar«, sagte Arne und dachte nach. »Aber du hast doch sicher keinen passenden Schlüssel dafür, oder?«

»Einen Schlüssel?«, entgegnete Beate. »Nein, den habe ich natürlich nicht. Aber vielleicht gibt es ja andere Methoden.«

»Andere Methoden? Was soll das heißen?«

»Na ja, ich besitze natürlich keine größere Sammlung

von Dietrichen«, gestand Beate und lächelte, »aber die eine oder andere Büroklammer und ein bisschen Stahldraht habe ich schon im Haus, und ich glaube ehrlich gesagt, das wird reichen. Dieses Schloss sieht schließlich nicht besonders kompliziert aus.«

»Ich will nicht, dass es irgendwie beschädigt wird, wenn wir es öffnen«, erklärte Arne nachdrücklich. »Oder dass man sieht, dass wir es aufgemacht haben.«

»Selbstverständlich«, sagte Beate. »Niemand wird etwas merken, das verspreche ich dir. Komm mit in die Küche, wir wollen mal sehen, was wir an geeigneten Hilfsmitteln finden können. Worauf tippst du übrigens … falls wir es schaffen sollten?«

»Du meinst, was in dem Kästchen ist?«

»Ja. Was denkst du? Wir könnten um … um einen Flammkuchen wetten.«

»Gern«, sagte Arne und spürte, wie ihn plötzlich eine Welle der Spannung erfasste. »Wir wetten um einen Flammkuchen. Ich sage, es ist … ein Brief.«

»Hm«, sagte Beate und rollte vor ihm in die Küche. »Nicht schlecht. Aber ich glaube, dass es ein Schmuckstück ist … natürlich eingewickelt in Papier oder Stoff, sonst würde es ja klirren.«

»Okay«, sagte Arne. »Ein Brief oder ein Schmuckstück …«

»… das ist hier die Frage«, ergänzte Beate.

Beate benötigte knapp zehn Minuten, um das Schloss aufzubrechen – mit Hilfe eines langen, schmalen Nagels und einer geradegebogenen Büroklammer –, und als sie vorsichtig den Deckel öffnete und den Inhalt heraushob, stellte sich heraus, dass keiner von ihnen die Wette gewonnen hatte.

Es war ein Schlüssel.

Ein ziemlich großer, altmodischer Schlüssel, sorgsam in ein Stück Stoff gewickelt, das möglicherweise ein Taschentuch war.

»Ein Schlüssel«, stellte sie fest.

»Ein Schlüssel«, stellte Arne fest.

Anschließend schauten sie sich an und sagten mindestens zehn Sekunden lang nichts.

»Was denkst du?«, fragte Beate schließlich. »Ich meine…«

»Er sieht ziemlich alt aus«, sagte Arne.

»Das tut er«, bestätigte Beate. »Aber es ist ja wohl trotzdem kaum möglich, dass…«

»Dass was?«, sagte Arne.

»Nein«, meinte Beate. »Das wäre ja nun wirklich total merkwürdig.«

»Äh…«, sagte Arne. »Was wäre wirklich total merkwürdig?«

Beate antwortete zunächst nicht. Sie saß da und wog lediglich den leicht angerosteten Schlüssel in der Hand, während sie sich auf die Unterlippe biss und aussah, als versuchte sie auszurechnen, wie viele Sandkörner es in der Sahara gab. Das führte Onkel Lennart als ein Beispiel dafür an, wie kompliziert eine Sache sein konnte, aber Arne beeilte sich, den hartnäckigen Verwandten aus seinen Gedanken zu verbannen, denn hier wurde er nun wirklich nicht gebraucht.

»Stell dir vor, er ist es«, sagte Beate schließlich.

»Es?«, sagte Arne fragend. Aber ohne zu wissen,

wie ihm geschah, glaubte er zu verstehen, worauf Beate hinauswollte.

»Nun, ich meine *den Schlüssel*«, fuhr sie fort. »Frag mich nicht, wie das möglich sein soll, ich habe nur so ein Gefühl, dass er es tatsächlich sein könnte. Es gibt hier eine Verbindung, merkst du das nicht? Dein Auftrag, dieses eigenartige Zimmer in der Kyffhäuserstraße, der Schmetterlingsmann, Beate, die zweite, und Aron … du und ich.«

Du und ich, dachte Arne. Er spürte, dass er aus irgendeinem seltsamen Grund rot wurde. Beate merkte allerdings nichts davon, sie schwieg und starrte konzentriert auf den Schlüssel.

»Okay«, sagte er nach einer Weile. »Ich bin daran gewöhnt, nicht besonders viel zu kapieren, so dass es in meinen Ohren vielleicht nicht ganz so verrückt klingt wie in deinen. Es gibt so vieles, was seltsam ist und was … ja, was ich nicht verstehe.«

Beate hatte den Blick von dem Schlüssel gelöst und sah ihn an, sagte aber nichts. Sie saß da und wartete offenkundig darauf, dass er weitersprach. Dass er … die Schlüsse ziehen würde, die sie bereits gezogen hatte? Es kam ihm beinahe so vor, als *verlangte* sie das von ihm. Er atmete tief durch.

»Könnte es also sein«, versuchte er es, »dass mein Vater einen Schlüssel in einem Kästchen zu meiner Mutter schickt … mit mir als Boten, da ich sein Sohn bin … ihr gemeinsamer Sohn? Der Schlüssel ist mehrere hundert Jahre alt und könnte zu dem Schloss in einer Tür passen, hinter der ein Mädchen sitzt, das … das auch mehrere hundert Jahre alt ist und in richtig großen Schwierigkeiten steckt, weil … nee, jetzt muss ich wirklich mal auf die Toilette. Das muss der viele Tee sein.«

»Du weißt ja, wo sie ist«, sagte Beate.

Und das tat Arne, denn er hatte das hellgrüne Badezimmer in Beate Bittners Wohnung auch beim letzten Mal aufgesucht. Sogar der Fußboden war hellgrün, und als er im Bad stand und pinkelte, stellte er fest, dass diese Farbe gut zu seinen Schuhen passte. Wie zwei große Löwenzahnblüten auf einem Rasen im Frühling sahen sie aus, seine Gelben.

Wenn ich ein Troubadour wäre, könnte ich darüber bestimmt ein Lied schreiben, dachte er. Sein Kopf steckte voller Ideen.

3

»Wir müssen einen Plan schmieden. Wir können nicht nur zulassen, dass irgendwelche Dinge passieren, wir müssen die Kontrolle übernehmen. Möchtest du noch etwas Tee?«

»Nein, danke«, sagte Arne. »Ich meine, ich habe genug Tee getrunken. Aber du darfst gerne einen Plan aushecken, dann kann ich … wie heißt das? … ihn *billigen.*«

Beate lächelte. »Ist vielleicht wirklich besser, wenn ich das übernehme«, meinte sie. »Jedenfalls glaube ich, dass deine Mutter bis übermorgen warten kann. Das ist schließlich der Tag, an dem du laut Schmetterlingsmann zurückkommen und sie treffen sollst. Also an Karfreitag … nicht wahr?«

Arne nickte.

»Aber wenn wir Beate, die zweite, retten wollen, muss das morgen geschehen. An Gründonnerstag, genau, wie sie es gesagt hat, und ich sehe keine andere Lösung, als dass … dass du dich wieder in die Kyffhäuserstraße aufmachst. Zum Schmetterlingsmann hochgehst und klingelst. Dann sehen wir weiter. Vielleicht taucht dann ja auch schon deine Mutter auf …«

»Na ja«, sagte Arne. »Ich weiß nicht recht, ob ich …«

Beate wartete. Arne seufzte schwer.

»Na schön«, sagte er. »Aber was soll ich denn sagen … oder tun? Ich kann ja nicht einmal mit ihm reden, als ich das letzte Mal bei ihm war, habe ich praktisch kein Wort verstanden. Er hat als Einziger geredet und mir gezeigt, was ich tun soll.«

»Ich schreibe einen Zettel«, schlug Beate vor, »auf dem steht, dass du … nun ja, dass du unbedingt noch einmal hypnotisiert werden musst. Denn du bist doch hypnotisiert worden?«

Arne zuckte mit den Schultern. »Keine Ahnung. Aber es könnte schon sein. Ich meine jedenfalls, mich zu erinnern, dass er das Wort einmal gesagt hat … *Hypnosen* oder wie das heißt. Aber …«

»Aber was?«, fragte Beate.

»Vielleicht habe ich das auch falsch verstanden«, sagte Arne. »Ich bin es nicht gewohnt, hypnosi… hypnotisiert zu werden.«

In Gedanken versuchte er ein weiteres Mal zu dem zurückzukehren, was wirklich in der Wohnung des Schmetterlingsmannes passiert war. Sozusagen Schritt für Schritt. Stück für Stück.

»Ich hatte den Eindruck, dass ich ihm auch bei irgendetwas helfen soll«, sagte er, als er in Gedanken nicht mehr weiterkam. »Irgendwie ging es nicht nur um meine Mutter. Er wollte mich auf irgendeine Art benutzen. Warum … ja, warum hätte er mich sonst hypno… tisieren sollen?«

»Gut kombiniert«, sagte Beate. »Richtig, er scheint dich tatsächlich für irgendetwas zu brauchen. Ich verstehe nur nicht, für was.«

»Ich auch nicht«, bekannte Arne. »Ich habe wirklich keine Lust, zu ihm zu gehen, aber … aber ich begreife, dass ich es vielleicht tun muss. Schade, dass du nicht mitkommen kannst.«

»War es ein Haus, in das man mit einem Rollstuhl hineinkommt?«, erkundigte sich Beate.

»Das weiß ich nicht. Darauf habe ich nicht geachtet.«

»Nun ja«, sagte Beate, »ich glaube ohnehin, dass es besser ist, wenn ich ein bisschen auf Distanz bleibe und beobachte. Es gibt sicher ein Café in der Nähe, in dem ich sitzen und warten kann ...«

Arne dachte wieder nach.

»Ich glaube ehrlich gesagt, dass es in der Straße eins gibt ... schräg gegenüber, aber vielleicht irre ich mich auch. Jedenfalls gibt es da einen Laden, in dem sie Hunde ausstopfen, aber da kannst du ja schlecht sitzen.«

»Nein, wohl kaum«, erwiderte Beate. »Aber es ist ja ein Kinderspiel, sich anzuschauen, wie es in der näheren Umgebung aussieht. Was denkst du, wann sollen wir zuschlagen? Es ist vielleicht sicherer, nicht zu lange zu warten, wenn die Uhren für Beate, die zweite, genauso gehen wie für uns. Ich meine, dieser Inquisitor könnte ja unter Umständen auch schon morgens auftauchen, nicht?«

»Dann gehen wir morgen Vormittag hin«, entschied Arne. »Ich hole dich ab ... sagen wir um neun?«

»In Ordnung«, erwiderte Beate. »Hast du ein Handy, damit wir uns, falls nötig, beim anderen melden können?«

»Ja, aber ... ich meine, nein. Ich habe kein Handy.«

»Schade. Aber es wird sicher auch so gehen. Im Zeitalter der Märchen und Lagerfeuer gab es überhaupt keine Telefone. Und die Leute haben trotzdem gelebt. Übrigens, was hast du heute eigentlich den ganzen Tag über gemacht? Ich meine, bevor du hergekommen bist?«

Arne war plötzlich unschlüssig. Sollte er ihr davon erzählen oder nicht?

»Da war so eine Taube …«, sagte er dann. »Das ist ein bisschen seltsam.«

Beate Bittner traute ihren Ohren nicht, als er ihr von seinem morgendlichen Ausflug mit Evert Taube berichtete. Jedenfalls sagte sie anschließend: »Das ist wirklich so ziemlich das Verrückteste, was ich je in meinem Leben gehört habe. Du bist wirklich lustig.«

»Findest du?«, entgegnete Arne. »Tja, so ist es jedenfalls gewesen.«

»Samborombon?«

»Ja.«

Sie dachte nach, dann erhellte sich ihre Miene. »Weißt du was, ich glaube, ich habe eine CD mit Liedern von Evert Taube. Wir haben sie benutzt, als ich vor vielen Jahren an einem Schwedischkurs teilgenommen habe. Evert Taube singt selbst. Wollen wir doch mal sehen.«

Sie rollte zu einem der Bücherregale, in dem auch mehrere ungeordnete Stapel mit CDs lagen, und fand nach einigem Suchen die richtige. Sie legte die CD ein, und unmittelbar darauf hörten sie einen schon greisen Evert Taube die Ballade von Fritiof und Carmencita krächzen. Als Arne sie gesungen hörte, erinnerte er sich an weitere Textpassagen und begann vorsichtig mitzusingen. Beate summte und lächelte, und Arne dachte, dass … ja, was dachte er eigentlich?

Ja, genau, dass er nie zuvor etwas Vergleichbares erlebt hatte, das dachte er. Hier saß er in der Wohnung einer Frau, der er gerade erst in der Stadt Berlin begegnet war, und sang ein, wie hieß das? … ein Duett? … mit Evert Taube, der ebenso gut Evert Dufva heißen könnte, wenn man es aus dem Deutschen übersetzte, also jenen Namen haben könnte, den auch seine verschwundene Mutter trug… falls sie nicht Vogel hieß… die Frau, nach der er suchte, um ihr ein Kästchen zu übergeben, das er von seinem verstorbenen Vater bekommen hatte, ein Kästchen, dessen Schloss sie vor Kurzem geknackt und in dem sie einen Schlüssel gefunden hatten, der…

…der möglicherweise zu dem Schloss in einer Tür passte, hinter der eine zweite Beate saß, der er begegnet war, als er von einem Schmetterlingsmann hypno… hypnotisiert worden war, und die aller Wahrscheinlichkeit nach im siebzehnten Jahrhundert beheimatet war, also die zweite Beate, wie hieß sie noch mit Nachnamen?… ja, genau, Greivald… Beate Greivald, so war es, und sie sollte schon bald auf einem Scheiterhaufen verbrannt werden, es sei denn, jemand, genauer gesagt er selbst (wenn auch unter dem Namen Aron), griff ein und rettete sie.

Und in diesem Moment geschah das alles in einem Tanzrhythmus, den Beate Bittner illustrierte, indem sie in ihrem Rollstuhl mit den Händen wedelte und ihren Oberkörper hin und her wiegte, in einem Rhythmus und einem Tanz, der Tango hieß.

Vamos a bailar este tango, polterte Evert Taube aus den Lautsprechern.

Herr im Himmel, dachte Arne Murberg. Das wird ja immer seltsamer.

Oder meinte er, *immer besser*?

Als Evert verstummte, sagte Beate:

»Wir hören es uns noch einmal an, nicht wahr?«

»Ja«, antwortete Arne. »Das tun wir.«

4

Auf dem Weg von der Meraner Straße zum Hotel wandelte Arne in einer Wolke aus Gedanken. Aber das machte nichts. Es war nicht diese wattige, träge Wolke, an die er gewöhnt war; er hatte das Gefühl, direkt in sie hineinschauen und die einzelnen Dinge in ihr auseinanderhalten zu können. Die Gedanken vermengten sich nicht und setzten auch nicht das Karussell in Bewegung, das ihn sonst dazu brachte, alles einfach nur abstellen zu wollen, und er fragte sich, woran das liegen mochte. Als hätte sein Gehirn während dieser Tage in Berlin irgendwelche Vitamine aufgenommen, als wäre ein starker Wind gekommen und hätte eine Menge Staub und Müll und Kurzschlüsse hinweggefegt, die sich in all den Jahren in seinem Schädel abgelagert hatten.

Seit jenem Unglück. Es war nicht so, dass er glaubte, plötzlich normal zu sein, dass er wie gewöhnliche Menschen denken und argumentieren, Dinge herausfinden oder sich erinnern konnte, was im Sommer 2008 geschehen war. Trotzdem war da etwas. Es war etwas passiert … oder passierte gerade.

Nicht wahr?, dachte er. Allein schon, dass er an zwei aufeinanderfolgenden Tagen bei einer Frau seines eigenen Alters zu Hause gewesen war. Mit ihr zusammengesessen und sich unterhalten, sie ins Restaurant eingeladen und alles Mögliche getan hatte. Pläne geschmiedet hatte. Wer hätte das vor einer Woche gedacht, als er sich auf dem Flughafen Arlanda von seinem Onkel Lennart verabschiedet hatte? Dass seit seiner Ankunft in Berlin nicht mehr Zeit vergangen war, fand er seltsam. In dieser Woche hatte sich mehr ereignet als in … tja, er wusste es auch nicht. Jedenfalls als in Jahren.

Doch selbst wenn er das Gefühl hatte, dass etwas mit seinem Kopf passiert war, gab es natürlich auch Unverständliches. Ziemlich viel Unverständliches; größere und merkwürdigere Dinge, als er je zuvor erlebt hatte. Der Schmetterlingsmann und Beate, die zweite. Aron und der Schlüssel. Die Taube und … nein, er beschloss, nicht mehr daran zu denken, und erkannte auf einmal, dass er viel zu lange auf der Berliner Straße geblieben war und sich lieber darauf konzentrieren sollte, den Rückweg in die Fasanenstraße zu finden.

Sein Gehirn hatte möglicherweise einen Vitaminschub bekommen, aber er war beileibe kein Genie. Das sollte er lieber nicht vergessen.

Als er zum Hotel Munck kam, war es kurz nach elf, und die Rezeption war nicht besetzt. In seinem Zimmer fand Arne dann einen kleinen Umschlag auf dem Fußboden; er lag direkt hinter der Tür, und er entdeckte ihn erst, als er seinen gelben Fuß daraufsetzte.

Onkel Lennart, dachte er mit einem müden Seufzer, während er das Kuvert begutachtete, dann zog er die Verschlussklappe heraus.

Diesmal stammte die Nachricht jedoch nicht von Onkel Lennart. Sie war handgeschrieben, und nachdem er sich drei Mal durch den Text buchstabiert hatte – und so ein weiteres Mal seinen neuerwachten Verstand auf die Probe gestellt hatte –, kam er zu dem Schluss, dass der Schmetterlingsmann der Absender sein musste. Um sicherzugehen, dass Arne die Bedeutung seiner Worte verstand, hatte er die Nachricht auf Deutsch und auf Englisch verfasst. Zumindest hatte Arne diesen Eindruck.

Herr Mr Arne Murberg
Morgen, Donnerstag – Tomorrow, Thursday – 13 Uhr, 1 o'clock – Kyffhäuserstraße 52 – Wichtig! Important! Kommen Sie! Come!
Herr Professor Anatolis Litvinas

Arne hätte sich gewünscht, sein Mobiltelefon noch zu haben, denn dann hätte er Beate Bittner anrufen und die Nachricht mit ihr erörtern können. Aber er glaubte auch so, dass er verstand, was der Schmetterlingsmann (dessen richtiger Name offenbar Anatolis Litvinas war) von ihm wollte. Arne sollte sich schon am nächsten Tag um ein Uhr in der Kyffhäuserstraße einfinden. Nun hatten Beate und er ja eigentlich verabredet, dass sie sich schon am Vormittag dorthin begeben würden, aber vielleicht gab es ja gute Gründe, die Anweisung des Schmetterlingsmannes zu befolgen und ein paar Stunden zu warten.

Jedenfalls würde er sich um neun Uhr mit Beate treffen, und wenn er daran dachte, die Nachricht zu ihr mitzunehmen, hatten sie alle Zeit der Welt, zu planen und zu entscheiden, wie sie das Ganze am besten anpackten.

Nicht wahr, Perry?, dachte Arne beim Zähneputzen. Wir haben die Lage doch im Griff?

Auf jeden Fall, antwortete Perry. *Hundertprozentig.*

Arne kontrollierte, dass seine Schuhe keinen abendlichen Putzvorgang benötigten, schlüpfte aus den Kleidern und schlief im selben Moment ein, als er die Nachttischlampe ausschaltete und den Kopf auf das Kissen legte.

Der achte Tag

1

Er zögerte.

Es war geplant gewesen, dass er es mit irgendeiner Klingel – außer Vogel – versuchen und so lange weitermachen sollte, bis ihm in dem Haus in der Kyffhäuserstraße 52 irgendjemand aufdrückte. Die Haustür hatte jedoch auch an diesem Tag offen gestanden, wofür der Schmetterlingsmann eventuell persönlich gesorgt hatte. Immerhin erwartete er, dass Arne kommen würde, und sein Name stand nicht auf der Tafel im Hauseingang.

Litvinas. So hieß er also richtig, aber auch an seiner Tür in der dritten Etage stand kein Name. Man konnte sich durchaus fragen, warum das so war.

Genau dort stand Arne Murberg nun und zögerte. Warum konnte er nicht genauso gut probieren, ob seine Mutter zu Hause war? Wenn es tatsächlich stimmte, dass sie neben dem Schmetterlingsmann wohnte.

Beate und er hatten beschlossen, dass er das nicht tun würde. Dass er Frau Vogel nicht in ihrer Wohnung besuchen würde, wer immer sie war, und diese Abmachung bildete vermutlich die andere, schwerwiegendere Hälfte seines Zögerns. Seine Mutter würde bis Karfreitag warten müssen, der Gründonnerstag gehörte dem Schmetterlingsmann und Beate, der zweiten. Hatten sie das nicht so besprochen, Arne und Beate, die erste? Doch, das hatten sie.

Was wirklich in den nächsten Stunden geschehen würde, war jedoch schwer vorauszuahnen. Dazu ließen sich nicht einmal Vermutungen anstellen. Warum hatte ihn der Schmetterlingsmann beispielsweise schon heute zu sich bestellt? Welche zwielichtigen Absichten verfolgte er? Wer war er eigentlich? Würde er sich bereiterklären, Arne noch einmal zu hypnotisieren?

Gute Fragen, hatte Arne gesagt, und Beate hatte ihm zugestimmt. Wenige Minuten zuvor hatte er sich in einem Café, das um die Ecke in der Frankenstraße lag, von ihr verabschiedet. Sie hatte erklärt, dass sie beabsichtige, dort genau vier Stunden sitzen zu bleiben, und wenn er bis dahin nicht zurückgekehrt sei, werde sie die Polizei einschalten.

»Die Polizei?«, hatte Arne gefragt. »Warum denn das?«

»Weil ich mir dann Sorgen mache«, hatte Beate geantwortet, und er hatte ihr keine weiteren Fragen gestellt.

Doch nun hatte er seine Zögerlichkeit überwunden. Er stellte fest, dass es genau ein Uhr war, streckte einen leicht zittrigen Zeigefinger aus und klingelte beim Schmetterlingsmann, Herrn Professor Anatolis Litvinas.

Ich bin bereit, dachte Arne Murberg. Und zwar zu wirklich allem.

Es war genauso dunkel wie beim letzten Mal, und der Schmetterlingsmann hatte sich auch nicht verändert, zumindest insoweit ihn Arne in Erinnerung hatte. Er hatte offenbar im Flur gestanden und auf ihn gewartet, denn bis er die Tür öffnete, verging kaum mehr als eine Sekunde. Er streckte die Hand aus und sagte etwas, was Arne nicht verstand, aber er gab dem Mann die Hand, sagte »Guten Tag« und begleitete ihn in die Küche.

Dort brannten zwei Kerzen. Arne wusste nicht mehr, ob es beim letzten Mal eine oder zwei gewesen waren. Aber das spielte wahrscheinlich keine Rolle. Der Schmetterlingsmann setzte sich und lud Arne ein, ebenfalls Platz zu nehmen. Er folgte der Aufforderung; sein Gastgeber lehnte sich vor, stützte die Ellbogen auf den Tisch, faltete die Hände und lehnte das Kinn auf sie. Zwischen ihnen lag ein großes, aufgeschlagenes Buch, und nach einem kurzen Moment, in dem sie nur dasaßen und einander schweigend musterten, sah Arne, dass es eine Bibel war. Steinalt wahrscheinlich, ihre Seiten waren dick und vergilbt, und es schien, als hätten Mäuse oder Ratten an den Einbanddeckeln genagt. Neben ihr stand eine mit roter Flüssigkeit gefüllte Glasschale. An der Oberfläche trieben drei dünne Blätter, ein grünes, ein gelbes, ein hellbraunes.

Ah ja, dachte Arne und seufzte schwer. Wenn Onkel Lennart und Tante Polly ihn begleitet hätten, wären sie jetzt beide in Ohnmacht gefallen. Noch seltsamer konnte es wirklich nicht werden.

Aber das wurde es. Der Schmetterlingsmann schloss die Augen und begann etwas in einer Sprache zu brabbeln, die mit Sicherheit kein Deutsch war, das stand für Arne fest. Auch kein Englisch oder Schwedisch, aber es gab natürlich jede Menge anderer Sprachen auf der Welt. Jedenfalls wurden ständig dieselben Worte wiederholt, und es war eine ziemlich kurze Sache; der Mann sprach sie mit dumpfer Stimme, aber dennoch in einem singenden Tonfall, und während er damit fortfuhr, spürte Arne, wie seine Lider schwer wurden und er plötzlich Probleme hatte, sich wachzuhalten. Er hatte geglaubt, dass er sich wie beim letzten Mal auf das Bett würde legen dürfen, um dort hypnotisiert zu werden, aber so musste es natürlich nicht sein. Vielleicht würde er hier in der Küche einnicken und zu jener Zeit und zu jenem Ort zurückgeführt werden, an dem er seine Aufgabe erfüllen sollte. Andererseits konnte er natürlich ebenso gut woanders landen und sich mit einem neuen Problem konfrontiert sehen, das er nicht lösen konnte. Woher sollte man das wissen? Auf einmal wurde er von einem eigenartigen Gefühl übermannt: Es war ihm, als sei alles egal. Beate, die erste, und Beate, die zweite, und Berlin und Evert Taube und seine Mutter Violetta, ja, sie alle würden zurechtkommen müssen, so gut es eben ging, Hauptsache, er selbst… Hauptsache, Arne Albin Hektor Murberg durfte sich eine Weile ausruhen. Ein Viertelstündchen oder eine halbe Stunde schlafen, das war plötzlich das Einzige, was ihm etwas bedeutete. Er gähnte ausgiebig und lehnte den Kopf in der gleichen Weise in die Hände wie der Schmetterlingsmann, aber als er schon glaubte, er würde einschlafen, stieß sein Gastgeber einen lauten Schrei aus und stand blitzschnell auf.

Arne wäre fast vom Stuhl gefallen. Der Schmetterlingsmann streckte seine Hände zur Decke und rief erneut etwas. Unverständliche Worte, aber im Moment war mehr oder weniger alles unverständlich. Gleich darauf setzte er sich wieder hin, und seine Augen fixierten Arne.

»Wir sind schon da«, sagte er mit leiser und zischender Stimme. »Wir sind schon da. Wir… sind… schon… da.«

Weil er es wiederholte und so langsam sprach, hatte Arne das Gefühl, dass er ein wenig verstand. *Wir sind… da*, waren das nicht seine Worte gewesen? Da war noch ein Wort, das er nicht verstand – *schon* –, aber davon abgesehen schien der Schmetterlingsmann zu behaupten, dass sie irgendwo waren. Er selbst und Arne wahrscheinlich, oder meinte er andere?

Und was machte er jetzt? Nun, jetzt streckte der Schmetterlingsmann seine Hände nach der Schale mit der roten Flüssigkeit aus und tunkte sehr vorsichtig seine Finger hinein. Nur die äußersten Fingerspitzen, dann hob er sie an und hielt sie noch für eine Sekunde über der Schale, ehe er sie sich gegen die Schläfen presste.

Und danach gegen die Schläfen von Arne.

Anschließend schloss er die Augen und begann erneut dumpf und mystisch zu brabbeln, und als Nächstes blies er die beiden Kerzen aus.

Es wurde stockfinster in der Küche. Nach einigen Sekunden meinte Arne, eine Reihe von Grautönen unterscheiden zu können, und gleichzeitig drängte sich ihm ein neuer, beißender Geruch auf, aber dann bekam er einen harten Schlag auf den Kopf, und es wurde noch dunkler. Pechschwarz.

2

Er steht mit einer Axt in der Hand neben dem Hauklotz. Er hat das Gefühl, dies schon einmal getan zu haben, aber er weiß nicht, wer er ist.

Oder wann?

Oder wo?

Das Wetter ist schön, die Sonne steht tief. Sie geht gerade hinter einem Waldrand unter, der abschüssige Hofplatz liegt bereits halb im Schatten. Das grobe Hemd klebt an seinem Rücken, anscheinend hackt er schon eine ganze Weile Holz. Mit geübten Bewegungen hebt er einen neuen Kloben hoch, platziert ihn auf den Hauklotz und spaltet ihn mit einem gut gezielten Hieb, aber ohne größere Anstrengung.

Diesen Vorgang wiederholt er vier oder fünf Mal, dann hört er eine Frau rufen.

»Aron!«

Im selben Moment weiß er, dass dies sein Name ist.

Und dass die Frau seine Mutter ist. Sie heißt Gertrud, und er sieht, dass sie in der Tür zum Wohnhaus etwa zwanzig Meter unterhalb in Richtung Straße steht. Alt sieht sie aus, aber dennoch kräftig. Dicke Unterarme lugen aus ihrem grauen Kleid, und in einer Hand hält sie einen Eimer, der schwer zu sein scheint. Der andere Arm steht waagerecht von ihrem Körper ab, der sich ein wenig zur Seite neigt. Eine weiße Haube auf Haaren und Kopf.

»Abendbrot, Aron!«

Damit verschwindet sie in der dunklen Türöffnung. Er treibt die Axt in den Klotz, wischt sich mit dem Hemdsärmel den Schweiß aus der Stirn und folgt ihr.

Rund um den länglich schmalen Holztisch sitzen drei Erwachsene und ein etwa zehnjähriges Kind. Nachdem auch seine Mutter und er selbst ihre Plätze eingenommen haben, spricht ein uralter und schiefgewachsener Mann am Kopfende unter dem Fenster das Tischgebet. Seine Stimme ist heiser und matt, und es ist nicht ganz leicht, seine Worte zu verstehen, er scheint zahnlos zu sein, und vielleicht liegt auch sein Verstand brach. Aron weiß, dass dies sein Großvater ist, er heißt Gurt und wird den nächsten Winter vermutlich nicht überleben.

Vielleicht noch einen Sommer, wenn dies Gottes Wille ist.

Die anderen Erwachsenen sind seine Mutter, sein Vater Egard sowie der Knecht Josia, den sie sich mit dem Nachbarhof teilen, auf dem sein Onkel Nokim mit seiner Ehefrau Jenna und den Kindern Jefta und Simon wohnt.

Wie ihm all diese Namen in den Sinn kommen, weiß er nicht, aber es bereitet ihm auch kein Kopfzerbrechen. Jetzt gilt es, den Hunger zu stillen, der in den langen Stunden des Nachmittags in ihm gewütet hat. Seine Mutter tut ihnen auf, einen heißen Wurzelgemüseeintopf und zwei Scheiben kaltes Schweinefleisch für jeden, aber nur eine für seine kleine Schwester Minna. Egard schneidet Brot auf und verteilt es auf die gleiche Art. Wasser und Milch stehen in zwei Krügen in der Mitte des Tischs, aus ihnen kann man sich nach Belieben bedienen. Als alle etwas bekommen haben, spricht Großvater Gurt noch eine Zeile aus der Heiligen Schrift – oder nur aus seinem eigenen Kopf –, und man beginnt schweigend zu essen.

Als er sich die erste Scheibe Fleisch und die Hälfte des Eintopfs einverleibt hat und der schlimmste Hunger gestillt ist, erinnert er sich an Beate. Sie taucht in seinen Gedanken auf wie eine Unwetterwolke nach einem klaren Morgen. Oder umgekehrt: wie der erste Sonnenstrahl nach einem Unwetter, er kann nicht erkennen, was von beidem. Etwa zur selben Zeit wird ihm bewusst, dass er unter seinem Hemd etwas Hartes trägt, und als er die Hand daraufpresst, spürt er, dass es ein Schlüssel ist. Er hängt dort, groß und kalt, hoch oben auf seiner Brust, an einem Riemen um seinen Hals, und er hat keine Ahnung, wie er dorthin gekommen ist.

Dagegen kommt ihm Beates Geschichte in den Sinn. Wie ein steter Strom ist sie, und er begreift, dass er an diesem Tag Wichtigeres zu tun hat, als seelenruhig am Tisch zu sitzen und sein Abendbrot zu verspeisen. Wesentlich Wichtigeres.

Aber man steht erst vom Tisch auf, wenn alle die Mahlzeit beendet haben und Großvater Gurt für das Essen gedankt hat. Und angesichts dessen, was Vater Egard sagt, als er sich gesättigt hat – und was er bei dem nachfolgenden Gespräch hört –, werden Arons Sorgen nicht kleiner.

»Er ist jetzt anscheinend in unserem Dorf angekommen, dieser Hexenbrennmeister«, sagt der Hausherr und räuspert sich. »Litvonius soll er heißen, und er wird sicherlich dafür sorgen, dass wir hier in Bälde einen stattlichen Scheiterhaufen zu sehen bekommen. Ein Hexenfeuer, das sage ich euch.«

»Wir haben hier keine Hexen«, entgegnet seine Frau und scheint zu schaudern. »Er wird unverrichteter Dinge abreisen müssen.«

»Eine reicht völlig«, erwidert Egard. »Und die haben wir. Es heißt, sie soll schon morgen brennen. Gut so, dann ist es vorbei, und die Gnade Gottes kann wieder mit uns sein.«

»Wer hat gesagt, dass sie morgen brennen soll?«, erkundigt sich Gertrud. Es ist offensichtlich, dass während der Mahlzeiten nur diese beiden das Wort führen, Bauer und Bäuerin, die Übrigen schweigen und schauen mit eifrigen Augen und gähnenden Mündern vom einen zum anderen. In die Augen des Knechts Josia ist etwas fast Lüsternes getreten.

»Das habe ich von meinem Bruder gehört«, antwortet Egard. »Nokim geht ja dem Pfarrer zur Hand, und obwohl er keine großen Ohren macht, kommt er doch nicht umhin, das eine oder andere zu hören. Morgen haben wir Karfreitag, und an dem Tag soll sie brennen, sobald die Sonne untergeht.«

»Sie?«, sagt Gertrud. »Ist es die arme Beate auf Greivald, oder haben sie eine andere ausgewählt, damit sie für deren Sünden büßt?«

»Für *ihre* Sünden wolltest du wohl sagen?«, fragt Egard leicht gereizt.

»Ich sage nur, was ich denke und glaube«, antwortet seine Frau, und nun ist der Bauer zu entrüstet und eingeschüchtert, um das Gespräch weiterführen zu wollen. Stattdessen bittet er Großvater Gurt mit einer Geste, dem Herrn für das Essen zu danken.

Und das tut Großvater Gurt. An diesem Tag wie an allen anderen Tagen.

Zwei Stunden später, als die abendlichen Arbeiten auf dem Hof erledigt sind und es dunkel geworden ist auf der Erde, verlässt Aron sein Heim. Er bahnt sich den Weg durch die Brennnesseln zu Beates Fensterluke in ihrem Gefängnis. Er weiß immer noch nicht, wer er ist, und sein Kopf ist leer von Erinnerungen wie ein ausgetrockneter Brunnen. Die Namen seiner Leute und Gefährten sind bloß Namen, und wohin die Straße jenseits des Pfarrhofs führt, ist ihm unbekannt. Die Berge in der Ferne sind von der Nacht verschlungen worden, und sein Herz zittert wie das eines verletzten Taubenkükens.

Mutter und Vater und Schwester Minna scheinen mich zu kennen, denkt er. Trotzdem ist es, als stammte ich von einem anderen Ort. Vielleicht empfindet das ja jeder Einzelne so, aber ich habe das Gefühl, dass mir etwas verschwiegen wird. Etwas, von dem man besser nichts weiß.

Er erreicht die Luke, rückt den Stein zurecht und steigt vorsichtig darauf, damit sein Gesicht in eine bessere Höhe kommt. In dem Gefängnis ist es dunkel und still, und er versucht die Ohren zu spitzen und seine Augen zu schärfen, kann aber trotzdem nicht das Geringste sehen.

»Beate?«, flüstert er und packt das Gitter.

Keine Antwort. Er versucht es noch einmal, ein wenig lauter.

»Beate?«

Nichts.

Wenn sie da ist, muss sie mich gehört haben, denkt er. Warum antwortet sie dann nicht? Was ist passiert?

»Beate!« Jetzt ruft er, was möglicherweise nicht so wohlbedacht ist, aber das Taubenherz pocht so fest in seiner Brust. Vielleicht ist er schon zu spät gekommen.

Es dringt auch diesmal kein Lebenszeichen zu ihm hinaus. Er springt von dem Stein herab und bleibt eine Weile ratlos in der Dunkelheit an der Wand stehen. Dann geht er um die Hausecke und späht zum Pfarrhof hinüber. Zu den beiden Gebäudeflügeln und dem Haupthaus. Einige der Fenster sind hell erleuchtet, und im Lichtschein zweier Laternen, die an der Stallwand hängen, erblickt er einen überdachten Wagen.

Was hatte sein Vater noch gesagt? Litvonius? Ist dies das Fuhrwerk, in dem er gekommen ist? Ganz sicher ist es das, denkt Aron, es wäre eines Königs würdig. Und ganz sicher sitzt er nun mit Probst Maximander und dem speichelleckenden Schurken Carambolius zusammen und speist Abendbrot.

Woher weiß Aron, dass der Hilfspfarrer Carambolius ein speichelleckender Schurke ist?

Weil Beate es ihm gesagt hat? Ist es so?

Beate, die eine Hexe ist. Bei dem Gedanken schaudert ihn. Was ist, wenn Carambolius recht hat. Was ist, wenn sie mit dem Teufel höchstselbst verbündet ist, die junge und bezaubernde Beate auf dem Hof Greivald? Denn so ist es doch, dass alle jungen Hexen bezaubernd sind, das ist ihr sicherstes Erkennungszeichen. Ihr Netz der Verführung.

Nein, fort damit, entscheidet er. Hat er ihr nicht unverbrüchlich geschworen, sie zu retten? Zögern und Zweifel wohnen in der Brust von Narren … oder ist es etwas anderes, was in der Brust dieser armen Seelen wohnt, er erinnert sich nicht, aber darüber steht irgendetwas in der Heiligen Schrift. Jedenfalls muss er etwas tun, er darf hier nicht nur wie ein Dorftrottel herumstehen und auf der Stelle treten. Was haben sie mit ihr gemacht? Wo hält sich seine Herzensfreundin an diesem finsteren Gründonnerstagabend in Erwartung des Scheiterhaufens auf?

Meine Herzensfreundin?, denkt er, und sein pochendes Herz schlägt auf einmal anders. Oder singt es sogar?

Idiotische Fragen. Es wird Zeit zu handeln. Nicht bloß herumzustehen und zu träumen wie ein unentschlossener Dummerjan.

Er nimmt den Weg zum eigentlichen Pfarrhof. Geht tastend über abendlich taufeuchtes Gras. Irgendwo bellt ein Hund, woanders uhut eine Eule. Aber kein Lebewesen kreuzt seinen Weg, weder Mensch noch Tier. Weder Freund noch Feind.

Er geht um den einen Gebäudeflügel herum, der im Dunkeln liegt, und findet ein Versteck hinter einem großen Baum, der nur wenige Meter von der Giebelseite des Haupthauses entfernt wächst. Dort bleibt er eine Zeitlang stehen, während er lauscht und seinen Mut zusammennimmt. Aus dem Haus dringen Stimmen ins Freie, allerdings nur schwach, es steht kein Fenster offen, und die Holzbalkenwände sind dick und gut gezimmert.

Mit ein paar schnellen Schritten ist er am Fenster. Er steht daneben, gegen die Wand gedrückt, späht in alle Richtungen und wartet, bis sein Herz sich wieder beruhigt. Nun kann er die Stimmen deutlicher hören, aber anscheinend handelt es sich, zumindest im Moment, nur um eine Stimme. Eine schneidende und leicht unangenehme

Männerstimme, die er nicht kennt. Sie gehört weder dem Pfarrer noch dem Hilfspfarrer, so dass er annimmt, dass es der Zugereiste ist, der im Haus spricht. Wie nennen sie ihn noch? *Inquisitor*?

Ja, so ist es. Der Mann, der die Macht über alles Mögliche hat. Der im Besitz von Wissen und Gelehrsamkeit unbeschreiblichen Ausmaßes ist. So kann er etwa entscheiden, wer mit dem Versucher im Bunde steht. Und wer aus diesem Grund als Hexe auf dem Scheiterhaufen enden soll.

So ist es. Ein solcher Mann ist er, dieser Litvonius, der nun im Haus Reden schwingt.

Und wer ist er, der sich gegen die Wand drückt?

Ein Jüngelchen von ungefähr fünfzehn Jahren. Ohne Wissen und Gelehrsamkeit, er kann kaum seinen eigenen Namen schreiben oder dreißig von fünfundsiebzig abziehen.

Aber ein pochendes, junges Herz besitzt er. Und ein Versprechen hat er gegeben. Neulich abends, ist es nicht so?

Doch, so ist es ganz gewiss.

Mutig? Wohl eher nicht. Er hat Angst wie ein junger Hase in einem Fuchsbau, doch das spielt jetzt keine Rolle. Er muss tun, was zu tun ihm aufgetragen wurde. Er ist ja ein Fremdling, der nicht einmal den Namen seines Dorfes oder seines Landes kennt, irgendeinen Sinn muss es also haben, dass er hier in der Dunkelheit steht und mit gespitzten Ohren zu lauschen versucht.

Einen Sinn, den er nicht einmal erahnt, aber tief in seinem Inneren gibt es eine Stimme, die ihn ermahnt.

Eine Stimme, die anders klingt als die des Inquisitors,

ganz anders. Tief und sicher und erfüllt von ehernem Klang ist sie, keine hohl tönende Zimbel wie die im Haus.

Mach weiter, ermahnt sie ihn. *Du weißt, was du zu tun hast, Aron.*

Und er weiß es. Natürlich weiß er es.

Vorsichtig schiebt er den Kopf hoch und blickt hinein. Nur kurz, um sich ein Bild von der Lage zu machen.

Es brennt sich ihm ein wie ein Altarbild.

Drei hochaufgeschossene, dunkle Männer. Zwei sitzen auf Stühlen mit senkrechten Rückenlehnen, der Mann in der Mitte steht breitbeinig und gebieterisch.

Etwas ist an seinem Gesicht, dem des Gebieterischen in der Mitte. Er hat einen üppigen roten Bart, aber was einem sofort ins Auge sticht, ist ein dunkler Fleck auf seiner Stirn, wie das Mal von einem Feuereisen. Das sieht eigenartig aus. Ein Vogel?

Auf dem Fußboden unter ihnen eine junge Frau.

Das ist sie, Beate auf Greivald. Ihre Hände sind auf dem Rücken gefesselt, sie sitzt unbequem, schräg an die Wand gelehnt. Ihr Kleid ist grau und abgewetzt. Nackte, schmutzige Füße, wüste und verfilzte Haare.

Trotzdem ist sie schön. Schön und trotzig. Sie brennt sich tiefer in Arons Herz ein als die drei Männer. Tiefer als der Inquisitor, tiefer als sein Brandmal auf der Stirn. Er lehnt sich an die Wand und versucht zu lauschen, aber die Worte dringen nur als leeres Leiern zu ihm hinaus. Reden ohne Inhalt, totes Gewässer ohne Fische.

Er weiß ohnehin, was gesagt wird. Inquisitor Litvonius hat ermittelt, dass Beate auf Greivald sich mit den Mächten der Finsternis verschworen hat. Dafür verurteilt er sie zum Tod auf dem Scheiterhaufen; eine so lange Reise würde er niemals auf sich nehmen, um anschließend unverrichteter Dinge die Rückreise anzutreten. Natürlich nicht; er war gekommen, um eine Hexe zu verbrennen, und weil das so ist, wird eine Hexe brennen.

Am nächsten Tag. Morgen, Karfreitag. Aron erinnert sich, dass alles genauso ist, wie Beate es ihm erklärt hat. Die Verurteilung ist eine Formsache, aber es muss schriftlich festgehalten werden, dass der Fall vorschriftsmäßig verhandelt wurde. Eine Hexe ist verbrannt worden, die Frau ist ein Blendwerk des Teufels.

Er umklammert den Schlüssel unter seinem Hemd. Wenn die Gerichtsverhandlung vorüber ist, werden sie Beate doch sicher in das Gefängnis zurückbringen? Sie wird ihre letzte Nacht doch hoffentlich dort verbringen? Denn dann und aus diesem Kerker soll er sie befreien. Mit Hilfe eines Schlüssels, der von Gott weiß woher kommt, aber um seinen Hals hängt. Beate hat ihn angewiesen, bei Hilfspfarrer Carambolius nach einem Schlüssel zu suchen, aber das muss er offenbar gar nicht tun. Dafür ist er dankbar. Es würde ihm nicht behagen, im Haus ertappt zu werden.

Plötzlich bricht der Vollmond durch eine Wolke am finsteren Himmel und wirft unruhige Flecken bleichen Lichts auf den Vorplatz des Pfarrhofs, allerdings nicht auf Aron, der an einen Hausgiebel gepresst steht.

Es ist dieser Mond, der sie führen wird, das ist ihm klar. Wenn Beate und er durch die Nacht fliehen, wird das kleinere der beiden Himmelslichter ihnen den Weg weisen. So ist es. So wird es sein. Vorsichtig schleicht er sich zu dem Lagerhaus zurück und stellt sich darauf ein, längere Zeit zu warten. Er wartet und windet sich vor Angst.

3

Aron ist umgeben von seinen Brennnesseln eingeschlafen. Er sitzt zusammengekauert auf der Erde, an die Wand gelehnt, und in den letzten Stunden sind nervöse Träume durch sein Inneres gehetzt. Träume und Fragen. Wer ist er? Wer ist Beate auf Greivald? Warum kommt ihm der Name Litvonius so bekannt vor. Warum und weshalb?

Doch nun wird er geweckt. Frierend und erschrocken fährt er hoch. Von der anderen Seite des Hauses dringen Stimmen an sein Ohr; Stimmen und Tumult. Es ist Beate Greivald, die für diesen Tumult sorgt, das steht außer Frage. Den Geräuschen nach zu urteilen, versucht sie sich von starken Männerhänden loszureißen, die sie fest gepackt halten und zu ihrem Gefängnis zurückbringen. Aron denkt, dass sie doch wissen sollte, dass er an seinem Platz ist, dass sie keinen Widerstand leisten muss, da er sie retten wird, wie sie es verabredet haben.

Aber sie kann natürlich nicht wissen, dass er dort steht. Ihr ist nicht bekannt, dass er ein junger Mann ist, auf den Verlass ist, und dass er sie vor dem Scheiterhaufen und den Klauen des Todes bewahren wird.

Und deshalb schreit und kämpft sie. Sie überschüttet ihre Peiniger mit Flüchen und Beschimpfungen, feurigen Verwünschungen, die Aron fast erröten lassen, als er sie hört. Beruhige dich, liebste Beate, möchte er ihr sagen.

Leiste keinen Widerstand, lass einfach zu, dass sie dich einschließen. Ich habe doch den Schlüssel, er hängt um meinen Hals. Er tastet über das raue Eisen und fragt sich, woher er kommt.

Aber das ist nur eine von allen Fragen. Das ganze Leben erscheint ihm wie ein Rätsel.

Schließlich haben sie Beate in das Gefängnis geschafft. Sie schlagen die Tür zu und schließen sie umständlich ab. Aron hört, dass sie zu dritt sind. Drei Männer, um ein sechzehnjähriges Mädchen in den Griff zu bekommen. Oder ist sie schon siebzehn, Aron weiß es nicht. Er weiß ja nicht einmal, wie alt er selbst ist.

Obwohl, dass er erwachsen ist, dessen ist er sich sicher. Das spürt er ganz deutlich in einer solchen Nacht, wenn der Vollmond wieder hinter den Wolken hervorkommt.

Und dass Beate auf Greivald dies auch ist.

Jetzt ist Stille eingekehrt. Jetzt kehren die Männer murmelnd über den Vorplatz zurück. Die Hexe sitzt hinter Schloss und Riegel, morgen wird sie brennen, zum Nutzen und Frommen Gottes und seiner Diener.

Aron wartet, bis alles so still ist, dass er den schwachen Wind in den Kronen der Ahornbäume hören kann, in jenen Ahornbäumen, die in einer spärlichen Reihe die Auffahrt zur Kirche säumen. Dann steigt er auf den Stein und flüstert ihren Namen.

»Beate?«

»Aron?«

Sie fährt hoch, und auf einmal ist ihr Gesicht ganz dicht vor seinem. Nur das Gitter trennt sie, aber in der Dunkelheit kann er sie kaum sehen. Sie schluchzt und sagt mehrere Male seinen Namen.

»Aron, Aron, Aron … du bist wirklich gekommen.«

»Ja«, erwidert er. »Ich bin hier.«

»Ich hatte die Hoffnung fast schon verloren«, sagt sie. »Warum hat es so lange gedauert?«

Er weiß nicht, was er antworten soll, deshalb bleibt er stumm.

»Hast du den Schlüssel?«

»Ich habe einen Schlüssel«, erklärt er. »Ich weiß nicht, ob es der richtige ist.«

Er erkennt, dass er das besser vorher ausprobiert hätte. Schließlich wäre dazu reichlich Zeit gewesen, solange im Haupthaus die Verhandlung stattfand. Aber er ist viel zu verwirrt gewesen, um daran zu denken. Viel zu beschäftigt mit seiner Angst und seinen Zweifeln.

Jetzt zweifelt er nicht mehr. Jedes Zögern ist wie weggeblasen. Er eilt um das Gebäude herum, holt mit fahrigen Bewegungen den schweren Schlüssel aus dem Hemd, versucht den Lederriemen, an dem er hängt, über den Kopf zu ziehen, und entdeckt, dass der Riemen zu kurz ist, und als er versucht, ihn abzureißen, ist er zu fest. Er findet einen Knoten, der für seine Finger jedoch viel zu fest zugezogen ist, er bekommt ihn nicht auf.

Was soll er jetzt tun? Er denkt kurz nach, dann lehnt er sich vor, die Wange an das Holz der Tür gepresst, steckt den Schlüssel ins Schloss und dreht ihn. Beate dahinter, auf der anderen Seite, spornt ihn an. Schnell, schnell, Liebster, sagt sie.

Liebster.

Er gleitet so leicht, der große Schlüssel; eine halbe Drehung, dann bleibt er stecken. Er setzt all seine Kraft ein, um ihn weiterzubewegen, aber die unbequeme Körperhaltung führt dazu, dass es ihm nicht gelingt. Stattdessen versucht er den Schlüssel wieder zurückzudrehen, doch auch in diese Richtung rührt er sich nicht vom Fleck. Vielleicht ist es ja doch nicht der richtige. Nun steckt er wie ein Stein in dem Schloss, und sein Kopf ist an die Tür gepresst. Plötzlich wird er von einer Welle des Grauens erfasst. Er sitzt fest. Kläglich gefangen in seiner eigenen Schlinge, und hinter der Tür wartet seine Beate ungeduldig darauf, aus ihrem Gefängnis befreit zu werden.

Sie, die soeben dazu verurteilt wurde, am nächsten Tag auf den Scheiterhaufen zu steigen.

Schnell, schnell.

Verzweifelt zerrt er an dem Lederriemen, der jedoch hält. Warum trägt er kein Messer an seinem Gürtel? Er schlägt sich die Knöchel am Schlüssel blutig, der sich jedoch nicht von der Stelle rührt. Er hört, dass Beate auf der anderen Seite der Tür jetzt weint.

»Was tust du?«, schluchzt sie.

»Hab keine Angst«, versucht er sie zu trösten.

Doch nun hört er noch etwas anderes. Stimmen und Schritte, die sich ihnen vom Pfarrhof kommend nähern.

4

Nach knapp drei Stunden beschloss Beate Bittner, das Café in der Frankenstraße zu verlassen. Sie hatte zwar eigentlich versprochen, vier Stunden zu warten, aber auf einmal war sie von einem intensiven Unbehagen übermannt worden. Von regelrechter Angst; sie hatte tief unten in ihren verkümmerten Beinen begonnen und sich anschließend im ganzen Körper ausgebreitet. Wie ein … wie ein Feuer, dachte sie. Oder der Vorbote eines Feuers, eine Ermahnung zu fliehen, bevor die Flammen zu nahe kamen. Es war eine ebenso vertraute wie eigenartige Idee; sie hatte das früher schon einmal erlebt und gleichzeitig auch wieder nicht, nicht diese Warnung, und für einen kurzen Moment, nicht länger als eine Sekunde, meinte sie, die Stimme ihres Großvaters in ihrem Kopf zu hören.

Verschwinde, Mädchen. Bring dich in Sicherheit. Es wird wieder brennen.

Sie träumte manchmal von Großvater Eugen, das kam vor. Aber er sprach sonst nie so mit ihr. Klang nie so verängstigt. Dem Großvater konnte doch sonst nichts Angst einjagen, lebend oder tot?

Sie bezahlte, zog ihre Handschuhe an und rollte aus dem Café. Augenblicklich erfasste sie der Wind, es war ziemlich stürmisch geworden, während sie an ihrem Tee genippt hatte und ihren Mandelzwieback mit Quittenmarmelade geknabbert hatte, eine der Spezialitäten dieses Cafés. Sie bog um die Straßenecke und warf einen Blick die Kyffhäuserstraße hinauf. Vor Hausnummer 52 war nichts Besonderes zu sehen. Auch sonst nirgendwo; trotzdem verspürte sie diese intensive Unruhe in ihrem Körper. Sie war an diesem Tag mit ihrem einfachen Rollstuhl unterwegs, nicht mit dem Permobil, weil Arne sie auf dem Hinweg begleitet hatte. Darüber war sie jetzt in gewisser Weise ganz froh, denn sie musste mit den Armen arbeiten, um dieses Unbehagen aus ihrem Blut und den Muskeln zu verjagen. Den erbärmlichen Muskeln, die sie noch hatte – obwohl das Problem sicher nicht dort lag, diesmal nicht.

Nein, was hier vorging und was sie nicht zu fassen bekam, saß in ihrem Kopf. Vielleicht, weil sie nicht wollte, dass etwas dazwischenkam, wenn plötzlich etwas Glanz auftauchte, das Leben enthielt genug graue Werktage, als dass man dankend abgelehnt hätte. Auch wenn dieses Schimmernde von dunklen Streifen durchzogen war. Denn das war es doch? Von Omen und Zeichen, dem Teufel und seiner Großmutter, dachte sie. Oder was? Seit sie im Tiergarten diesem eigentümlichen Schweden begegnet war, hatte sich etwas angebahnt. Vage und traumwandlerisch wie ein ungeschriebenes Märchen hatte es sich angefühlt. Oder wie … wie die Unruhe und Neugier eines sehr kleinen Tieres, das nach einem langen Winter unter einem frostigen Blätterhaufen erwacht. Das war auch ein seltsames Bild, aber manchmal war sie anfällig für so etwas. Sie dachte oft, dass sie in ihrem Leben wohl zu viele Geschichten gelesen hatte, aber wenn man die Welt der Bücher zu seiner eigenen gemacht hatte, dann war das eben so.

Und wenn man im Rollstuhl saß, dann saß man eben im Rollstuhl.

Unschlüssig rollte sie eine Runde um den Block. Ihr instinktives Gefühl von Gefahr rumorte weiter in ihr, aber es hatte sozusagen keine Richtung. Sandte keine Signale aus, was sie tun sollte. Vielleicht war ja da oben bei dem Schmetterlingsmann etwas passiert, sicher, davon dürfte sie wohl ausgehen können, aber was? *Was* war passiert?

Und wie sollte sie darauf reagieren?

Die Polizei rufen? Das hatte sie Arne gesagt, aber was sollte sie den Beamten eigentlich erzählen? Der bloße Gedanke an ihre Mienen, wenn sie anfing, ihnen die Situation mit Beate, der zweiten, und dem Schlüssel und dem eigentümlichen Schweden zu erklären, der nach Berlin gekommen war, um nach seiner Mutter zu suchen … tja, das alles ließ sie darauf verzichten, es überhaupt zu versuchen.

Ganz zu schweigen von der Taube namens Evert Taube. Dem Schmetterlingsmann und den Vorboten der Hexenverbrennung. Das alles wirr zu nennen war noch eine Untertreibung.

Also, was tun? Es war schwierig, mit dem Rollstuhl in das Haus in der Kyffhäuserstraße 52 zu kommen, das hatte sie bereits überprüft. Zumindest, wenn einem niemand half, und selbst wenn es ihr gelingen sollte, mit dem Aufzug zu der betreffenden Wohnung hochzufahren, was würde sie dort eigentlich ausrichten können? Wenn es sich so verhielt, wie sie und Arne glaubten – und hofften –, befand er sich in diesem Moment an einem anderen Ort und in einer anderen Zeit. Um ein junges Mädchen, eine zweite Beate, davor zu bewahren, auf dem Scheiterhaufen verbrannt zu werden. Darum drehte sich schließlich alles, aber wenn man alleine im Wind auf der Kyffhäuserstraße saß, fiel es einem auf einmal schwer, an dieser Geschichte festzuhalten. Wirklich und wahrhaftig an sie zu *glauben*. Ganz normale Menschen liefen auf den Bürgersteigen auf und ab und schoben ihre ganz normalen Kinderwagen vor sich her, ganz normale Autos standen auf beiden Straßenseiten geparkt, und ein ganz normaler Fahrradfahrer pumpte an dem Fahrradgeschäft an der Straßenecke gegenüber seinen Hinterreifen auf. Es war wirklich schwierig, irgendeinen Märchenglanz zu erblicken, aber diese innere Unruhe ließ sich einfach nicht ignorieren. Als wäre … als wäre gerade etwas dabei, so richtig zum Donnerdrummel zu gehen.

Donnerdrummel? Woher hatte sie das Wort?

Astrid Lindgren natürlich. Mitten in all der grauen Normalität tauchte sie auf wie eine Märchentante an einem Lagerfeuer. Beate lächelte. Es gab andere Welten. Es gab andere Arten von Feuern und Zauberer und Toffel und Prinzessinnen, die in hohen Türmen eingesperrt saßen, und Einhörner. Am Ende des Regenbogens stand eine Schatzkiste voller Golddublonen, und wenn man im April 2015 ins Bett ging, konnte es einem passieren, dass man im März 1653 erwachte.

Ich bin anscheinend nicht ganz dicht, dachte sie, aber das ist mir egal. Wenn ich nicht ein bisschen verrückt sein und an das glauben dürfte, woran ich glauben will, würde ich das alles nicht ertragen. Nicht wahr, Großvater?

Vollkommen richtig, mein Mädchen, antwortete ihr Großvater Eugen. Es freut mich, dass es dir nicht gelungen ist, richtig erwachsen zu werden. Ich bin nie erwachsen geworden, und das war das Beste, was ich getan habe.

Und was würdest du tun, wenn du ich wärst, fragte sie.

Ihr Großvater dachte einen Moment nach.

Ich würde haargenau dasselbe tun, was du tun wirst, erklärte er dann.

Ausgezeichnet, sagte Beate. Das war ein guter und wertvoller Rat. Und was hältst du von meinem Freund Arne?

Ich halte sehr viel von deinem Freund Arne, antwortete Großvater. *Aber er ist ein Verrückter, dem etwas zustoßen kann, wenn er nicht aufpasst.*

Das weiß ich doch, erwiderte Beate. Deshalb mach ich mir ja solche Sorgen.

Die Sorge des Herzens muss man erdulden, sagte Großvater.

Sie bedankte sich für das Gespräch, verabschiedete sich von ihrem Großvater, beschloss nach Hause in die Meraner Straße zu rollen und auf die Toilette zu gehen. Alles hat seine Zeit.

Der Nachtmittag kroch dem Abend entgegen. Und sie beschlich allmählich ein Gefühl. Es war ein Gefühl von Resignation; es war fast eine Art Handlungsunfähigkeit, als hätte ihre körperliche Gebrechlichkeit auf ihr Gemüt und ihren Lebenswillen abgefärbt, was normalerweise nicht der Fall war. Beim besten Willen nicht; Beate Bittner hatte den größeren Teil ihres Lebens im Rollstuhl gesessen, aber an Tatkraft und Optimismus hatte es ihr niemals gemangelt. Sie war ihren eigenen Weg gegangen, schon früh im Leben hatte sie das getan; ganz gegen den Willen ihrer Eltern, zumindest den ihres Vaters Arnold. Er hatte sie auf die eine oder andere Art in das Leben der Gemeinde einbinden wollen; Beate wusste, dass ihm das Bild von der

Tochter des Pfarrers im Rollstuhl bei den Gottesdiensten insgeheim gefiel. Eine solche Situation hatte etwas *Schickliches*, etwas *Gottgefälliges*, ein trauriges Abbild des reinen Lebens, und als sie ihn mit diesem Vorwurf konfrontierte – denn es war ein Vorwurf –, hatte sein hochrotes Gesicht seinem hartnäckigen Leugnen widersprochen. Sie hatte den Nagel auf den Kopf getroffen, es war nicht das erste Mal.

Sie hatte das Elternhaus in Scharfhagen verlassen, so schnell es nur ging, in den Sommerferien nach ihrem Abitur, und zunächst Skandinavistik an der Universität in Greifswald (mit Wahlsprache Schwedisch) und im Anschluss Bibliothekswissenschaft an der Humboldt-Universität in Berlin studiert. Nach dem Examen hatte sie zunächst eine zeitlich befristete Stelle in einer Bibliothek in Kiel bekommen und ein paar Jahre später eine unbefristete Stelle in Berlin.

Mittlerweile, in dieser seltsamen Karwoche, lebte sie schon seit gut sechs Jahren in ihrer Wohnung in der Meraner Straße auf der Grenze zwischen Wilmersdorf und Schöneberg und hatte niemals in Erwägung gezogen, sich woanders niederzulassen. Berlin bot ihr … ja, was hatte die Stadt ihr eigentlich zu bieten? Eine ausgewogene Mischung aus Unvorhersehbarem und Geborgenheit vielleicht, aus Fantasie und Fakten, aus Dichtung und Wahrheit, die gleiche Mixtur, die auch durch ihren Blutkreislauf gepumpt wurde und die den wahren Kern Beate Bittners ausmachte, denn jeder Mensch hat einen Kern.

In diesem Stil pflegte sie es sich selbst zu erklären; aber auch ihren Brüdern und deren Familien, wenn diese sie in der Hauptstadt besuchten. Wenn sie jammerten und sich entsetzten, es ihnen gleichzeitig aber nicht wirklich zu verbergen gelang, dass sie in Wahrheit auch dort wohnen wollten. Wenn es nicht diese oder jene Umstände gäbe. Die gut dotierte Stelle. Die gut funktionierende Kita. Die Nähe zu einem Fluss, zu einem Meer, zu einem Wald oder zu irgendetwas anderem.

Dummes Geschwätz, dachte Beate Bittner dann immer, behielt ihre Meinung aber für sich. Ihr seid so windelweich wie Wasser, das seid ihr immer gewesen.

Jedenfalls: Berlin war ihre Stadt, da gab es nichts zu diskutieren. Das Einzige, was ihr fehlte, war ein Hund; es war nicht ganz leicht, an den Rollstuhl gebunden zu sein und mit einem Hund Gassi zu gehen, aber sie wusste, dass sie sich eines schönen Tages trotzdem einen anschaffen würde. Das hatte sie sich vor langer Zeit geschworen, und früher oder später setzte Beate Bittner eigentlich immer in die Tat um, was sie sich geschworen hatte. Eine zottelige Promenadenmischung, oh ja, es war nur eine Frage der Zeit.

Doch nun saß sie da und ängstigte sich. Denn war es nicht so? War nicht die Furcht der Auslöser für ihre passive Ratlosigkeit?

Die Furcht davor, dass etwas gründlich schiefgehen könnte. Dass sie nicht in einem guten, sondern in einem bösen Märchen gelandet war. Dieser eigentümliche Schwede, den sie da kennengelernt hatte, war ja wie eine Gestalt aus einem Buch, das hatte sie praktisch sofort gedacht, als sie am Tiergarten in der Gaststätte an der Schleuse saßen und Flammkuchen aßen, und gerade das war so anziehend an ihm gewesen. Er war sozusagen in einer anderen Welt zu Hause, und in diesem Moment war er wahrscheinlich zu Besuch in einer solchen: bei diesem mystischen Schmetterlingsmann in der Kyffhäuserstraße, einer Straße, die ihren Namen aus den Tiefen der germanischen Volksseele gezogen hatte, das allein schon. Was geschah eigentlich da drüben, nur ein paar hundert Meter von ihrer Wohnung entfernt, in der sie jetzt saß und verwirrter und unsicherer war als je zuvor in ihrem Leben.

Und matt. Als würden… als würden andere Kräfte etwas in ihrem Inneren übernehmen und als hätte sie nicht mehr die Kontrolle über ihren eigenen Willen und das, was mit ihr geschah.

Beate Greivald. Wer war sie? Eine Ahnung hatte sie durchweht, als sie in dem Café gesessen hatte, aber es war eine so ängstliche und schüchterne Ahnung gewesen, dass man sie nicht zu packen bekam. Sie nicht in Worte fassen konnte.

War es wirklich möglich, ins siebzehnte Jahrhundert zurückzugehen? Was meinte man überhaupt, wenn man eine solche Frage stellte? *Zurückzugehen*?

Sie hob den Blick und betrachtete eins von Großvater Eugens Gemälden. Eines der kleineren, es stellte ein kleines Mädchen mit Zöpfen dar, das auf einem großen Ei saß und ein Fabelwesen, ein Zwischending aus einem Kamel und einem Adler in etwa, mit Möhren aus ihrer Hand fütterte. Warum fällt mein Blick ausgerechnet jetzt auf dieses Bild, fragte sie sich. Hat das einen bestimmten Sinn?

Ja, natürlich, antwortete Großvater Eugen in ihrem Kopf fast schon ein wenig gereizt. *Selbstverständlich. Alles, was geschieht, hat einen Sinn, sogar der Weg des Käfers durch das Gras, ich dachte, in dem Punkt wären wir uns schon vor vielen Jahren einig gewesen.*

Beate nickte. Das stimmte natürlich. Sie rollte in die Küche und beschloss, Tee zu trinken. Sie hatte zwar schon drei Tassen im Café getrunken, aber es gab viele Sorten Tee, und sie konnte eigentlich nie genug davon bekommen. Zehn Bücher im Monat und hundert Tassen Tee, das ist meine simple Methode, hatte ihr alter Dozent Wasserthurm, ihr Lieblingslehrer in Greifswald, ihr einmal verraten, eine Lebensphilosophie, die sie sich augenblicklich zu eigen gemacht hatte.

Und nun war es, wie es war. Es dämmerte schon über der Stadt, und während sie darauf wartete, dass das Wasser kochte, landeten die ersten Regentropfen auf dem Fensterblech. Bald darauf erwachte auch der Wind zum Leben, und binnen einer Minute schüttete es aus einem erbosten Himmel.

Ein richtiges Unwetter an einem Gründonnerstagabend, dachte Beate. Ja, das passt natürlich.

Etwas später begriff sie zudem, dass sie unmöglich zu Hause bleiben und warten konnte. Auf gar keinen Fall. Was hatte Großvater damals gesagt, nachdem der Tod zu Besuch gekommen war und kehrtgemacht hatte? *Wer auf den Richtigen wartet, soll unter Gold sitzen.*

Das war doch eine Anweisung gewesen, oder? Wohin musste sie sich also begeben? *Wohin*?

Es dauerte zweieinhalb Tassen Tee, bis sie die Antwort fand. Und es war die seltsamste aller Antworten.

5

Die Zähne.

Er hat zwar kein Messer, aber er hat immerhin gesunde Zähne im Mund. Aus irgendeinem Grund halten die Männer an der Wasserpumpe inne, sie bleiben dort stehen und wechseln ein paar Worte miteinander, und diese kurze Frist reicht aus. Er nagt, beißt und zerrt an dem Lederriemen, bis er schließlich reißt. Er kommt frei und schlüpft nur Sekunden, bevor die drei Männer an der Tür sind, um die Hausecke – denn es sind genau diese drei, das hört er, als er sich atemlos an die Wand presst und lauscht: Hilfspfarrer Carambolius, Probst Maximander und der angereiste Inquisitor. Litvonius. Der Inquisitor ist der Erste, der sieht, dass ein Schlüssel im Schloss steckt.

»Was ist das? Was hat das zu bedeuten?«, grollt er gebieterisch. »Warum habt ihr den Schlüssel im Schloss stecken lassen?«

»Aber … aber … nein«, stottert Carambolius. »Wir … wir … wir haben keinen Schlüssel stecken lassen. Ich habe ihn hier in meiner Tasche.«

Offenbar zeigt er ihn den beiden anderen, denn Aron hört, wie sie ein wenig abwartend zustimmen.

»Wahrhaftig«, sagt Litvonius, der Inquisitor. »Und warum sitzt dann dieser in dem Schloss?«

»Nun, wir wollen uns darüber nicht zu viele Gedanken machen«, ermahnt Maximander. »Lasst uns einfach hineingehen und sie vorbereiten.«

Aron fragt sich, was das bedeuten könnte. *Sie vorbereiten*? Wie bereitet man eine Hexe darauf vor, sie auf dem Scheiterhaufen zu verbrennen? Aber vielleicht gibt es ja auch für so etwas Regeln und Vorschriften. Ein Mensch muss sich nach vielem richten. Selbst im Angesicht des Todes.

Die drei Männer, oder auch nur einer von ihnen, versuchen, den Schlüssel aus dem Schloss zu ziehen. Aron hört Murren und Ächzen.

»Und?«, sagt Litvonius fragend. »Was ist jetzt los?«

»Er ... er scheint ... festzusitzen«, teilt Carambolius mit.

»Festzusitzen?«, sagt Maximander. »Was meint ihr damit?«

Sogar Aron findet, dass dies eine ungewöhnlich dumme Frage ist. Wenn ein Schlüssel festsitzt, dürfte das wohl bedeuten, dass er festsitzt.

»Ich kann ihn nicht drehen«, verdeutlicht Carambolius. »In ... in ... keine Richtung.«

Man hört, dass er sich wirklich abmüht, so wie Aron es nur eine Minute zuvor getan hat. Der Hilfspfarrer ächzt und stöhnt und setzt ganz offensichtlich all seine Kraft ein, bis ihm die Hände wehtun.

»Aber das gibt es doch gar nicht«, platzt der Inquisitor herrisch heraus. »Tretet zur Seite.«

Und dann beißt Litvonius, ziemlich lange, auf die gleiche Art auf Granit wie Aron und Carambolius dies zuvor getan hatten. Ebenso Probst Maximander und danach alle drei zusammen. Der Schlüssel sitzt, wo er sitzt, wie ein Eisen in einem Fels. Doch aus dem Gefängnis, in dem die vermeintliche Hexe sitzt, dringt kein Laut. Aron begreift, dass Beate dort den Anstrengungen der drei heiligen Männer lauscht, wie er selbst es tut. Und dass sie sich entschieden hat zu schweigen. Nicht das geringste Lebenszeichen von sich zu geben. Hat sie, denkt Aron, hat sie vielleicht schon einen Plan?

Und wenn ja, welchen? Welche Pläne und Auswege kann es in dieser neuen Situation geben? Aron versucht klar zu denken, aber es will sich keine rechte Ordnung in seinem Kopf einstellen. Überhaupt keine Ordnung, denn was wird nun passieren? Werden sie den Schlüssel nicht herausbekommen? Wird die Tür tatsächlich verschlossen bleiben? Der Herr stehe mir bei, denkt Aron, was soll ich jetzt nur tun, um meine Liebste vor den Flammen zu retten?

Und die Antworten kommen so vorsichtig wie ein Nebel.

Abwarten, lautet die erste. Sich in Geduld üben und herausfinden, was Beates Henker zu tun beabsichtigen. Der Herr erschuf keine Eile.

Jetzt hängen außerdem Regenwolken über ihnen. Während die drei Kirchenmänner vor der verschlossenen Tür stehen und lärmen, öffnet der Himmel seine Pforten und lässt einen kräftigen Wolkenbruch in das Geschehen eingreifen. Litvonius stößt ein paar lautstarke Flüche aus, und anschließend hastet das Trio über den Vorplatz zurück, um ins Haus zu kommen. Aron schiebt sich dagegen blitzschnell um die nächste Ecke und steigt auf den Stein.

»Beate!«

Im nächsten Moment ist sie ihm auf der anderen Seite des Gitters ganz nah.

»Aron, was ist passiert? Die Tür lässt sich nicht öffnen.«

»Nein, ich fürchte, ich habe den falschen Schlüssel genommen.«

»Den falschen Schlüssel?«

»Ja, er ist im Schloss stecken geblieben, und man kriegt ihn nicht wieder heraus.«

In der Dunkelheit kann er ihr Gesicht nicht sehen, sie nur hören und beinahe ihre Atemzüge spüren. Sie sind kurz und gehen keuchend wie bei einem aufgeregten Welpen, und er begreift, dass sie fieberhaft nachdenkt. Der Regen peitscht ihm auf Nacken und Rücken.

»Ich verstehe das nicht. Wie konnte es der falsche Schlüssel sein? Woher hast du ihn?«

Aron antwortet, dass er es nicht weiß; er sieht ein, dass dies die seltsamste aller möglichen Antworten ist, aber Beate hält sich nicht dabei auf. Es sind wichtigere Dinge zu klären.

»Was tun sie jetzt?«, fragt sie.

»Als es anfing zu regnen, sind sie ins Haus gegangen. Sie versuchen bestimmt einen Weg zu finden, wie sie zu dir hineinkommen können.«

»Natürlich«, sagt Beate. »Das bedeutet, du musst mich hier herausholen, bevor sie zurückkommen. Wenn sie die Tür nicht aufschließen können, werden sie sich bestimmt hineinhacken …«

Und als sie das Wort »hacken« ausspricht, weiß Aron sofort, was er zu tun hat. Er hat doch erst vor ein paar Stunden am Hauklotz gestanden, das Einzige, was er braucht, um Beate Greivald aus ihrem Gefängnis zu befreien, ist eine Axt.

Nein, noch etwas Zweites natürlich.

Zeit.

Wie viel, ist schwer zu sagen, aber möglicherweise werden die drei Henker nicht noch einmal in den Regen hinausgehen. Schließlich glauben sie, dass ihre Hexe sicher hinter Schloss und Riegel sitzt, warum also unnötig nass werden? Aron verflucht sich dafür, dass er an diesem Abend nicht seine Axt zum Pfarrhof mitgenommen hat, aber das lässt sich nicht ändern. Zwischen all den Schuppen und Verschlägen nach einer anderen zu suchen erscheint ihm wenig verlockend, aber zum Hauklotz daheim und wieder hierher zurückzulaufen ist schnell getan.

Er erklärt es Beate. Sagt ihr, dass er bald wieder da ist und sie in der Zwischenzeit nur eins tun muss, beten, dass es nicht aufhört zu regnen.

»Beeil dich, Aron«, sagt Beate. »Schnell, schnell!«

Und dann läuft er. Schneller als je zuvor in seinem Leben – glaubt er jedenfalls, denn er weiß nichts über sein Leben – läuft er den Fahrweg zu seinem Elternhaus hinab. Der Regen begleitet ihn wie ein treuer Verbündeter, peitschend und anhaltend, nie zuvor hat ihm ein derart böswilliges Wetter so gut gefallen. Er findet die Axt, wo er sie in den Hauklotz getrieben hatte, reißt sie heraus und kehrt sofort um. Er hat keine Zeit zu verlieren, nicht eine Minute, nicht eine Sekunde. Er läuft so schnell, dass er Blutgeschmack im Mund hat und die Beine unter ihm fast nachgeben, aber als er wieder zum Pfarrhof kommt, ist die Lage dort unverändert. Das Unwetter tobt weiterhin, und er rennt zu dem Lagerhaus und schlägt sofort los.

»Aron?«, ruft Beate besorgt zu ihm heraus, denn es könnte natürlich auch ein ganz anderer sein als er, jemand, der auf sie Jagd macht.

»Ich bin es«, keucht er. Er schwingt die Axt und schlägt und schlägt, dass die Holzspäne durch die Dunkelheit wirbeln. Natürlich hört man das, natürlich müsste den Leuten im Haupthaus bewusst werden, dass in einem anderen Teil des Hofgeländes etwas mit ihrer gefangenen Hexe geschieht. Aber vielleicht schlafen sie ja, Aron ist sich bewusst, dass es mittlerweile kurz vor Mitternacht ist, außerdem ist es nun einmal unmöglich, lautlos mit einer Axt zu hacken. Es sind schwere, seufzende Laute, die selbst das Unwetter nicht ausreichend zu dämpfen vermag. Er konzentriert sich auf das Holz rund um das Schloss, wenn er es losschlagen kann, wenn er dort durch die Tür dringt, müsste sie sich anschließend öffnen lassen. Aber die Bretter sind alt und dick und geben ihre Späne nur widerwillig ab. Während er die Axt schwingt und zuschlägt und kämpft, verflucht er sowohl die massive Tür als auch den Pfarrersknecht, der sie einst baute. Aber er gibt nicht auf, ruht sich keine Sekunde aus. Er ist von Schweiß und Regen durchnässt und weiß, was er in dieser Gründonnerstagnacht unternimmt, ist das Wichtigste, was er in seinem ganzen Leben getan hat. In seinem ganzen unbegreiflichen Leben.

Dann dringt er plötzlich hindurch, und es fehlt nicht mehr viel. Beate feuert ihn an, und er beißt die Zähne zusammen und erhöht die Schlagzahl. Rasend schnell schwingt er seine Axt und schlägt zu … und jetzt fliegt das ganze Schloss heraus, und die Tür schwingt auf! Endlich! Beate Greivald wirft sich hinaus und landet in seinen Armen, aber sie kommt mit solchem Schwung angeflogen, dass sie beide umfallen. Sie wälzen sich auf der Erde, und sie nimmt sich die wenige Zeit, die es braucht, um ihn zu küssen. Er hat noch nie ein Mädchen geküsst, und es ist ein ganz wunderbares Gefühl. Sie liegt mit ihrem ganzen Gewicht auf ihm und hat ihre Zunge tief in seinem Mund, es dauert natürlich nur einen Moment, aber es ist ein Moment, der seinen Schweif in die Ewigkeit reckt.

Dann rappeln sie sich hoch, und erst in diesem Moment löst sich sein Griff um den Schaft der Axt, doch noch ehe sie sich entscheiden können, welchen Fluchtweg sie einschlagen sollen, ertönen Rufe in der Dunkelheit. Rufe und Flüche. Man hat sie offenbar entdeckt.

Entdeckt, dass die Hexe frei ist, sie hat einen Gehilfen und jetzt Teufel und Hölle!

Er läuft wieder. Er und Beate, er ist nicht mehr allein. Durch den dunklen Wald, über Stock und Stein laufen sie, es regnet noch, aber nicht mehr so stark, vielleicht werden sie auch von den Wipfeln der Bäume geschützt. Aron und Beate. Beate und Aron, sie sehen so gut wie nichts, sie stolpern und fallen regelmäßig hin, sie stoßen mit Bäumen zusammen, treten in sumpfige Stellen und schürfen sich an Dickichten und dornigen Büschen die Haut auf, aber trotzdem kann sie nichts aufhalten. Nichts. Von Zeit zu Zeit halten sie sich an den Händen, aber nur, um sich kurz daran zu erinnern, dass sie zusammengehören. Sich so, Hand in Hand, fortzubewegen, ginge zu langsam. Die Verfolger sind ihnen auf den Fersen, sie haben Hunde dabei, zwei oder drei, es ist schwer zu sagen, wie viele es sind, aber Aron weiß, dass es auf dem Pfarrhof mindestens ein halbes Dutzend von ihnen gibt, zottige Biester mit scharfen Zähnen. Ihre Rufe kommen aus unterschiedlichen Richtungen, und es hat auch sein Gutes, sie zu hören, denkt Aron, denn das verrät ihnen, wie groß ihr Vorsprung ist. Oder wie klein. Hunde müssen ab und zu innehalten und schnüffeln, die Fährte aufspüren, aber Aron und Beate halten nicht inne. Nicht eine Sekunde. Sie laufen um ihr Leben. Beate scheint sie zu führen, sie schlägt eine bestimmte Richtung ein, und schon bald erkennt Aron, was sie vorhat.

Sie müssen über den Fluss.

Den Fluss erreichen und ihn überqueren. Am anderen Ufer werden sie zwar nicht gänzlich außer Gefahr, aber um einiges sicherer sein. Die Hunde können im Wasser keine Witterung aufnehmen, und wenn lediglich die drei Kirchenmänner hinter ihnen her sind, Carambolius, Litvonius und der schwere Maximander, tja, Aron bezweifelt, dass sie es überhaupt ans andere Ufer des strömenden Gewässers schaffen können – jenes Gewässers, das ihre Rettung ist und das er nun schon hören kann.

»Es ist nicht mehr weit«, keucht Beate und bestätigt es ihm. »Nur noch ein kleines Stück, dann springen wir in den Fluss.«

Und plötzlich sind sie da und schaffen es mit Mühe und Not, auf der hohen Uferböschung stehen zu bleiben; sie ist fast wie eine Schlucht. Das Wasser, das unter ihnen vorbeiströmt, können sie nicht sehen, nur hören. Es befindet sich tief unter ihnen; zehn, vielleicht auch fünfzehn Meter tief.

Hinter ihnen bellen die Hunde, jetzt ganz in ihrer Nähe.

Sie reichen sich wieder die Hand.

»Wir springen jetzt«, sagt Beate. »Wir schaffen das.«

Und sie springen. Hand in Hand geradewegs in die Dunkelheit hinein.

6

Immer noch dunkel.

Wo ist er?

Wer ist er?

Er erinnert sich, dass er gesprungen ist.

In einen See oder einen Fluss.

Oder vielleicht auch *in beides*. In einen See *und* einen Fluss.

Doch das hier ist keins von beidem. Es ist ein langer Gang, wie ein Tunnel. Er ist allein und steht wahrscheinlich genau in der Mitte, denn an beiden Enden sieht man schwaches Licht. Zwanzig, fünfundzwanzig Meter in der einen Richtung, zwanzig, fünfundzwanzig in der anderen.

Er ist unendlich müde. Kann sich kaum noch auf den Beinen halten; er weiß, dass er etwas sehr Anstrengendes erlebt hat, etwas, was ihn beinahe umgebracht hätte. Er ist durch einen Wald gelaufen. Oder ist er durch eine Stadt gelaufen?

Oder vielleicht … *sowohl als auch*? Es ist unbegreiflich.

Aber es ist bedeutsam gewesen, ja von äußerster Wichtigkeit, mehr kann er sich nicht ins Gedächtnis rufen. Zumindest in diesem Moment nicht, in dem er hier völlig ausgepumpt steht und sich an eine gekachelte Wand in einem unbekannten Tunnel lehnt und ihm nicht einmal mehr einfällt, wie er heißt.

Irgendetwas mit *A-* am Anfang. Nicht, dass es wichtig wäre, aber es ist immer gut, seinen Namen zu kennen.

Jedenfalls hatte er einen Auftrag und diesen zur Zufriedenheit erfüllt. Möglicherweise muss noch ein kleiner Teil davon erledigt werden, aber das wird sich zeigen. Sich zeigen und sich lösen. Eines Tages wird er verstehen.

Er schaut sich in dem Tunnel um, in beide Richtungen, ist sich nicht sicher, welchen Weg er einschlagen soll. Denn hier unten kann er natürlich nicht bleiben, er muss über die Erde, wie auch immer er sich so sicher sein kann, dass er sich unter der Erdoberfläche befindet. Aber so ist das doch mit Tunneln, ein überirdischer Tunnel erscheint einem nicht besonders sinnvoll.

Dann fällt ihm in der einen Richtung etwas ins Auge, was sich ziemlich nahe an diesem etwas helleren Feld an der Wand befindet. Dem, was unter Umständen ein Ausgang sein könnte. Er beschließt, in diese Richtung zu gehen und herauszufinden, was es ist, denn irgendetwas sagt ihm, dass dies wichtig ist. Wichtig auch in dieser Zeit. In diesem Moment. Etwas oder jemand wartet dort auf ihn, und als er näher kommt, sieht er, dass es eine Frau in einem Rollstuhl ist. Es ist *sie.*

Beate.

Und er ist Arne. Er weiß es unmittelbar, bevor sie es sagt. Arne Albin Hektor Murberg.

»Arne!«

Sie weint. Still und ohne viel Aufhebens; er fragt sich, warum, spricht die Frage aber nicht aus. Legt stattdessen eine Hand auf ihre Schulter und bleibt für einen Moment stumm stehen. Stumm und ratlos. Sie putzt sich mit einem Papiertaschentuch die Nase.

»Du hast es geschafft.«

»Ja«, erwidert er, »das habe ich wohl.«

Sie nickt, und er beginnt sie zu schieben. Durch den Tunnel, zu dem schwachen Licht.

»Wo sind wir hier?«, fragt er. »Hast du eine Ahnung, wo wir sind?«

»Ja, ich weiß, wo wir sind«, antwortet sie.

Sie treten hinaus in strömenden Regen und Wind.

Und in Dunkelheit.

Obwohl die Gold-Olga, die Siegessäule, natürlich angestrahlt wird. Ja, genau dort befinden sie sich. Unterhalb der Siegesgöttin Viktoria, mitten im Tiergarten, mitten in Berlin. Der große Kreisverkehr ist um diese Uhrzeit menschenleer und kaum befahren. Nur einzelne, nächtlich verirrte Fahrzeuge schleichen sich um die riesige Säule und verschwinden auf einem der fünf Arme, die in verschiedene Richtungen führen, zu den verschiedenen Stadtteilen Berlins. Das kommt einem fast schon trostlos vor, denkt Arne, als wären sie mitten in dieser Großstadt völlig allein, Beate und er. Als gäbe es keine anderen Menschen mehr. Nur sie und ihn. Beate und Aron, nein, Beate und Arne.

Sie überqueren die breite Straße und gelangen in den Park, der ihnen ein wenig Schutz vor dem Unwetter bietet. Beate hat wenigstens einen Regenmantel an und eine Plastikplane über Beinen und Füßen, er selbst trägt seine übliche Jacke, die einzige, die er aus K. mitgenommen hat, und sie hat der Nässe nicht viel entgegenzusetzen.

Aber das spielt keine Rolle. Er hält sich warm, indem er Beate in dem Rollstuhl vor sich herschiebt.

»Frierst du?«, fragt sie. »Möchtest du dir meine Plastikplane leihen?«

»Ach was, nicht nötig«, antwortet er, »aber ich begreife nicht, wie ich da gelandet bin.«

»Ich weiß auch nicht, wie das passiert ist«, sagt Beate.

»Ich hatte das Gefühl, ich würde laufen«, erzählt er. »Durch einen Wald und durch eine Stadt. Größtenteils aber durch einen Wald. Und dann sind wir gesprungen … was meine ich mit *wir*? Das ist alles so seltsam.«

»Es gibt Dinge, die wir nicht verstehen«, sagt Beate.

»Viele Dinge«, erwidert Arne. »Aber wie bist du hierhergekommen?«

»Da war …«, setzt Beate an und zögert, »da war irgendwie eine Stimme, die mir sagte, ich solle mich zur Siegessäule begeben, und dann … tja, dann habe ich es getan. Obwohl ich mich an praktisch nichts erinnere, bis ich plötzlich hier gesessen und gewartet habe. Ich hätte natürlich den Permobil nehmen können, aber aus irgendeinem Grund habe ich mich für den hier entschieden.«

»Das hast du gut gemacht«, sagt Arne. »Ich mag es, dich so zu fahren.«

»Danke«, sagt Beate. »Aber du musst müde sein.«

»Ich bin todmüde«, gesteht Arne. »Aber das mag ich auch.«

Sie bewegen sich eine Weile schweigend durch den dunklen Park. Beate zeigt ihm mit Gesten den Weg, wenn er an einer Weggabelung nicht weiterweiß. Schließlich kommen sie zu dem Lokal an der Schleuse, in dem sie sich ein paar Tage zuvor zum ersten Mal begegnet sind, und dort schaut sie zu Arne hoch und bittet ihn, einen Augenblick stehen zu bleiben.

»Küss mich, Arne«, sagt sie, und er tut es. Es ist das erste Mal überhaupt, dass er eine Frau küsst, und dennoch erinnert er sich genau, dass er vor gar nicht so langer Zeit das Gleiche getan hat. Es ist nur vierhundert Jahre oder so her. Er findet, dass sie ein bisschen nach Regen, ein bisschen salzig und ein bisschen nach Vanilleeis schmeckt.

»Weißt du was«, sagt sie. »Heute Nacht schläfst du bei mir, und ich schlage vor, dass wir über das alles erst sprechen, wenn wir morgen früh aufgewacht sind.«

Arne denkt nach. »Okay«, sagt er. »Ja, es ist sicher das Beste, die Sache zu überschlafen.«

Und dann setzen sie im Regen ihre langsame Wanderung durch Berlin fort, bis nach Wilmersdorf und Schöneberg. Die Stadt ist in dieser Unwetternacht wirklich trostlos. Die Straßen, die Bürgersteige und Plätze liegen so verwaist wie nach einem Krieg. Als sie die Bundesallee überqueren, beginnt eine Symphonie aus Kirchenglocken zu läuten.

Es ist Mitternacht. Der Karfreitag beginnt.

Der neunte Tag

Am neunten Tag – dem Karfreitag in der Karwoche – ruhten sie.

Es gab einen Überfluss an Nähe.

Auch jede Menge Worte. Fragen und Antworten. Überlegungen.

Schuhe putzen und polieren.

Mehr wird darüber nicht berichtet.

Doch, da war auch noch ein rotes Pferd, das über einer von Menschen wimmelnden Stadt flog. Es hing wie ein Schutzengel über ihnen.

Es soll nicht vergessen werden.

Der zehnte Tag

1

»Guten Morgen. Hast du gut geschlafen?«

»Ja, allerdings«, sagte Arne und gähnte. »Und du?«

»Wie ein Stein«, antwortete Beate. »Aber als ich aufgewacht bin, musste ich an etwas denken.«

»Aha? Und an was?«

Arne drehte den Kopf und blickte aus dem Fenster. Er sah eine Baumkrone, an der schon die Blätter ausschlugen, und dahinter einen fast weißen Himmel. Es ist bestimmt einfacher, ein Baum zu sein als ein Mensch, stellte er fest. Einfacher, aber gleichzeitig auch langweiliger.

»Wir frühstücken, dann erkläre ich es dir.«

Was ist denn jetzt los?, dachte Arne. Was meint sie?

Denn sie hatten doch alles durchgesprochen. Von vorne bis hinten, den ganzen Karfreitag über – wenn sie nicht schliefen oder anderes taten – hatten sie sich unterhalten. Nachgedacht und sich gewundert. So gut er konnte hatte Arne beschrieben, wie es abgelaufen war, als Aron Beate, die zweite, vor dem Scheiterhaufen bewahrte, aber er hatte das Gefühl, dass die Erinnerung an die Ereignisse rasch verblasste. Als käme es darauf an, das Ganze jetzt, nachdem sich alles in Wohlgefallen aufgelöst hatte, möglichst schnell zu vergessen. Oder was sollte man glauben? Nur mit Mühe war es ihm gelungen, sich zu erinnern, wie er die Tür aufgehackt hatte, wie sie gemeinsam durch den

Wald geflohen und schließlich in das strömende Wasser gesprungen waren.

Und dieser See und diese Stadt? Sie vermischten sich in seltsamer Weise. Man musste ja wohl noch einen Wald und eine Stadt unterscheiden können? Einen Fluss und einen See? Wenn man schon zufällig ein Mensch war und kein Baum.

Aber ein Schlüssel ist ein Schlüssel. Selbst wenn es der falsche Schlüssel ist, und schließlich waren sie ja nur deshalb entkommen, weil er im Schloss stecken geblieben war. Das ließ sich zumindest nicht leugnen.

»An ihn denke ich«, erklärte Beate, als sie jeder mit einer Tasse Tee und einem Stapel belegter Brote am Küchentisch saßen. »An den Schlüssel, wir haben gestern nicht genug über ihn gesprochen.«

»Und ob wir über ihn gesprochen haben«, protestierte Arne. »Zum Beispiel darüber, dass ich ihn dabeihatte, als ich zum Schmetterlingsmann gegangen bin, er dann aber weg war, als ich zurückgekommen bin, und …«

»Ja, schon klar, natürlich haben wir über den Schlüssel gesprochen«, sagte Beate. »Aber nicht über das Kästchen. In dem der Schlüssel lag, das ich aufgebrochen habe.«

»Das Kästchen? Was ist damit?«, erkundigte sich Arne.

»Ich weiß es nicht«, antwortete Beate. »Aber es könnte sich vielleicht lohnen, es sich etwas genauer anzusehen, nicht wahr?«

Es dauerte ein paar Minuten, bis sie es dort fanden, wo Beate es auf ein paar Büchern im Regal abgelegt hatte. Sie kehrten zum Küchentisch zurück, und nach einer weiteren Minute hatte sie das Schloss erneut mit Hilfe einer geradegebogenen Büroklammer aufgebrochen. Sie blickte auf das flache Kästchen herab und tastete mit den Fingern alle Kanten ab.

»Wonach suchst du?«, fragte Arne.

»Keine Ahnung«, antwortete Beate und klang ein wenig enttäuscht. »Vielleicht nur nach einer … na ja, nach irgendeiner Erklärung. Einem kleinen Geheimfach oder etwas Ähnlichem, aber es scheint nichts in der Art zu geben. Aber warte mal, was ist das?«

Sie hielt das Kästchen so hoch, dass das Licht vom Fenster besser hineinfiel.

»Hier steht etwas geschrieben. Siehst du das?«

Und Arne sah es. An der einen Kopfseite klebte ein Zettel, der nur schwer zu entdecken war, da er annähernd die gleiche Farbe hatte wie das ihn umgebende Holz. Er war nur einen Zentimeter hoch und daumenbreit, und der Text war kaum zu erkennen, da er nur eine Nuance dunkler war als der Hintergrund. Die Buchstaben waren so winzig klein, dass Beate eine Lupe heraussuchen musste, um die Worte lesen zu können. Arne kaute Brote und wartete, während sie blinzelte und murmelte und murrte. Die Zungenspitze im Mundwinkel, so sieht sie unglaublich süß aus, dachte er.

»Italienisch«, erklärte sie schließlich. »Es ist ein Text auf Italienisch, da bin ich mir sicher. Ich glaube … ich glaube, wir müssen ihn abschreiben. Ich habe ein italienisches Wörterbuch, wenn es uns gelingt, alle Buchstaben zu entziffern, dürfte es also durchaus möglich sein herauszufinden, was da steht.«

»Mit meinem Italienisch ist es nicht weit her«, gestand Arne.

Beate lächelte. »Das macht nichts. Wir kriegen das

schon hin. Ich bin mir sicher, dass wir hier eine Art Erklärung vor uns haben. Dass wir daran nicht schon früher gedacht haben.«

Wir?, dachte Arne. *Wir* haben nicht gedacht … es gibt eine ganze Menge, woran zumindest *ich* nicht gedacht habe. Es ist wirklich von Vorteil, zu zweit zu sein, wenn man Probleme lösen will.

Zumindest wenn ich einer der zwei bin.

Eine Viertelstunde später hatte Beate den Text in einen Notizblock geschrieben, und eine weitere Viertelstunde später, während der Arne im Badezimmer duschte, war es ihr gelungen, den Text zu übersetzen.

»Hör zu«, sagte sie, als Arne in ein rotes und ein blaues Frotteehandtuch gehüllt in die Küche zurückkehrte. »Hier steht in etwa Folgendes. *Ich wurde vom Meisterschmied Bonaventura gefertigt. Ich schließe zu für den Teufel und seine Anhänger. Ich schließe auf für Gott, unseren Herrn und seine Engelsschar. Behüte mich gut.* Was sagst du dazu?«

Arne dachte nach. »Ich weiß nicht recht«, meinte er vorsichtig. »Aber das passt doch eigentlich ganz gut, oder was meinst du?«

»Das passt haargenau«, stimmte Beate ihm zu. »Immerhin hat der Schlüssel dafür gesorgt, dass der Inquisitor und seine Helfer sich keinen Zugang zu dem Gefängnis verschaffen konnten, nur deshalb konntest du mich retten.«

»Was?«, sagte Arne und setzte sich. »*Mich*? Ich meine … *dich*?«

»Ja, entschuldige«, sagte Beate, und er hatte den Eindruck, dass sie ein wenig rot wurde. »Das ist bestimmt ein bisschen zu weit hergeholt. Es war wohl eher so, wie wir gestern gesagt haben, dass es *deines* Großvaters Großvaters Großvater war ... und so weiter, und *meines* Großvaters Großmutters Großmutter und so weiter ... um die es ging. Ich glaube, auf vierhundert Jahre kommen ungefähr zwölf Generationen.«

Arne spürte, wie sich in seinem Kopf alles drehte, so wie es das auch gestern getan hatte, als sie darüber sprachen.

»Ungefähr zwölf Generationen«, wiederholte Beate und klopfte sich mit einem Zeigefinger an die Stirn, vielleicht, um ihm so zu zeigen, dass sich auch in ihrem Schädel alles drehte.

Arne schloss die Augen und nickte. Beate fuhr fort:

»... Aron und Beate, also, und ohne die beiden würden weder du noch ich jetzt hier sitzen. Wir wären überhaupt nicht geboren worden. Deshalb war es so wichtig, dass sie nicht auf dem Scheiterhaufen verbrannt wurde, damit die beiden heiraten und Kinder bekommen konnten. Die dann wiederum andere Verwandte von uns heiraten und neue Kinder bekommen konnten ... du kommst doch noch mit?«

»Äh ... ja klar«, sagte Arne. »Klar komme ich mit.«

»Es gibt auch eine Stadt und eine Jahreszahl auf dem Zettel«, fuhr Beate fort und runzelte die Stirn. »*Venezia 1577*. Mit Venezia dürfte Venedig gemeint sein ... hast du eine Erklärung dafür, dass dein Vater ein Kästchen – und einen Schlüssel – aus Venedig besaß? Und warum er dich gebeten hat, ihn deiner Mutter zu übergeben?«

»Gute Fragen«, sagte Arne.

Beate stierte das Kästchen an und machte es behutsam zu.

»Warte mal«, sagte Arne und starrte das Brot mit Salami und Gurke an, das er in der Hand hielt und von dem er gerade hatte abbeißen wollen. »Venedig liegt in Italien, ist es nicht so?«

»Richtig«, sagte Beate. »Und?«

»Ich glaube … nein, hör mal, ich *weiß*, dass sie sich dort kennengelernt haben. Und zusammenkamen. Tante Polly sagt manchmal …«

»Deine Mutter und dein Vater? Du meinst, sie sind sich in Venedig begegnet?«

»Ja.«

»Und was sagt Tante Polly?«

»Sie sagt es heute nicht mehr, aber ich erinnere mich, dass sie es früher oft gesagt hat. Es war wie eine Art Reim: *Sündig gezeugt in Venedig, kann niemals werden vernünftig und mündig*. Ich glaube, das bedeutet, dass ich da irgendwie entstanden bin. Obwohl ich nicht hätte entstehen sollen. Tante Polly ist nun einmal, wie sie ist.«

»Es scheint so«, sagte Beate und schnitt eine Grimasse. »Aber wenn dein Vater wollte, dass deine Mutter dieses Kästchen und diesen Schlüssel bekommt, dann haben sie es damals in Venedig vielleicht zusammen gekauft. Als sie dort waren und du … *irgendwie entstanden bist*? Oder hat er es vielleicht als ein Geschenk für sie gekauft?«

»Es war eine Hellseherin«, fiel Arne plötzlich ein. »Vater hat etwas über eine Hellseherin gesagt, als er mir davon erzählt hat.«

»Eine Hellseherin?« Beate dachte zwei Sekunden nach. Dann klatschte sie in die Hände und schien zu triumphieren. »Na also! Dann hängt das alles zusammen.«

»Tut es das?«, sagte Arne.

»Ja klar. Also schön: Dein Vater und deine Mutter lernen sich in Venedig kennen, er kauft einer Hellseherin einen Schlüssel in einem Kästchen ab … einen sehr speziellen Schlüssel, und vielleicht hat sie vorher deiner Mutter geweissagt … oder beiden. Viel später, kurz bevor er stirbt, gibt dein Vater dir den Auftrag, mit dem Schlüssel nach Berlin zu fahren und ihn deiner Mutter zu übergeben. Du fährst hierher, aber du reist auch ins siebzehnte Jahrhundert zurück, und nach einer Menge Hexereien und Hokuspokus steckst du den Schlüssel in ein Schloss, so dass sich zwei unserer Vorfahren begegnen können … so dass du und ich … ja, genau, so dass du und ich hier sitzen und Tee trinken und es gemütlich haben können! Bei mir zu Hause in Berlin!«

Arne dachte wieder nach.

»Hoppla«, sagte er. »Das ist ja ein Ding.«

»Allerdings«, erwiderte Beate, rollte um die Ecke des Tischs herum und gab ihm ein Küsschen auf die Wange. »Aber jetzt ist der Samstag vor Ostern, und es muss noch einiges in Angriff genommen werden.«

»Ich weiß«, sagte Arne. »Violetta Dufva … oder vielleicht doch Vogel? … Sie sollte ich hier ja eigentlich aufsuchen. Schließlich bin ich hergekommen, um meine Mutter zu finden. Es kommt mir fast vor, als hätte ich das völlig vergessen.«

Und dann habe ich stattdessen dich gefunden, dachte er, traute sich aber nicht, es auszusprechen.

Beate nickte und wurde ernst.

»Nein, deine Mutter dürfen wir auf keinen Fall vergessen. Es wird Zeit, dass wir wieder in die Kyffhäuserstraße gehen. Stell dir vor, sie wohnt dort und kann uns von dem

Schlüssel erzählen? Außerdem kann man sich fragen, wie es wohl bei Anatolis Litvinas aussieht, was meinst du?«

»Der Schmetterlingsmann«, sagte Arne nachdenklich. »Oh Mann, diese zwielichtige Gestalt. Ich habe keine Lust, wieder hyp… hypnotisiert zu werden. Wirklich nicht, es reicht jetzt.«

»Wir werden versuchen, es zu vermeiden«, erwiderte Beate.

2

Schon von weitem ließ sich erahnen, dass in der Kyffhäuserstraße 52 nicht alles zum Besten stand. Die Straße war mit rotweißem Band abgesperrt, das im Wind flatterte, und auf dem gegenüberliegenden Bürgersteig stand eine kleine Gruppe Menschen. Sie schauten nach oben und zeigten auf etwas. Als Arne und Beate ein wenig nähergekommen waren, sahen sie, was es war.

Eines der Fenster gähnte wie ein schwarzes Loch in der Fassade, und die Wand ringsherum, vor allem darüber, war ebenfalls rußgeschwärzt. Es ließ sich unschwer erkennen, was passiert war: In dem Haus hatte es gebrannt. Der Gestank von kaltem Rauch hing noch in der Luft, und ein Stück die Straße hinunter parkte ein Löschzug.

Sie hielten an, und Beate wandte sich an einen älteren Mann und fragte ihn, was passiert war. Er setzte unverzüglich zu einer knatternden Erklärung an, wedelte lebhaft mit den Händen und gestikulierte, aber Arne hatte große Probleme, seinen Worten zu folgen.

»Gestern am späten Abend«, übersetzte Beate, als eine kleine Frau, die vermutlich die Gattin des Mannes war, ihn zum Schweigen gebracht hatte, »hat es, sagt er, in dem Haus gebrannt. Die Feuerwehr ist gekommen und hat das Feuer ziemlich schnell gelöscht, aber ein Mensch ist ums Leben gekommen. Glaubst du …?«

Arne schluckte. »Es ist jedenfalls das richtige Stockwerk«, sagte er schaudernd.

Beate wartete.

»Und ich glaube, das ist sein Fenster. Obwohl ich nie hinausschauen konnte, weil die Vorhänge zugezogen waren.«

»Wir müssen da hoch und uns vergewissern«, beschloss Beate. »Wenn sie uns hineinlassen.«

Neben dem Hauseingang stand ein Polizist, vielleicht war es auch nur eine Art Wachmann. Arne schob Beate in seine Richtung.

»Ich erzähle ihm, dass deine Mutter in dem Haus wohnt«, sagte sie. »Ist das okay?«

»Das ist okay«, versicherte Arne, und nach ein paar einfachen Sätzen Beates nickte der Wachmann, hielt ihnen die Tür auf und half ihnen, den Rollstuhl in das Haus zu befördern.

In der dritten Etage stießen sie auf einen weiteren Wachmann, aber auch auf eine alte Dame mit Haaren wie verblühter Löwenzahn. Sie hatte einen jüngeren Mann in einem Trainingsanzug in eine Ecke gedrängt und diskutierte lebhaft mit ihm. Die Dame klang sehr erregt, während der Jüngling sich alle Mühe zu geben schien, fortzukommen, vielleicht um joggen zu gehen. Als er Beate und Arne erblickte, nutzte er die Gelegenheit, zwängte sich aus seiner Ecke heraus und eilte die Treppen hinunter. Beate wandte sich an die Dame und fragte sie, was passiert sei.

»Götterdämmerung und jammerschade!«, platzte sie heraus und putzte sich mit einem bunten Taschentuch von der Größe einer Türmatte die Nase. »Dieser verdammte Dummkopf!«

Anschließend vertieften sie und Beate sich in ein Gespräch, das sie für Arne genauso gut auf Chinesisch hätten führen können, so wenig verstand er davon. Aber er dachte, dass er mit der Zeit bestimmt eine Erklärung bekommen würde, und begnügte sich damit, vorsichtig einen Blick durch die Türöffnung zur Wohnung des Schmetterlingsmannes zu werfen. Die Tür hatte man entfernt, so dass dies problemlos möglich war, und der Wachmann neben ihr wirkte gelangweilt und schien nichts dagegen zu haben.

Dort hatte es zweifellos gebrannt. Bei Herrn Professor Anatolis Litvinas, wie er anscheinend hieß. Oder war er unter falschem Namen aufgetreten? So etwas kam vor, das war Arne unter anderem aus der Welt des Films bekannt. Jedenfalls stieg ihm aus der Wohnung ein fürchterlicher Gestank in die Nase, und was er erkennen konnte, sah ebenfalls einigermaßen trostlos aus. Rußig, schwarz und von Wasser durchtränkt. Wenn man bedenkt, dass ich vor nur zwei Tagen hier war, dachte Arne schaudernd. Und wenn man bedenkt, dass ich von hier aus ins … ins siebzehnte Jahrhundert verschwunden bin … und am Ende in einen Fluss gesprungen und mitten in der Nacht in dem Tunnel unter der Gold-Olga gelandet bin! Wie auch immer es dazu gekommen sein mag. Ich werde in meinem ganzen Leben nichts Seltsameres mehr erleben, nicht einmal, falls ich Papst oder Kapitän zur See werden sollte, oder …

Sein Gedankengang wurde dadurch unterbrochen, dass Beate ihm auf den Rücken klopfte. »Arne, darf ich dir Frau Vogel vorstellen …«

»Was?«, sagte Arne und drehte sich um. »Das kann ja wohl nicht…? Aber dann muss ja…?«

Die alte Dame streckte die Hand aus und grüßte.

»Irmelin Vogel, grüß Gott.«

»Isch bin Arne. Guten Tag, aber…«

Er hielt inne und dachte nach. Wenn dieser alte Löwenzahn Frau Vogel war, dann bedeutete das natürlich, dass… ja, es bedeutete zumindest, dass sie nicht seine Mutter sein konnte. Sie schien mindestens achtzig Jahre alt zu sein, und Violetta Dufva musste um die sechzig sein. Außerdem konnte er nicht die geringste Ähnlichkeit mit dem alten Foto feststellen, also was hatte das zu bedeuten? Nun, es bedeutete, dass dieser Geistesblitz, der ihm zu der Taube und dem Vogel und dem Namenswechsel gekommen war, alles in allem ein Irrtum gewesen war.

Nun kam eine neue, lange Litanei in eigentümlichem Deutsch von der Löwenzahndame. Beate legte eine Hand auf ihren Arm, lauschte und nickte, und als eine kurze Atempause eintrat, erhielt Arne eine Erklärung.

»Sie sagt, dass der Schmetterlingsmann tot ist.«

»Tot?«

»Ja.«

»Ist er verbrannt?«

»Wahrscheinlich. Als die Feuerwehrleute letzte Nacht in seine Wohnung kamen, lag er nackt auf dem Küchenfußboden. Er war ganz verrußt, und das Einzige, was er anhatte, war ein riesiger roter, künstlicher Bart…«

»Ein roter Bart?«, sagte Arne und durchforstete hastig sein Gedächtnis. »Dieser Inqu… Inquisitor hatte einen roten Bart.«

»Barbarossa«, meinte Beate nachdenklich. »Ja, auch das

passt auf eine ziemlich merkwürdige Art zusammen. Er muss verrückt gewesen sein.«

»Was ist Barbarossa?«

Beate dachte nach. »Das ist eine lange Geschichte«, sagte sie. »Eine sehr lange.«

Die Löwenzahndame rief laut etwas, und Beate nahm eine ihrer Hände, um sie ein wenig zu beruhigen. Anschließend unterhielten sich die beiden noch eine ganze Weile, wobei die Dame ab und zu einen Blick auf Arne warf und dabei bekümmert und ein bisschen traurig aussah. Er meinte zu verstehen, dass sich einige Wörter wiederholten: *Mutter, Blutpfropf, KaDeWe* und *Ach, du lieber Augustin.*

Sie ist wirklich ganz schön verwirrt, dachte Arne.

Es traf sicher zu, dass die Witwe Irmelin Vogel an diesem Tag einigermaßen verwirrt war, sowohl auf Grund des Qualms nach dem Brand als auch ihres relativ hohen Alters wegen, aber als Arne und Beate sich eine Stunde später zu Zwieback, Quittenmarmelade und einer großen Kanne Tee in das Café in der Frankenstraße zurückgezogen hatten, erläuterte Beate, dass die alte Dame trotz allem das meiste richtig verstanden hatte.

Sie war die direkte Nachbarin »dieses gerade erst eingezogenen Irren« gewesen, und obwohl sie in der Nacht von einer großen Feuersbrunst geträumt hatte, war sie von dem Brandgeruch nicht geweckt geworden. Im Gegensatz zu einem anderen Nachbarn, Herrn Kuntze eine Etage höher, der die Feuerwehr gerufen hatte. Da war es fast halb eins gewesen, aber das Löschfahrzeug war vorbildlich zügig vor Ort gewesen und hatte das Feuer relativ schnell gelöscht. Es hatte nicht auf andere Wohnungen übergegriffen, auch wenn man einiges an Hausrat würde sanieren müssen, damit der unangenehme Rauchgeruch verschwand. Sicherheitshalber – und nicht zuletzt wegen dieses Geruchs – waren alle Hausbewohner zunächst evakuiert worden, hatten jedoch im Laufe des Vormittags wieder in ihre Wohnungen zurückkehren dürfen.

Was sich am Abend des Vortags in Professor Litvinas' Wohnung abgespielt hatte und was die genaue Brandursache gewesen war, konnte noch nicht ermittelt werden, aber alle – die Polizei, die Feuerwehrleute und die Hausbewohner – schienen sich einig zu sein, dass der Professor wahnsinnig gewesen war. Eine Einschätzung, in der man sich später noch bestärkt sah, als man die Information erhielt, dass er bis vor einem Monat in einer Nervenheilanstalt gesessen hatte.

Eine Schande und ein Elend, hatte Witwe Vogel kommentiert. Solche Irren sollten nicht einfach überall nackt herumlaufen dürfen, oder? Mit einem falschen Bart und Streichhölzern. Nicht Feuer legen und sich selbst ins Jenseits befördern dürfen.

»Er muss natürlich etwas ganz anderes im Sinn gehabt haben«, meinte Beate und streckte ihre Hand über den Tisch aus. »Ich meine, was dich betrifft, Arne. Er hatte sicher große Pläne. Aber es läuft bestimmt nicht immer, wie man sich das so vorstellt, wenn man die Mächte herausfordert …«

»Die Mächte?«, sagte Arne.

»Oder wie man es nennen will«, bemerkte Beate mit dem Anflug eines Lächelns. »Jedenfalls glaube ich, dass du ziemlich viel Glück gehabt hast. Und dass die guten Kräfte auf deiner Seite waren … oder, wie gesagt, die Mächte.«

Arne wusste nicht, was er darauf erwidern sollte, also schwieg er und drückte ganz behutsam ihre Hand, die sich in seiner großen Pranke beinahe anfühlte wie ein kleines Küken. Das war ein außerordentlich angenehmes Gefühl, und er dachte, dass er sie gerne die nächsten fünfzig Jahre oder so halten würde. Wenn das möglich war.

»Ich meine natürlich, dass *wir* die guten Kräfte auf *unserer* Seite hatten«, fügte Beate hinzu.

»Ist doch klar, dass sie auf deiner Seite sind«, meinte Arne. »Aber wie war das jetzt mit meiner Mutter? Sie ist also tot?«

Beate zögerte eine Sekunde. »Ja, sie ist tot«, sagte sie dann. »Es tut mir leid, aber so ist es. Sie hat allerdings wirklich in dem Haus gewohnt … bis zu ihrem Tod hat sie in der Kyffhäuserstraße gewohnt. Frau Vogel sagt, dass sie im April 2010 gestorben ist. Ziemlich genau vor fünf Jahren, und wirklich seltsam ist …«

Sie verstummte und betrachtete ihn mit bekümmerten Augen.

»Was ist seltsam?«, fragte Arne.

»Na ja, du hast mir doch erzählt, dass du sie gesehen hast … also deine Mutter. Das war doch im KaDeWe, in dem großen Kaufhaus, nicht?«

»Ich glaube, es hieß so«, antwortete Arne. »Und in dem Moment war ich mir vollkommen sicher, dass sie es war. Obwohl ich mich im Nachhinein natürlich frage, wie … na ja, wie ich mir da eigentlich so sicher sein konnte.«

»Weißt du noch, im welchen Stockwerk das war?«

»Ich glaube, es war das dritte. Warum fragst du mich das?«

Beate zögerte, atmete dann tief durch und sah ihm in die

Augen. »Ich weiß, dass das jetzt ziemlich verrückt klingt, aber Frau Vogel hat mir vorhin erzählt, dass Violetta Dufva vor fünf Jahren an einem Herzanfall gestorben ist. Die beiden waren gemeinsam zu einem Einkaufsbummel ins KaDeWe gegangen, was sie offenbar regelmäßig getan haben, ich nehme an, dass Frau Vogel bei ihren Einkäufen ein wenig Unterstützung benötigte ... und dann ist deine Mutter plötzlich zusammengebrochen. Als der Notarzt einige Minuten später eintraf, war sie schon tot, obwohl jemand mit Herzmassage und Mund-zu-Mund-Beatmung versucht hatte, sie wiederzubeleben.«

Arne ließ ihre Hand für einen Moment los, nahm sie dann jedoch wieder. »In diesem Kaufhaus?«

»Ja, im KaDeWe«, antwortete Beate. »In dem du sie vor ein paar Tagen gesehen hast, fünf Jahre später. Wir könnten ja ... nein, ich glaube, das lassen wir lieber.«

»Du meinst ...?«

»Ich meine, dass es möglich sein dürfte herauszufinden, an welchem Tag deine Mutter gestorben ist, um anschließend zu überprüfen, ob du sie vielleicht am selben Datum gesehen hast. Aber wie gesagt, wir müssen vielleicht nicht ... wie sagt man das auf Schwedisch? ... jeden einzelnen Stein umdrehen?«

»Das muss man nicht«, stimmte Arne ihr zu. »Das hat mein Vater auch immer gesagt. Wenn man so bescheuert ist, jeden Stein umzudrehen, bekommt man völlig unnötig allen möglichen Mist zu sehen und holt sich außerdem einen Hexenschuss.«

»Das klingt vernünftig«, meinte Beate Bittner und lächelte. »Wollen wir unseren Tee austrinken, nach Hause gehen und uns stattdessen etwas kochen?«

»Ich kann eigentlich nicht kochen«, sagte Arne. »Aber ich bin bereit, es zu lernen.«

»Ausgezeichnet«, sagte Beate. »Gibt es ein bestimmtes Gericht, das du gerne zubereiten würdest?«

»Bratwurst mit Kartoffelsalat vielleicht«, sagte Arne, nachdem er einige Sekunden überlegt hatte.

»Das könnten wir heute Abend essen«, schlug Beate vor. »Ich glaube, dafür habe ich alle Zutaten im Haus.«

»Super«, sagte Arne.

Oder was meinst du, Perry?, dachte er.

Und was meinst du, mein Vater, ich habe dich schon seit ein paar Tagen nicht mehr in meinem Kopf quatschen gehört, also nehme ich an, dass du auch zufrieden bist.

Von keinem der beiden kam eine Antwort, aber das machte nichts. Er schloss die Hände um die Griffe von Beates Rollstuhl und schob sie behutsam aus dem Café.

»Was hältst du eigentlich von Hunden?«, fragte Beate, als sie auf dem Weg in die Meraner Straße ein paar hundert Meter zurückgelegt hatten.

»Warum fragst du mich das?«

»Ich dachte nur, dass wir einmal über etwas anderes als Feuersbrünste und merkwürdige Begebenheiten reden sollten.«

»Aha?«, sagte Arne. »Nun, ich mag Hunde. Mein Onkel und meine Tante hatten eine Zeitlang einen, aber meine Tante war allergisch, so dass sie ihn verkürzen mussten.«

»Verkürzen? Was bedeutet das?«

»Ich weiß es nicht. Das hat Onkel Lennart gesagt. *Jetzt haben wir Sixten verkürzt*. Und seither haben sie nie mehr einen Hund besessen.«

»Hm«, sagte Beate. »Was für eine Rasse war das?«

»Keine Ahnung«, sagte Arne. »Mehrere, glaube ich. Er war ziemlich groß.«

»Hast du eine Lieblingsrasse?«

»Ich mag es am liebsten, wenn sie ein bisschen zottelig sind. Sixten war sehr zottelig.«

»Tatsächlich?«, sagte Beate Bittner.

Dann begann sie vor sich hin zu summen. Er hatte den Eindruck, dass es sich nach diesem Tango anhörte.

Der elfte Tag

An seinem elften Tag in Berlin, am Ostersonntag, lieh sich Arne Murberg Beate Bittners Handy und schickte seinem Onkel Lennart in K., Schweden, eine SMS.

Ich bleibe hier.
Grüß Tante Polly von mir.
Arne

HÅKAN NESSER

Die Kommissar-Van-Veeteren-Serie

Das grobmaschige Netz. Roman
Das vierte Opfer. Roman
Das falsche Urteil. Roman
Die Frau mit dem Muttermal. Roman
Der Kommissar und das Schweigen. Roman
Münsters Fall. Roman
Der unglückliche Mörder. Roman
Der Tote vom Strand. Roman
Die Schwalbe, die Katze, die Rose und der Tod. Roman
Sein letzter Fall. Roman

Weitere Kriminalromane

Barins Dreieck. Roman
Kim Novak badete nie im See Genezareth. Roman
Und Piccadilly Circus liegt nicht in Kumla. Roman
Die Schatten und der Regen. Roman
In Liebe, Agnes. Roman
Die Fliege und die Ewigkeit. Roman
Aus Doktor Klimkes Perspektive. Erzählungen
Die Perspektive des Gärtners. Roman
Die Wahrheit über Kim Novak. Roman
Himmel über London. Roman
Die Lebenden und Toten von Winsford. Roman
Der Fall Kallmann. Roman

Die Inspektor-Barbarotti-Serie

Mensch ohne Hund. Roman
Eine ganz andere Geschichte. Roman
Das zweite Leben des Herrn Roos. Roman
Die Einsamen. Roman
Am Abend des Mordes. Roman

btb